Le seigneur du crépuscule

Du même auteur
aux Éditions J'ai lu

Le renégat, *J'ai lu* 3944
Le lys et le léopard, *J'ai lu* 4022
Le mercenaire amoureux, *J'ai lu* 4194
La voleuse de chevaux, *J'ai lu* 4400
Le seigneur de la nuit, *J'ai lu* 5582
Retour à Crystal City, *J'ai lu* 6197
Quand tombent les masques, *J'ai lu* 6419

Susan Wiggs

Le seigneur du crépuscule

Traduit de l'américain
par Anne Benjamin

J'AI LU

Titre original :

DANCING ON AIR
HarperPaperbacks,
a division of HarperCollins*Publishers* Inc., N.Y.

PREMIÈRE PARTIE

ANNALES D'INNISFALLEN

Fidèle à une ancienne tradition, moi, Revelin d'Innisfallen, je prends la plume pour consigner la noble et belle histoire du clan O'Donoghue, comme mon oncle le fit autrefois, et son oncle avant lui, et ainsi de suite depuis la nuit des temps.

Nous sommes chanoines du très vénérable ordre de Saint-Augustin et, par la grâce de Dieu, installés sur l'île boisée d'Innisfallen, au centre du lac.

Mes prédécesseurs ont rempli ces pages des péripéties de ces héros d'un autre temps, de leurs périlleuses batailles, de leurs fabuleuses aventures. Maintenant le titre de Mór O'Donoghue est échu à Aidan, et je dois relater ses exploits.

Mais que le Seigneur tout-puissant pardonne à ma plume maladroite, j'ignore par où commencer. Car Aidan O'Donoghue ne ressemble à aucun autre homme et jamais chef de clan n'a été confronté à de tels défis.

Le Mór O'Donoghue — plus connu par les Anglais sous le nom de lord Castleross — a été convoqué à Londres par la reine qui s'arroge le droit de régir nos destinées. Je me demande si, après avoir aperçu Aidan et son entourage, Sa Majesté ne va pas regretter cette convocation.

Revelin d'Innisfallen

1

— Combien faut-il de gentilshommes pour allumer une chandelle ? demanda une voix rieuse.

Aidan O'Donoghue leva la main pour arrêter son escorte. La voix à l'accent l'intriguait. La centaine de vétérans qui composaient sa garde personnelle s'immobilisèrent dans la rue bondée de la capitale.

— Alors, combien ? cria quelqu'un.

— Trois ! lança la voix.

Aidan fit avancer son cheval sur l'esplanade de l'église. Bouquinistes, mendiants, escrocs, marchands et chenapans grouillaient. Enfin, il fut en mesure de distinguer à qui appartenait cette voix mutine : haute comme trois pommes et vive comme l'éclair, l'étrange créature se tenait sur les marches de l'église.

— L'un pour appeler le serviteur chargé de verser le vin, fit-elle en tournoyant, mimant l'ivresse, le deuxième pour battre le serviteur, le troisième pour saboter le travail et enfin le dernier pour mettre la faute sur le dos des Français.

Ses auditeurs furent secoués de rire. Puis un homme hurla :

— Cela en fait quatre, luronne !

Aidan se dressa sur ses étriers. Des *étriers*. Il y avait seulement une quinzaine de jours, il n'en avait jamais utilisé. Peut-être sa visite en Angleterre se révélerait-elle plus fructueuse que prévu, après tout.

Debout sur ses étriers, il jeta un nouveau coup d'œil sur la fille : un chapeau de guingois sur une masse de cheveux en désordre, un visage sale et rieur, des habits en loques.

— Eh bien, répliqua-t-elle à son contradicteur, cela prouve simplement que les gentilshommes sont encore plus stupides que nous ne le pensions. Et de toute façon, je n'ai jamais prétendu savoir compter, à moins qu'on ne me demande d'additionner les sous qui vont bientôt sonner à mes pieds.

Un homme à l'air sournois, moulé dans ses hauts-de-chausses, la rejoignit sur les marches.

— Je garde mon argent pour ce qui m'amuse.

Passant un bras autour de sa taille, il l'attira contre lui. Elle se dégagea, se tapa les joues avec une surprise et une indignation feintes.

— Monseigneur, répliqua-t-elle en lorgnant sur son entrejambe, cessez de flatter ainsi ma vanité !

Un tintement de pièces ponctua un nouveau déchaînement de rires. Un homme rondouillard tendit à la bateleuse trois torches allumées.

— Six pence si tu arrives à jongler avec.

— Neuf pence ! Et je suis certaine de gagner, aussi vrai que la reine Elisabeth est assise sur le trône ! brailla la fille en attrapant les flambeaux qu'elle se mit à lancer en l'air.

Aidan fit avancer son cheval. L'énorme jument qu'il avait baptisée Grania récolta bien quelques regards meurtriers et une bordée de jurons de-ci, de-là, mais personne n'osa provoquer Aidan. Même si les Londoniens ignoraient qu'ils avaient affaire au Mór O'Donoghue de Ross Castle, la taille gigantesque de la monture et le regard bleu glacial du cavalier suffisaient à décourager toute velléité de protestation.

Tandis que son escorte s'égaillait en intimidant la populace, il rejoignit la jongleuse. Les brandons formaient un halo mouvant autour de son visage souriant maculé de poussière.

A la regarder de près, son étrangeté était frappante. On l'eût dite faite de bric et de broc : des yeux immenses, une bouche généreuse, un nez tout rond, le tout surmonté d'une chevelure ébouriffée. Quant à son habillement, il se résumait à une chemise, un pantalon en tartan qui avait connu des jours meilleurs et des bottes qui paraissaient tout droit sorties du siècle précédent.

On n'en remarquait que mieux ses mains, prodigieusement fines et déliées. Les torches tournaient régulièrement et elle en intégra une nouvelle sans difficulté apparente. Elle jonglait de plus en plus vite. Le rondouillard qui lui avait lancé le défi lui jeta alors une pomme, rouge et brillante, qu'elle attrapa en riant.

— Eh, Dove, mais c'est une invitation au péché ! lança-t-elle.

Il s'esclaffa.

— Ne rêve pas, Lucy ! Je n'ai pas grande attirance pour les paquets de nerfs qui l'ouvrent à tort et à travers !

Elle ne s'offusqua pas le moins du monde et saisit un poisson mort qu'elle intégra à son numéro.

— Un de tes parents sans doute, Mort ? commenta-t-elle à l'adresse de l'envoyeur.

Des rires tonitruants saluèrent sa repartie et quelques spectateurs cossus jetèrent de la menue monnaie sur les marches. Aidan avait du mal à comprendre les Anglais, aussi prompts à envoyer des pièces à un saltimbanque qu'ils l'auraient été à l'envoyer au gibet.

Sentant un effleurement contre sa jambe, il baissa les yeux pour découvrir une prostituée à l'air endormi qui s'efforçait de dérober la dague au manche de corne glissée dans sa botte.

Aidan l'écarta avec un sourire dissuasif :

— Il n'y a rien à récolter de bon pour toi par ici !

La femme grimaça, découvrant des dents que la vérole avait commencé à ronger.

— Un Irlandais, remarqua-t-elle en reculant. Chaste comme un curé, hein ?

Avant qu'il ait pu répondre, Aidan, les oreilles déchirées par un miaulement strident, aperçut un chaton lancé dans les airs sans le moindre ménagement.

— Voyons voir si tu es capable de jongler avec *ça* ! hurla un homme en se tordant de rire.

— Mon Dieu ! s'écria Lucy, qui parvint cependant à faire effectuer à l'animal un tour complet avant que le malheureux ne se réfugie sur sa tête, les griffes solidement plantées dans son chapeau informe.

Les torches, la pomme et le poisson dégringolèrent. Le dénommé Mort entreprit d'éteindre les flammes et Dove s'apprêtait à le seconder lorsqu'il dérapa sur le poisson, heurtant malencontreusement un spectateur, donnant le signal de départ d'une indescriptible mêlée.

Aveuglée par le chat, Lucy tentait de se frayer un chemin, les mains tendues. Elle ne parvint qu'à renverser la charrette d'un libraire ambulant. Chapeau et chat tombèrent en même temps et le félin terrorisé escalada une pile de volumes qu'il couvrit de boue.

— Imbécile ! tempêta le libraire en se ruant sur Lucy.

Celle-ci répliqua en faisant basculer à terre le reste des livres, envoyant bientôt l'homme les rejoindre.

— Et mes neuf pence là-dedans ! s'exclama-t-elle, tournée vers les marches où la bataille faisait rage.

Dépitée, elle récupéra une pièce abandonnée et la fourra dans son volumineux sac, attaché à la taille par un vieux morceau de ficelle. Puis elle fila vers St. Paul et sa vaste coupole, poursuivie par le libraire et son imposante matrone de femme, une vociférante.

C'était le chaos total. Aidan ne pouvait en croire ses yeux.

Tout au spectacle de ces bouffonneries, il mit un certain temps à se rendre compte de l'endroit où il se trouvait.

Ainsi, c'était cela, St. Paul, le cœur de la capitale ! L'endroit ressemblait davantage à un lieu de rendez-vous qu'à un sanctuaire de la foi, ce qui ne fut guère pour étonner Aidan : les Anglais étaient connus pour la tiédeur de leur piété. Celle-ci avait disparu en même temps que la pompe et l'apparat, chassés par les réformateurs, ces ennemis jurés de la papauté.

A l'ombre de la flèche brisée de la cathédrale déambulaient une incroyable variété de mendiants, marchands, saltimbanques, voleurs, prostituées et escrocs.

Soudain apparurent de l'autre côté de l'esplanade un respectable bourgeois et un représentant de l'ordre en tenue qu'avaient attirés les vociférations de la femme du libraire. Ce dernier avait réussi à bloquer Lucy sur la dernière marche du perron, et la jeune femme appela à l'aide. En vain. A la vue du gendarme, les lieux s'étaient soudainement vidés.

Certain que sa proie ne lui échapperait plus, le commerçant, appuyé par le monsieur bien mis, pointa le doigt sur Lucy et demanda au gendarme de l'arrêter.

La bateleuse ne parvint pas à s'esquiver malgré son agilité. En désespoir de cause, elle plaqua sur son visage un sourire espiègle et repoussa une courte mèche de son front — elle avait récemment été obligée de renoncer à sa longue chevelure pour venir à bout d'une invasion de poux.

— Bonjour, Votre Honneur, dit-elle aimablement au gentilhomme.

Celui-ci, caressant sa barbe, lui rétorqua sans aménité :

— Le jour ne s'annonce pas particulièrement bon pour vous, fripouille. N'êtes-vous pas au courant des lois contre les comédiens ambulants ?

Lucy jeta à droite et à gauche un regard brûlant d'indignation.

— Des comédiens ambulants ? répéta-t-elle, l'air outré. Quoi ? Où ? Mon Dieu ! faut-il que nous soyons tombés bas pour qu'une pareille vermine envahisse nos rues !

Son regard s'arrêta un moment sur un homme à cheval qu'elle avait remarqué un peu plus tôt pour sa mise somptueuse et sa monture hors du commun.

— Vous essayez de nous faire croire que vous n'êtes pas un comédien ambulant ? tempêta le constable.

— Ne m'insultez pas, je vous prie, moi qui suis un... un...

Elle prit une profonde inspiration avant de déballer d'un trait :

— Moi qui suis un prédicateur venu porter la bonne parole aux mécréants de St. Paul.

Le gentilhomme haussa un sourcil dubitatif.

— La bonne parole ? De quoi s'agit-il donc ?

— Ne me dites pas que vous l'ignorez, monsieur !

s'exclama-t-elle d'un ton excédé. L'Evangile selon saint Jean, bien sûr!

Elle se tut, cherchant désespérément dans sa mémoire quelques bribes de prêches qu'elle avait pu glaner lors de ses brefs passages dans des églises — pour se cacher généralement.

— Les pêches miraculeuses, par exemple! lâcha-t-elle enfin triomphalement.

— Ah, ah! ricana le constable en la plaquant contre le mur, tu as intérêt à trouver mieux si tu veux échapper au pilori!

— Bon, bon, soupira Lucy, se voyant acculée, je vais vous dire la vérité!

Une petite foule s'était rassemblée, espérant probablement assister au supplice. L'étranger sauta de son cheval, tendit les rênes à son écuyer et s'approcha.

L'attrait du sang était universel, se dit Lucy. Quoique, peut-être... En dépit de son air farouche et de sa chevelure noire, l'étranger dégageait une aura d'insolence qui la fascinait. Elle respira à pleins poumons et se jeta à l'eau:

— C'est vrai, je *suis* un de ces comédiens ambulants. Mais je bénéficie de la protection d'un gentilhomme, conclut-elle triomphalement.

— Ah, vraiment? minauda le riche Londonien avec un regard en coin en direction du constable.

— Vraiment, sir! Je vous en donne ma parole.

L'air enjoué de son interlocuteur n'augurait rien de bon. La curée n'allait pas tarder.

— Et qui est donc cet éminent protecteur, je vous prie?

— Robert Dudley en personne, le comte de Leicester. Comme vous savez, c'est l'amant de la reine, aussi je vous conseille de ne pas m'irriter davantage.

Lucy bomba le torse, ravie de sa trouvaille.

Si la plupart des badauds qui s'étaient entre-temps rapprochés demeurèrent bouchée bée, le gentleman ne sembla guère impressionné.

Ou plutôt, pas comme l'aurait souhaité Lucy. En un instant, son teint passa du gris terne au rouge brique.

Le constable attrapa la jeune fille par l'oreille.

— Décidément, vous n'avez pas de chance, annonça-t-il en désignant d'un grand geste le gentilhomme hautain qui l'accompagnait. Voici le comte de Leicester, et je n'ai pas l'impression qu'il vous ait jamais vue.

— Si c'était le cas, je m'en souviendrais, remarqua le comte.

Lucy déglutit avec difficulté.

— Puis-je revenir sur mes propos ?

— Mais je vous en prie ! l'encouragea Leicester.

— En fait, mon protecteur est lord Shelbourne, déclara-t-elle enfin en jetant autour d'elle un regard hésitant. Il est encore en vie, n'est-ce pas ?

— Oh, mais certainement !

Lucy poussa un soupir de soulagement.

— Bon ! Eh bien voilà ; l'affaire est classée. Maintenant, il faut que je m'en aille...

— Pas si vite !

La pression sur son oreille s'intensifia lui arrachant des larmes.

— Il est enfermé à la Tour, déchu de son titre et de ses biens.

Lucy eut un hoquet de surprise.

— Eh oui ! soupira Leicester, et il clappa de la langue en prenant un air désolé.

Pour la première fois, son aplomb la quitta. Cette fois, toutes les ressources de son esprit ne lui étaient d'aucun secours. Elle décida cependant de faire une dernière tentative. Qui pourrait-elle citer ? Lord Burghley ? Non, il était trop vieux. Walsingham ? Non, pas avec ses penchants puritains. La reine en personne, alors ! Elle serait loin avant qu'on puisse vérifier ses dires.

C'est alors qu'elle se rappela l'inconnu qui dominait la foule d'une bonne tête. Bien qu'il fût certainement étranger, il l'observait avec un intérêt non dépourvu de sympathie, lui sembla-t-il. Avec un peu de chance, peut-être ne comprenait-il pas l'anglais ?

— Puisque vous me poussez dans mes derniers

retranchements, annonça-t-elle en le désignant du doigt, c'est lui mon protecteur.

Mon Dieu, supplia-t-elle silencieusement, *faites qu'il soit hollandais, suisse, ivre ou stupide. Je vous en prie,* ajouta-t-elle à l'adresse de sa nouvelle cible, *aidez-moi, ne me contredisez pas !*

Le comte et le constable tournèrent la tête au même moment vers le colosse aussi solide qu'un chêne qui dominait de sa haute taille la foule et tranchait sur elle par son calme.

Lucy croisa pour la première fois son regard, et la jeune fille en éprouva un choc qui l'ébranla jusqu'au tréfonds d'elle-même. Une émotion qu'elle eût été bien en peine de nommer la saisit tout entière. Et ce n'était pas tant la magnificence de ses yeux de saphir que l'expression du visage de l'inconnu qui en était la cause.

Une force mystérieuse paraissait émaner de son regard. Il semblait à Lucy que cet homme parvenait à voir en elle comme si elle eût été transparente.

La vieille Mab, qui avait élevé Lucy, n'aurait pas hésité à parler de magie. Et, pour une fois, elle aurait eu raison.

Le comte mit ses mains en porte-voix.

— Hé ! monsieur !

L'étranger posa une main gigantesque sur son non moins gigantesque torse et haussa un sourcil noir, interrogateur.

— Oui, sir ! acquiesça le comte. Cette coquine prétend qu'elle est sous votre protection. Est-ce exact ?

La foule, le comte et le constable attendaient. Quand ils se détournèrent de Lucy, elle en profita pour jeter au géant le genre de regard implorant qu'elle maîtrisait si bien, laissant ses grands yeux clairs plaider sa cause.

L'étranger leva la main, tandis que derrière lui s'assemblait une singulière troupe. Un groupe d'hommes aussi disciplinés que des soldats, mais vêtus de peaux de bêtes — de loups, pour être précis — et munis de masses d'armes. Certains avaient le crâne rasé, d'autres de véritables tignasses qui leur masquaient les yeux.

La foule se dispersa sur leur passage, et Lucy l'aurait

volontiers imitée si le constable ne l'avait tenue aussi solidement par l'oreille.

— C'est ce que dit cette jeune fille ?

Maudit soit-il ! Malgré son accent étrange, il parlait anglais.

Il était vraiment imposant. En règle générale, Lucy avait confiance dans les hommes grands. Les hommes grands et les grands chiens. Ils semblaient moins ressentir le besoin de s'affirmer par la cruauté sur plus petit qu'eux.

L'homme se fraya un chemin et s'approcha.

De près, elle distingua les reflets bleu et violacé de sa crinière noire épandue sur ses épaules, dont une mèche s'ornait d'une lanière de cuir agrémentée de perles.

Lucy se secoua. Bon sang ! Au lieu d'admirer le bel étranger, elle serait plus avisée de prendre ses jambes à son cou, ou du moins de réfléchir à quelque mensonge plausible pour expliquer comment, sans qu'elle le connût, elle se trouvait sous sa protection.

Lorsqu'il parvint sur le perron, à sa hauteur, d'un regard insistant, il força le constable à lâcher Lucy, qui soupira d'aise.

— Je suis Aidan, déclara l'étranger, le Mór O'Donoghue.

Un Maure ! Lucy tomba à genoux, attrapa l'ourlet de son manteau de soie bleue et le porta à ses lèvres. Le contact de cette étoffe à la fois lourde et fluide l'étonna autant que celui qui la portait.

— Vous vous souvenez, Votre Prééminence ? cria-t-elle se rappelant que les hommes importants adoraient les titres. Vous vous souvenez comme vous avez généreusement étendu votre protection sur ma malheureuse personne pour me sauver de la faim ?

Tout en parlant, elle repéra une étrange petite dague au manche d'os dépassant de la botte de l'homme et ne put résister à l'envie de la saisir et de la glisser dans la sienne.

Comme son regard remontait le long de la jambe puissante, elle ressentit un étrange picotement. Un poignard pendait à sa taille, aussi affûté et inquiétant que celui qui le portait.

— Vous vous souvenez ! Vous ne vouliez pas me laisser subir les affres de la prison. Et votre conscience délicate ne supportait pas l'idée de brûler en enfer pour avoir abandonné une pauvre femme sans défense à...

— Oui, je m'en souviens, dit le Maure.

Elle lâcha son ourlet et leva les yeux vers lui.

— Quoi ? demanda-t-elle étourdiment, sidérée.

— Bien sûr que je me souviens de vous, miss... euh...

— Miss Trueheart, indiqua-t-elle précipitamment, choisissant l'un de ses noms d'emprunt favori. Lucy Trueheart.

Le Maure se tourna vers Leicester qui le regardait d'un air ébahi.

— Voilà ! Tout est dit, reprit le colosse aux cheveux noirs. Miss Lucy Trueheart est sous ma protection. Je dois reconnaître qu'elle se montre parfois imprévisible et que son numéro d'aujourd'hui n'était pas prévu, ajouta-t-il en saisissant Lucy du battoir qui lui tenait lieu de main pour la remettre sur ses pieds. Mais n'ayez crainte, désormais, je la surveillerai de plus près.

— Je vous en serais reconnaissant, milord Castleross, acquiesça Leicester.

Le constable se força à sourire, face à l'imposante escorte, au moment même où le Maure pivotait pour s'adresser à ses troupes dans une langue totalement inintelligible, même pour l'oreille exercée de Lucy.

Sur quoi les hommes vêtus de peaux quittèrent le parvis de la cathédrale et descendirent lourdement Paternoster Row, l'écuyer du Maure se chargeant de sa monture tandis que lui-même s'emparait fermement du bras de Lucy.

— Allons-y, *storin*, dit-il.

— Pourquoi m'appelez-vous *storin* ?

— Cela veut dire « trésor ».

— Oh ! Personne ne m'a jamais nommée ainsi. On a plutôt tendance à m'appeler « guigne », ou « porte-poisse ».

Son accent chantant et l'odeur fraîche emprisonnée

dans ses cheveux et son manteau envoyèrent comme une décharge électrique dans tout le corps de Lucy. Personne n'était jamais venu à son secours de toute sa vie, à plus forte raison un lord aussi séduisant.

Tandis qu'ils atteignaient la grille séparant St. Paul de Cheapside, Lucy observait son sauveur du coin de l'œil.

— Vous paraissez plutôt gentil pour un Maure, remarqua-t-elle.

Elle passa la porte qu'il lui tenait ouverte.

— Un Maure ! s'exclama-t-il. Mais je ne le suis pas !

— Pourtant, vous avez bien dit que vous étiez Aidan, le Maure O'Donoghue.

Il éclata de rire et Lucy s'arrêta net, fascinée par cette sonorité profonde et caressante qui lui semblait presque palpable.

Quand il rejeta sa tête en arrière, elle aperçut une rangée de dents éclatantes de blancheur. Puis il la regarda, et les prunelles saphir qu'il darda sur elle suscitèrent en elle la même émotion indescriptible qui l'avait saisie un moment plus tôt.

Il commençait à la rendre nerveuse.

— Pourquoi riez-vous ? s'enquit-elle.

— *Mór*, dit-il. Je suis le *Mór* O'Donoghue. Cela signifie « grand ».

— Ah ! oui, fit-elle d'un air entendu. L'êtes-vous vraiment ? renchérit-elle en laissant son regard errer sur ce corps magnifique, s'attardant sur quelques points particulièrement intéressants.

Cette vue la convainquit soudain que Dieu ne pouvait être qu'une femme. Seule une femme avait pu assembler en un tout si réussi autant de perfections.

— Je veux dire, à part votre haute taille, précisa-t-elle.

Il semblait toujours s'amuser, même s'il avait cessé de rire. Posant son doigt sur la joue de Lucy dans un geste étonnamment tendre, il répondit :

— Cela dépend du point de vue, trésor.

Ce bref contact émut la jeune fille jusqu'au tréfonds de son être. C'était la première fois qu'on la touchait autrement que pour lui frotter les oreilles ou pour lui taper dessus.

— Comment faut-il appeler un homme de votre stature ? s'enquit-elle d'une voix taquine : Votre Honneur, votre Excellence ? Votre Grandeur ? Votre Hauteur ? Votre Immensité ?

Il rit.

— Pour une modeste saltimbanque, vous ne manquez pas de vocabulaire. Et l'impertinence ne vous fait pas défaut !

— J'en entends tellement ! J'apprends vite, vous savez.

— Aujourd'hui, les ennuis vous ont devancée, on dirait.

Il lui prit la main et ils continuèrent à longer Cheapside avant de déboucher sur Eleanor Cross avec ses statues dorées. Lucy vit son compagnon froncer les sourcils à leur vue.

— Ce sont les puritains qui les ont mutilées, expliqua-t-elle, décidant de l'initier à la vie de la capitale. Ils n'aiment pas voir représenter le corps humain. Là-bas, à Standard, il est possible que vous voyiez des suppliciés. D'après Dove, un meurtrier a été exécuté mardi dernier.

Mais aucun corps ne pendait au gibet quand ils parvinrent sur la place ; ils n'y trouvèrent que l'habituel rassemblement d'étudiants, de mendiants, de bagnards marqués au fer et de maquerelles, ainsi que deux soldats attachés à une carriole, que l'on rouait de coups avant de les mener en prison. A l'arrière-plan, les façades de Goldsmith Row, ornées de sculptures de bois doré qui brillaient au soleil, faisaient oublier toute cette noirceur. O'Donoghue observa tout cela attentivement, sans formuler le moindre commentaire, se contentant de glisser discrètement quelques pièces dans la main des mendiants.

Du coin de l'œil, Lucy aperçut Dove et Mortlock jouant aux dés près de l'Old Change. Ils lui sourirent en agitant la main comme si de rien n'était.

Elle leva le nez d'un air hautain et posa une main douteuse sur le bras d'O'Donoghue. Que Dove et Mort lock se morfondent donc de curiosité ! Elle appartenait maintenant à un haut personnage. Elle appartenait au Mór O'Donoghue !

Aidan se demandait comment il allait bien pouvoir se débarrasser de cette encombrante jeune fille qui le soûlait de ses jacasseries, évoquant pêle-mêle les émeutes et les rébellions dont Londres était le théâtre et les courses de bateaux sur la Tamise. Ce n'était pas parce qu'il n'avait rien à faire à Londres, tandis que la reine le faisait poireauter, qu'il devait perdre son temps avec cette espèce de feu follet.

Sans compter qu'elle lui avait volé son poignard. Bah ! Ça, il le lui laisserait volontiers pour prix du divertissement qu'elle lui avait offert.

Comme il lui jetait un furtif regard, il fut surpris par l'émotion que sa simple vue provoqua en lui. Elle avait beau marcher de l'air important d'un enfant qui étrenne une nouvelle paire de chaussures, derrière la couche de crasse qui recouvrait son visage il distinguait parfaitement les cernes sous ses yeux verts, ses joues creuses, et cet air de résignation tranquille de ceux qui ne mangent ni ne dorment tous les jours. Malgré ses efforts pour se blinder, son cœur se laissa attendrir, et il se surprit à lui demander :

— Avez-vous mangé quelque chose, aujourd'hui ?

— Aucune nourriture n'a franchi mes lèvres depuis au moins quinze jours, déclara-t-elle en feignant de vaciller de faiblesse.

— C'est un mensonge, protesta gentiment Aidan.

— Une semaine.

— Encore un mensonge.

— Depuis hier soir.

— Je serais plus enclin à le croire. Vous n'avez pas besoin de mentir pour gagner ma sympathie.

Elle laissa échapper un soupir.

— C'est une habitude, comme de cracher. Désolée !

— Où pourrais-je vous offrir un bon repas ?

Les yeux de Lucy brillèrent de plaisir.

— Ici, Votre Grandeur, indiqua-t-elle en pointant

son doigt vers l'autre côté de la rue. Cette auberge fait de délicieux pâtés en croûte et au moins ne dilue pas sa bière.

— Marché conclu !

Ils laissèrent passer quelques chariots de marchands, une bande d'enfants sales et hilares qui poursuivaient un cochon en se bousculant et une répugnante carriole d'équarrisseur avant de traverser.

Aidan dut pratiquement se plier en deux pour franchir la porte de l'auberge.

Comme ses yeux s'habituaient à l'obscurité, il examina les lieux. La salle était presque pleine, en dépit de l'heure matinale. Il distingua néanmoins une table libre et y escorta Lucy.

A peine furent-ils servis que Lucy avala d'un coup la moitié de sa bière.

— Doucement, voyons ! Ce n'est pas prudent sur un estomac vide, la refréna le Mór.

— Ne vous inquiétez pas, mon estomac est habitué.

Elle posa néanmoins la chope et s'essuya la bouche avec sa manche. Devant ses yeux brillants, Aidan se sentit gêné : il n'était pas dans ses intentions de la soûler.

— Mangez quelque chose, la pressa-t-il.

Elle lui adressa un vague sourire et s'empara d'un pâté qu'elle mâcha consciencieusement, sans avoir l'air d'y prendre plaisir. Il est vrai que les Anglais étaient de piètres cuisiniers, songea une nouvelle fois Aidan.

Une silhouette gigantesque apparut soudain dans l'encadrement de la porte, plongeant la taverne dans l'ombre. Aidan porta aussitôt la main à sa botte, puis se souvint que l'arme se trouvait toujours en possession de Lucy.

Mais à peine le nouveau venu était-il entré qu'un large sourire illumina ses traits.

— Viens t'asseoir, Donal Og, dit-il en gaélique, approchant un troisième tabouret de leur table.

Si Aidan était considéré comme un véritable géant, à côté de son cousin il pouvait presque paraître petit. Donal Og avait des épaules massives, des jambes aussi épaisses que des troncs d'arbres, et un front large et proéminent qui lui donnait l'air d'un simple d'esprit. Rien n'était plus éloigné pourtant de la vérité. Donal Og était brillant, plein d'esprit et d'une indéfectible loyauté envers Aidan.

Lucy cessa de mastiquer pour le regarder, bouche bée.

— Voici Donal Og, annonça Aidan. Le capitaine de ma garde.

— Donal Og, répéta-t-elle avec une prononciation parfaite.

— Cela veut dire Donal le Petit, expliqua l'intéressé.

Elle mesura sa taille du regard d'un air étonné.

— On m'a donné ce surnom à la naissance.

— Ah, ça explique tout! commenta Lucy avec un sourire. Très honorée. Je suis Lucy *Trueblood.*

— Tout l'honneur est pour moi, déclara Donal Og avec une pointe d'ironie.

Aidan fronça les sourcils.

— Il me semblait que vous aviez dit *Trueheart*, tout à l'heure?

— Quelle imbécile je suis! Je l'ai peut-être dit, en effet, acquiesça-t-elle dans un éclat de rire, avant de lécher ses doigts couverts de graisse.

— Où as-tu trouvé *ça*? demanda Donal Og en gaélique.

— A St. Paul.

— Les Anglais m'étonneront toujours. Ils laissent vraiment rentrer n'importe qui dans leurs églises, remarqua Donal Og en agitant la main pour demander une bière. Est-elle aussi folle qu'elle en a l'air?

Aidan gardait un sourire de façade afin que son invitée ne se doute pas qu'ils parlaient d'elle.

— Probablement.

— Etes-vous hollandais? s'enquit soudain celle-ci. Cette langue que vous utilisez pour échanger vos remarques sur moi, est-ce du hollandais? Du norvégien, peut-être?

— C'est du gaélique, répondit Aidan en riant. Nous sommes irlandais. Je pensais que vous l'aviez deviné.

Elle ouvrit de grands yeux.

— *Irlandais?* J'ai entendu dire qu'ils étaient sauvages et féroces. Et encore plus papistes que le pape lui-même!

— Vous avez raison sur le premier point, acquiesça Donal Og en gloussant.

Elle se pencha en avant avec intérêt. Aidan se passa la main dans les cheveux d'un air amusé.

— Vous voyez que je n'ai pas de cornes. Et si vous le désirez, je pourrai vous montrer que je n'ai pas de queue non plus...

— Je vous crois, fit-elle rapidement.

— Ne lui parle pas des sacrifices, le prévint Donal Og.

— Des sacrifices? hoqueta Lucy.

— Il n'y en a pas eu ces derniers temps, remarqua Aidan avec le plus grand sérieux.

— Jamais pendant le dernier quartier de lune, précisa Donal Og.

Lucy se redressa et les regarda avec inquiétude. Puis elle sembla évaluer la distance entre la table et la porte. Aidan eut l'impression qu'elle avait l'habitude des sorties précipitées.

La cabaretière, que leurs espèces sonnantes et trébuchantes rendaient inhabituellement serviable, s'approcha avec une nouvelle tournée de bière.

— Savez-vous que nous sommes irlandais? s'enquit Lucy en imitant parfaitement l'accent des deux étrangers.

La femme haussa un sourcil interrogateur.

— Je suis une nonne, expliqua Lucy, de l'ordre de Saint-Dorcas des Sœurs de la Vertu. Nous n'oublions jamais une bonne action.

Favorablement impressionnée, la matrone salua et se retira.

— Donc, si je résume, reprit Aidan en buvant sa bière à petite gorgée, nous sommes irlandais et vous n'arrivez pas à vous choisir un nom. Comment en êtes-vous venue à jouer les comédiens ambulants devant St. Paul?

— Vraiment, milord, ne pourrions-nous pas partir tout simplement? marmonna Donal Og en gaélique.

Non seulement elle est folle, mais elle grouille sans doute de vermine. Je suis sûr d'avoir aperçu une puce à l'instant.

— C'est une histoire triste, commença Lucy. Mon père était un héros de la guerre.

— Quelle guerre ? s'enquit Aidan.

— A quelle guerre pensez-vous, milord ?

— La Grande Rébellion ?

Elle opina vigoureusement du chef.

— Exactement.

— Ah ? fit Aidan. Et votre père était un héros ?

— Tu me donnes autant le vertige qu'elle, grommela Donal Og, continuant à utiliser le gaélique.

— Oui, c'était un héros, poursuivit Lucy. Il a sauvé toute sa garnison du massacre.

Son regard se perdit dans le lointain, au-delà de la porte, rivé au petit morceau de ciel visible par l'embrasure.

— Il m'aimait davantage que sa propre vie. Il a tellement pleuré quand il est parti ! Oh, ce fut un tour terrible pour les *Truebeards*.

— *Trueheart*, la corrigea Aidan, curieusement troublé bien qu'il ne crût pas un mot de son histoire.

Cependant, l'émotion qui vibrait dans la voix de Lucy n'était pas feinte.

— Trueheart. Je n'ai jamais revu mon père. Puis ma mère a été enlevée par les pirates, et j'ai dû me débrouiller seule.

— J'en ai entendu assez, dit Donal Og. Allons-nous-en !

Aidan l'ignora. Malgré lui, cette fille le fascinait et il n'arrivait pas à la quitter des yeux tandis qu'elle buvait avidement sa bière, comme si elle ne parviendrait jamais à étancher sa soif.

Il y avait en elle quelque chose qui le touchait au plus profond de lui en un lieu secret dont il s'interdisait à lui-même l'accès — un accès farouchement défendu aux autres, cela va sans dire. La seule fois où il s'était risqué à ouvrir son âme et son cœur, il en avait été si échaudé qu'il avait mis sous le boisseau tout ce qui constituait la vie même: émotions, confiance, joie, espoir.

Et maintenant, voilà qu'il s'attendrissait devant ce petit bout de femme sale et affamée qui ne possédait rien d'autre au monde que de grands yeux tendres et une imagination débordante pour se protéger de la dureté du monde. Avec ses apparences de gamine effrontée, elle était parvenue à atteindre son talon d'Achille.

La graisse et la cendre ne pouvaient dissimuler son charme candide.

— Quels terribles malheurs! commenta Aidan, entrant dans le jeu.

Le sourire de Lucy fut comme le premier rayon de soleil après l'orage.

— Quel dommage que tout cela ne soit qu'un tissu de mensonges, remarqua Donal Og en gaélique.

— Vous pourriez parler anglais, ce serait la moindre des politesses à mon égard, protesta Lucy en le toisant. Mais comme vous devez être en train de me traiter de folle et de menteuse, après tout, je ne perds pas grand-chose.

Voir un tel colosse perdre contenance était impressionnant. Donal Og se tortilla sur son tabouret, rougissant jusqu'aux oreilles.

— Vous avez raison, reprit-il en anglais. Mais vous savez, vous n'avez pas besoin de nous jouer la comédie, à Aidan et à moi.

— Je vois, répondit-elle en traînant sur les mots comme la bière commençait à lui monter à la tête. Cette fois, je vous promets de ne pas mentir.

JOURNAL D'UNE DAME

C'est le lot d'une mère de se réjouir et de se désoler tout à la fois. Il en a toujours été ainsi, mais même si j'en suis consciente, cela n'a jamais soulagé mon chagrin ni atténué ma joie.

Au début de son règne, la reine a donné à ma famille une terre dans le comté de Kerry, mais jusqu'à maintenant nous nous étions contentés d'en assumer la propriété nominale, laissant l'Irlande aux Irlandais. Et voilà que soudain, à cause de ce bien nous nous trouvons impliqués dans une guerre...

Mon fils Richard a reçu aujourd'hui son ordre de mission. Je me demande comment les conseillers de la reine ont pu lui donner le commandement d'une armée. S'ils pouvaient juste un instant avoir de lui la même vision que moi, celle d'un garçonnet rieur aux coudes tachés d'herbe, au regard étincelant traduisant la pureté de son cœur. Il me semble que c'était hier que je portais cette tête blonde et soyeuse à mon sein, scandalisant toute la bonne société en renvoyant la nourrice.

Et maintenant, ils veulent qu'il mène des hommes au combat pour une terre qu'il n'a jamais demandée et une cause qui n'est pas la sienne.

Mon cœur gémit, et je dois me forcer pour tenir bon. Me raccrocher à tous ces trésors dont le ciel m'a dotée: un mari aimant, cinq grands enfants, et ma foi en Dieu qui — pour la première fois — se trouve remise en cause.

Lark de Lacey,
comtesse de Wimberleigh

2

— Je n'arrive pas à croire que tu l'as ramenée ici! remarqua Donal Og le lendemain en arpentant la cour du prieuré jouxtant Crutched Friars, dans une banlieue résidentielle de Londres.

En tant qu'hôte de marque, Aidan s'était vu attribuer ce luxueux logis et le prieuré adjacent par lord Lumley, catholique fervent qui, en dépit de ses opinions, demeurait, depuis des lustres, favori de la reine. L'immense résidence, qui avait abrité autrefois une communauté religieuse, accueillait entre ses murs un véritable village, incluant une verrerie en activité, une grande cour et des écuries. Le seul point noir était un environnement peu plaisant, à proximité d'une large voie de passage mais surtout d'un sinistre gibet.

Aidan avait installé Lucy dans l'une des anciennes cellules de moine et l'avait confiée à la surveillance des soldats de faction.

— Je n'ai pas eu le cœur de la laisser à la taverne, expliqua-t-il en jetant un coup d'œil vers la porte close, sous les arcades de l'ancien cloître. Elle aurait pu faire de mauvaises rencontres.

— Cela a dû lui arriver maintes fois. Sans doute est-ce même de cela qu'elle vit, rétorqua Donal Og avec un geste exaspéré de la main. Tu ramasses toujours les chiens perdus : agneaux, chiots, poulains, toutes créatures qu'il vaudrait mieux...

Il s'interrompit l'air maussade et reprit ses allées et venues.

— ... laisser mourir ? termina Aidan.

Donal Og pivota.

— C'est inscrit dans l'ordre naturel des choses. Seuls les plus forts survivent. Qui mieux que nous autres, Irlandais, peut le comprendre ? Ni toi ni moi ne sommes de taille à changer le monde. Ce n'est pas notre rôle.

— N'est-ce pourtant pas pour cela que nous sommes venus à Londres, cousin ? s'enquit doucement Aidan.

— Nous sommes venus parce que la reine Elisabeth t'a convoqué, siffla Donal Og. Et maintenant que nous sommes ici, elle refuse de nous voir. On se demande vraiment pourquoi ? s'emporta-t-il en levant les yeux au ciel.

— Cela l'amuse de faire faire le pied de grue aux dignitaires étrangers.

— A mon avis, elle ne digère pas que tu te promènes en ville avec une armée de cent hommes. Cela est une insulte à sa dignité.

Ils en étaient là de leur discussion lorsque Iago sortit du quartier des soldats, grattant son torse nu marqué des cicatrices rituelles. Il bâilla.

— Parler, parler, parler, fit-il avec l'accent chantant de son île natale. Vous n'arrêtez donc jamais ?

Aidan jeta un bonjour distrait à son commandant en chef. Par un concours de circonstances extraordinaires, Iago, de mère antillaise et de père espagnol, était arrivé dix ans plus tôt des îles et depuis les deux hommes ne s'étaient plus quittés. De deux ans plus jeune que Iago et en admiration devant sa force et son courage, Aidan cherchait à l'imiter en tout, étant allé, un jour de beuverie, jusqu'à subir la séance de scarification rituelle, à la grande horreur de son père.

— Je disais à Aidan qu'il ne peut s'empêcher de recueillir les chiens perdus, lança Donal Og.

Iago éclata d'un rire sonore.

— Qu'a-t-il ramené, cette fois-ci ?

Lucy était étendue, parfaitement immobile, les yeux fermés et se livrait à l'un de ses jeux favoris. Depuis toujours, elle se réveillait avec la conviction que sa vie n'était qu'un mauvais rêve et qu'en ouvrant les paupières, elle se découvrirait une mère au doux sourire de madone et un père en admiration devant sa fille bien-aimée.

Elle renifla avec mépris et chassa rapidement ces stupidités de son esprit. Elle ne voyait pour l'heure qu'un plafond blanchi à la chaux et écaillé et des murs de torchis. Seuls lui parvenaient une odeur de chevaux et de paille mêlée, ainsi qu'un murmure de voix masculines derrière l'épaisse porte en bois.

Comme elle se remémorait peu à peu les événements de la veille, elle examina la pièce et, apercevant un pot à eau et une cuvette, alla s'y rafraîchir.

Jusqu'à la veille, sa vie se bornait à quelques singeries quotidiennes sur le parvis de St. Paul, de menues rapines et d'errances dans les rues de la capitale en compagnie de Mort et de Dove, avant un retour tardif à la maison de Maiden Lane, dont Lucy partageait les combles avec un énorme rat qu'elle avait surnommé Pavlo, ainsi qu'avec quelques douloureux et indésirables souvenirs qu'elle n'avait partagés avec personne.

Avec la rencontre d'Aidan, ce traintrain avait certainement pris fin, et elle ne déplorait ni ne se réjouissait de ne plus voir Mort et Dove, simples compagnons d'infortune pour qui elle n'éprouvait pas d'affection particulière. Comment l'aurait-elle pu, d'ailleurs, alors qu'elle évitait de s'attacher à quiconque ?

Elle n'avait suivi le lord irlandais que parce qu'elle n'avait rien de mieux à faire et que, depuis longtemps, elle rêvait de bénéficier de la protection d'un homme riche. Faute de voir ses rêves de Cour se réaliser, elle se contenterait de la compagnie de ce Celte. Elle aurait d'ailleurs pu plus mal tomber. Après tout, il était beau, riche et par-dessus tout d'une gentillesse rare.

Elle vérifia si son sac élimé était bien là, puis se sécha le visage. Comme elle se lavait les dents avec un bout de sa chemise trempé dans l'eau, elle aperçut un blason ondulant au fond de la cuvette.

Une croix normande, un faucon et des flèches.

Les armes des Lumley. Elle les connaissait bien pour avoir volé au lord un écusson d'argent un jour où ses pas l'avaient mené dans les parages de St. Paul.

Elle se redressa, passa les mains dans ses cheveux coupés à la diable, attrapa son chapeau et ouvrit brutalement la porte.

La brume du matin recouvrait la cour comme un linceul. Hommes, chiens et chevaux semblaient autant de fantômes. Le brouillard atténuait les bruits, rendant presque familières les rudes voix irlandaises.

A quelques mètres d'elle, Lucy aperçut les trois hommes : le Mór O'Donoghue, sa cape bleue jetée sur une épaule, avait posé un pied sur la fourche d'un chariot et calé son coude sur son genou tandis que Donal Og, appuyé contre la roue, gesticulait comme un beau diable. Leur interlocuteur lui tournait le dos, les pieds écartés comme s'il se trouvait sur le pont d'un bateau. Il était grand — était-ce la condition *sine qua non* pour faire partie de la suite du lord — et sa longue tunique brillait plus vivement qu'un tapis de fleurs printanières.

Sortant de la chambre, Lucy s'aperçut que celle-ci faisait partie d'une longue suite de cellules. D'un pas vif, elle se dirigea vers le chariot et, avec sa brusquerie habituelle, saisit un pan du vêtement de l'inconnu et le palpa sans manière.

— Alors, jeune fille ! la salua Aidan, d'un ton légèrement menaçant.

L'homme au manteau brillant se retourna.

Lucy hoqueta de surprise, puis recula brutalement, trébucha sur un pavé inégal et atterrit sur le derrière dans une mare de boue toute fraîche.

— Seigneur Jésus !

— Quelle bonne et pieuse créature ! s'exclama Donal Og sèchement. Une vraie sainte !

Lucy avait peine à se remettre de son étonnement. Ainsi, c'était bien un *Maure* qu'elle avait sous les yeux ! Comme tout le monde, elle avait entendu parler des Maures dans les chansons et les récits, mais c'était la première fois qu'elle en voyait un en chair et en os. Quel visage superbe : des pommettes saillantes, une mâchoire carrée, une bouche magnifique, des yeux couleur de miel sombre.

— Je m'appelle Iago, dit-il en reculant et en relevant l'ourlet de son manteau.

— Lucy, annonça-t-elle à bout de souffle. Lucy True... True...

Aidan lui prit la main et la releva. Sa tranquille assurance se répandit en elle à son contact. C'était comme un rêve. Et en un sens, c'était encore plus stupéfiant que l'apparition du Maure.

Le regard de Iago passa tranquillement de Lucy à Aidan.

— Milord, vous vous êtes surpassé.

Lucy sentit la boue couler le long de ses jambes et s'infiltrer dans ses bottes, volées l'année précédente sur un cadavre.

— Préférez-vous commencer par prendre un bain ou par déjeuner ? s'enquit le Mór O'Donoghue plutôt aimablement.

Son estomac criait famine, elle en avait l'habitude. Frissonnante, elle murmura :

— Le bain, Votre Grandeur.

Donal Og et Iago échangèrent un sourire.

— Votre Grandeur ! répéta Iago de sa voix musicale.

Donal Og claqua des talons et s'inclina.

— Votre Grandeur !

— Va pour un bain ! acquiesça Aidan sans leur accorder aucune attention.

— Je n'en ai encore jamais pris.

Aidan O'Donoghue la fixa un long moment. Son regard la brûlait comme une flamme.

— Eh bien, je n'en suis pas surpris.

Elle chantait faux mais son bonheur était bien réel. La pièce jouxtant la cuisine de Lumley House était petite, basse de plafond et sans ouverture, mais un flot de lumière entrait par la porte ouverte. Aidan, assis de l'autre côté du paravent, se bouchait les oreilles de ses mains, sans pouvoir échapper à la voix perçante.

S'arrêtant brusquement, elle demanda :

— Est-ce que ma chanson vous plaît, Votre Excellence ?

— C'est superbe, se força-t-il à dire. Superbe !
— Je peux vous en chanter une autre si vous voulez !
— Ce serait une grande joie.
Elle était sérieuse, hélas !

Le lit est en désordre
Une fois le plaisir pris...

Elle braillait les paroles sans la moindre gêne. Aidan n'avait jamais vu un simple bain produire un tel effet.

Lucy s'interrompit pour reprendre sa respiration ou peut-être — Dieu lui pardonne — pour inventer un autre vers.

— Avez-vous bientôt terminé ? interrogea Aidan.

— Pourquoi ? Sommes-nous pressés ?

— Vous allez finir par ressembler à une écrevisse si vous continuez à mariner ainsi.

— Bon, bon, je sors !

Il entendit l'eau clapoter contre les parois du baquet.

— Où sont mes habits ?

— Dans la cuisine. Iago va les faire bouillir. On vous a trouvé des vêtements de rechange. Ils sont pendus à un crochet...

— Oooh ! fit-elle, et l'émerveillement perçait dans sa voix. C'est un vrai cadeau du ciel ! s'exclama-t-elle en découvrant les vieilles frusques abandonnées par une servante qui s'était enfuie avec un marin la semaine précédente.

Des froissements divers parvinrent à Aidan de derrière le paravent et Lucy émergea quelques minutes plus tard, l'air si ravie que le jeune homme mit un point d'honneur à se retenir de pouffer au spectacle qu'elle offrait, jupe à l'envers, corset de guingois, cheveux mouillés se dressant sur sa tête comme des épis. Pieds nus, elle tenait avec respect les pantoufles de cuir à la main.

Quand elle s'arrêta dans le rayon de soleil, et qu'il découvrit pour la première fois son visage débarrassé de sa couche de suie et de cendre habituelle, il crut s'évanouir.

Bien qu'aucun de ses traits ne fût remarquable en

soi, l'ensemble produisait une impression extraordinaire. Le front était large, les sourcils parfaitement dessinés mettaient en valeur un regard rêveur, les douces courbes du nez et du menton soulignaient la rondeur d'une bouche entrouverte, comme dans l'attente d'un baiser et la peau délicatement colorée semblait presque nacrée. La ressemblance avec l'ange sculpté au-dessus de l'autel de l'église d'Innisfallen était frappante.

— Ces habits sont absolument superbes ! s'émerveilla-t-elle.

Il s'autorisa juste un léger sourire.

— En effet, mais laissez-moi vous aider à les ajuster correctement.

— C'est déjà fait, lord de mon cœur, au cas où vous n'auriez pas vu !

— Bien sûr, bien sûr, mais en l'absence de femme de chambre, c'est à moi d'apporter la touche finale.

— Vous êtes si gentil !

— Pas toujours, répliqua-t-il, sans qu'elle perçût la note d'avertissement dans sa voix. Allons, venez par ici !

Elle traversa la pièce sans hésitation.

— Commençons par le corset, expliqua-t-il patiemment en dénouant le nœud fait à la diable. Je ne me suis jamais demandé pourquoi il en était ainsi mais la mode veut que vous le portiez avec le bas en haut.

— Vraiment ?

Elle fixa avec désarroi l'objet incriminé.

— Il est plus couvrant dans le sens où je l'ai mis. Dans l'autre sens, j'ai l'air de présenter ma poitrine sur un plateau !

L'image enflamma l'esprit d'Aidan, et il serra les mâchoires. Eprouver du désir pour cette fille était bien la dernière chose à laquelle il s'était attendu. Lucy leva les bras et attendit sans bouger qu'il déplace le corset.

Ce faisant, ses doigts percevaient nettement sa chaleur sous la fine chemise de batiste, et il percevait avec délices l'odeur de son corps et de ses cheveux fraîchement lavés.

Avec toute la maîtrise dont il était capable, il retourna le corset et le lui remit, incapable, à la vue de la taille mince, des rondeurs des hanches et de la poitrine, de chasser la flambée de désir qui montait en lui.

Comme elle l'avait remarqué elle-même un peu plus tôt, sa poitrine pointait au-dessus d'une manière terriblement aguichante. Il pouvait apercevoir à travers le fin tissu, la rondeur des seins et la couleur rosée de leurs pointes. Durant un long et terrible moment, il fut incapable d'envisager un autre dénouement que d'y enfouir le visage.

Un grondement semblable au ressac de l'océan lui emplit les oreilles, se confondant avec le rythme de son cœur et il pencha la tête en avant, si près qu'il sentait déjà la chaleur de la peau délicate.

Elle se recula avec une inspiration tremblante, et ce léger mouvement lui remit les idées en place. Il était le Mór O'Donoghue, chef de clan irlandais respecté et l'année précédente, il avait prêté serment de ne plus toucher aucune femme. Il n'allait pas se laisser tenter par une pauvre folle d'Anglaise !

Il se força à ne plus fixer son corsage, mais ses yeux. Et ce qu'il y vit était encore plus dangereux que les courbes pleines de son corps : non pas de la folie mais une douloureuse impatience.

Cela lui fit l'effet d'une gifle. Il retint sa respiration puis souffla un grand coup. *Ne me montrez pas votre désir*, eut-il envie de crier. *Et surtout, ne vous attendez pas que j'y réponde !*

Il se borna à déclarer :

— Je suis à Londres pour régler une affaire. Dès que j'en aurai fini, je rentrerai en Irlande.

— Je n'ai jamais été en Irlande, dit-elle, un insupportable espoir luisant dans ses yeux.

— En ce moment, c'est un bien triste pays, surtout pour ceux qui l'aiment.

Triste. Le mot était faible pour décrire l'horreur et la désolation qu'il avait rencontrées partout sur son passage : ruines fumantes, champs calcinés, villages désertés, meutes de loups dévorants les cadavres.

Elle pencha la tête sur le côté. Leur proximité n'avait pas l'air de la gêner, et un soupçon traversa l'esprit d'Aidan. Peut-être avait-elle l'habitude chez elle de se faire rhabiller par un homme.

L'idée étouffa toute la sympathie qu'il ressentait à son égard. Il se dépêcha de la ligoter dans son corset, l'aida à glisser ses pieds dans les chaussures, et se recula vivement.

Mais sa belle indifférence fit long feu quand elle pointa le pied et plongea dans une révérence digne d'une lady en lui demandant :

— Alors, comment me trouvez-vous ? lui offrant une vision reflétant parfaitement l'image qu'il se faisait du paradis.

Son expression de chérubin, pleine de confiance et d'innocence, le troublait d'autant plus qu'elle détonnait avec l'idée qu'il se faisait des comédiens ambulants.

Il décida finalement que regarder ses cheveux serait certainement moins dangereux que se noyer dans les profondeurs de ses yeux. Suivant son mouvement de tête, elle leva la main, indiquant d'un geste vague les mèches couleur de miel.

— C'est horrible, n'est-ce pas ? Quand je les ai coupés, Mort et Dove m'ont suggéré d'utiliser ma tête pour écouvillonner des barriques de vin ou ramoner des cheminées.

Aidan se surprit à rire.

— Ce n'est pas si terrible que vous le dites. Mais pourquoi diable avez-vous coupé vos cheveux aussi court ?

— A cause des poux, avoua-t-elle sans aucune gêne. Ils m'ont fait passer un mauvais moment !

Il déglutit d'un air embarrassé.

— Ah ! Eh bien, j'espère que vous avez pu vous débarrasser de ces intrus.

— Apparemment, ils n'ont pas résisté. Mais dites-moi, milord, qui vous coiffe ? C'est époustouflant ! remarqua-t-elle en se mettant sur la pointe des pieds pour soulever la tresse en coton qui pendait au milieu de ses boucles brunes.

— Ce doit être Iago. Les voyages ne lui réussissent pas, et il est capable de faire n'importe quoi pour échapper à l'ennui, répondit-il. Comme me soûler pour me décorer le torse, ajouta-t-il tout bas. Je vais lui demander de vous trouver une coiffure, reprit-il à son intention, en portant la main vers la tête de Lucy, emprisonnant sa joue dans sa paume tandis que son pouce s'enfonçait dans ce qui lui restait de cheveux — étrangement doux, s'étonna-t-il.

— Cela vous ferait-il plaisir ? l'entendit-elle demander dans un murmure.

— Oui, Votre Immensité.

Elle se recula et se démancha pratiquement le cou pour regarder par-dessus l'épaule d'Aidan.

— J'ai oublié quelque chose ! s'écria-t-elle en se précipitant vers la cuisine où elle avait abandonné ses vieux vêtements.

Il fronça les sourcils, mais comprit lorsqu'il vit un éclat de métal percer à travers la tunique dont elle s'empara avec un soupir de soulagement : sans doute une pièce dont elle avait délesté quelque passant sur le parvis de St. Paul. Haussant les épaules, il alla à la porte qui donnait sur le jardin pour appeler Iago.

En se retournant, sa supposition se confirma lorsqu'il vit Lucy porter la pièce à ses lèvres, les yeux fermés, avec une expression d'extase, comme si cette menue monnaie avait été un trésor inouï.

ANNALES D'INNISFALLEN

Je suis suffisamment vieux maintenant pour pardonner au père d'Aidan, et en même temps assez jeune pour n'avoir pas oublié quel scélérat était ce Ronan O'Donoghue. Ah, je pourrais rôtir pour l'éternité dans le feu de mes peu charitables pensées, il n'en demeure pas moins que j'ai toujours détesté ce vieil imbécile et que je n'ai pas versé une seule larme lors de sa veillée mortuaire.

Ce qu'il attendait de son fils était inhumain. Il exigeait de lui à la fois la loyauté, le sens de l'honneur, de la vérité mais, plus que tout, une obéissance stupide et aveugle. Or, c'est cette dernière qui lui faisait défaut, alors que c'était la seule qui aurait pu sauver son rustre et mesquin de père de la mort.

A n'en pas douter, cela doit continuer de ronger de remords ce pauvre garçon.

Quel effroyable gâchis! Tant qu'il ne se sera pas libéré de la culpabilité engendrée par les événements de cette nuit fatale, Aidan O'Donoghue sera incapable de vivre.

Revelin d'Innisfallen

3

Lucy, parfaitement immobile sur un tabouret installé dans le jardin derrière la cuisine, était plongée dans son récit :

— ... aussi, quand le bateau de mon père a sombré, poursuivait-elle joyeusement, ses ennemis en déduisirent qu'il avait péri.

— Naturellement, dit Iago de sa voix de basse chantante. Et bien entendu, votre papa n'est pas mort du tout. Au moment même où nous parlons, il assiste au conseil de Sa Majesté.

— Comment le savez-vous ?

Lucy rayonnait, sous l'ombre mouvante du vieil orme. Elle pivota sur son tabouret et leva les yeux vers lui.

— Moi aussi, j'aime inventer des réponses aux questions qui me turlupinent.

— Je n'invente rien, siffla-t-elle. Tout s'est passé exactement comme je viens de le décrire.

— Bien sûr ! Si ce n'est que l'histoire change à chaque nouvel interlocuteur, fit-il sur un ton amusé mais non accusateur. Votre père a déjà été pirate, chevalier, prince d'un lointain royaume, mercenaire, et même chasseur de rats. Oh, et ne vous ai-je pas entendue dire à O'Mahoney que vous aviez été engendrée par le pape ?

Lucy poussa un soupir et ses épaules s'affaissèrent. Un croassement rauque s'éleva dans l'orme, et un corbeau traversa le ciel dans un bruissement d'ailes. Bien sûr qu'elle inventait des histoires. Comment aurait-elle pu regarder la vérité en face ?

La caresse du peigne dans ses cheveux était apaisante. Iago lui leva le menton et la fixa un long moment, aussi attentif qu'un sculpteur. Elle lui retourna son regard. C'était vraiment un personnage hors du commun avec sa peau d'ébène, ses intonations musicales et l'orgueil inné et sauvage dans lequel il se drapait.

Il ferma un œil et se mit à manier avec dextérité ses petits ciseaux. Ceux-là mêmes, avec un manche d'ivoire, qu'elle avait failli voler sur la table de la cuisine.

— Vous contez admirablement, *pequeña*, remarqua-t-il en poursuivant son travail. Mais ce ne sont que des fables. Je le sais, parce que j'ai fait la même chose. Je restais des heures éveillé la nuit à mettre bout à bout les souvenirs que j'avais gardés de ma mère afin de lui donner un visage. J'ai fini par la parer de toutes les vertus, et elle est devenue plus réelle que n'importe quelle mère en chair et en os.

— Sans doute, s'efforça-t-elle de chuchoter malgré la boule qui lui obstruait la gorge. Je comprends ce que vous voulez dire.

Il disposa artistiquement quelques mèches sur son front. Un vent léger bruissait autour d'eux.

— Voilà une coiffure dont raffolent tous les hommes. Sur vous, elle est superbe, commenta-t-il avant de reprendre : Une mère rêvée… Dieu sait que j'en aurais eu besoin à une époque terrible de ma vie.

— Racontez-moi, demanda-t-elle, fascinée par l'agilité de ses mains et le contraste entre la peau sombre du dessus et le rose délicat des paumes.

— L'esclavage… commença-t-il. On me faisait travailler jusqu'à ce que je tombe d'épuisement, alors, on me battait pour que j'y retourne. Alors, vous aussi vous avez une mère exceptionnelle ?

Elle ferma les yeux et un ravissant visage lui sourit. Elle avait peaufiné le portrait de ses parents des milliers et des milliers de nuits, jusqu'à ce qu'ils soient parfaits.

— Oui, j'ai une mère exceptionnelle, avoua-t-elle. Et un père aussi. Les histoires ont beau changer, eux restent les mêmes.

Quand elle ouvrit les yeux, ce fut pour croiser le regard critique de Iago.

— Et le Mór O'Donoghue ? s'enquit-elle d'un ton qui se voulait badin.

— Son père est mort, ce qui explique son statut de chef de clan. Sa mère est morte, elle aussi, mais son...

Il s'interrompit.

— J'en ai déjà trop dit.

— Pourquoi êtes-vous aussi loyal envers lui ?

— Je lui dois ma liberté.

— Comment a-t-il pu vous la donner, si loin ? Il y était ?

Iago sourit et son visage s'épanouit comme une fleur tropicale.

— Non. En fait, j'ai été embarqué sur un bateau à San Juan — une île très éloignée, de l'autre côté de l'océan — pour Londres, afin d'être donné en cadeau à une grande dame que mon maître voulait impressionner.

— Donné ! s'exclama Lucy, et Iago dut la retenir pour qu'elle ne bondisse pas comme un diable de sa boîte. Vous voulez dire comme une vulgaire tasse, ou un animal de compagnie ?

— Vous avez une manière un peu brutale de l'énoncer, mais c'est à peu près ça. Le bateau a fait naufrage au large des côtes d'Irlande et je me suis enfui à la nage, abandonnant mon maître qui me suppliait de le sauver.

Lucy s'agrippa au tabouret, stupéfaite.

— Il est mort ?

— Il s'est noyé, fit Iago en opinant de la tête. Et je l'ai regardé. Cela vous choque ?

— Oui ! L'eau était très froide ?

Une sorte de rire étouffé jaillit de sa poitrine.

— Sur le point de geler. J'ai réussi à atteindre une île — j'ai découvert plus tard qu'elle s'appelait Skelling Michael — et là j'ai rencontré un pèlerin vêtu d'un sac et la tête couverte de cendres qui escaladait des escaliers jusqu'à un sanctuaire.

— Le Mór O'Donoghue vêtu d'un sac et couvert de cendres ?

— Ce n'était pas encore le Mór O'Donoghue. Il m'a

aidé à me sécher et à me réchauffer. Il a été mon premier ami — un ami fidèle et dévoué.

La colère assombrit de nouveau le regard de Iago tandis qu'il poursuivait.

— Quand le père d'Aidan m'a vu, il s'est proclamé mon maître. Et Aidan est entré dans son jeu.

Lucy serra l'assise du tabouret entre ses mains.

— Le salaud ! Le lécheur de bottes, l'ordure...

— C'était une ruse. Il a protesté avec la dernière énergie que c'était lui qui m'avait trouvé et que je lui appartenais et son père l'a admis, certain que le prestige d'Aidan se trouverait rehaussé d'être le premier Irlandais à posséder un esclave noir.

— Le fils de pute ! persista-t-elle. Le...

— Et alors, il m'a rendu la liberté, continua Iago en riant. Il a demandé à un prêtre nommé Revelin de consigner par écrit mon émancipation et m'a promis de m'aider à rentrer chez moi quand nous serions adulte, et même de m'accompagner.

— Pourquoi donc auriez-vous voulu retourner dans un pays où vous étiez esclave ? Et pourquoi Aidan vous aurait-il accompagné ?

— Parce que j'aime les îles, et que je n'avais plus de maître. Et puis, il y avait une fille appelée Serafina...

Il s'interrompit et secoua la tête comme pour chasser cette pensée.

— Aidan voulait m'accompagner parce qu'il aimait trop l'Irlande pour y demeurer.

Iago replaça quelques mèches sur sa nuque.

— S'il aimait l'Irlande, pourquoi voulait-il la quitter ?

— Quand vous le connaîtrez mieux, vous comprendrez. Avez-vous jamais été forcée de regarder mourir un être aimé ?

Elle déglutit et acquiesça d'un signe de tête.

— Je ne me suis jamais sentie aussi impuissante de ma vie, reconnut-elle en songeant à Mab.

— C'est la même chose pour Aidan et l'Irlande.

— Pourquoi est-il ici, à Londres ?

— Parce que la reine l'a convoqué. Officiellement, il doit signer une convention de reddition. Il a été fait dans ce but, lord Castleross. Officieusement, la reine désire se renseigner sur Ross Castle. Elle aimerait savoir pourquoi, après qu'elle a interdit la construction de places fortes, celle-ci a été terminée.

Lucy avait du mal à se rendre compte du rôle important que tenait son protecteur sur l'échiquier politique. C'étaient là des notions qui la dépassaient.

— Elle est très fâchée contre lui ?

L'emploi de ce « elle » la surprit elle-même. Pour Lucy et les gens de son rang, Sa Majesté était plutôt une idée abstraite qu'une femme de chair et d'os.

— Ça fait quinze jours qu'elle le laisse mariner, répondit Iago en la soulevant de son siège pour la mettre debout. Voilà. Vous êtes aussi belle qu'une fleur de frangipanier.

Elle toucha ses cheveux. Non seulement sa coiffure avait changé mais leur texture même s'était modifiée. Elle les sentait doux et légers sous ses doigts.

— Quand vous avez rencontré Aidan, il n'était pas le Mór O'Donoghue ? reprit-elle en songeant que la reine avait bien de la chance de pouvoir convoquer auprès d'elle des hommes aussi séduisants.

— Non, c'était son père, Ronan. Aidan est devenu lord Castleross après la mort de Ronan.

— Et comment son père est-il mort ?

Iago alla à la porte et l'ouvrit.

— Demandez à Aidan. Ce n'est pas à moi de répondre à cette question.

— Iago m'a dit que vous aviez tué votre père.

Aidan se jeta sur ses pieds comme si Lucy lui avait appliqué un fer rouge dans le dos.

— Il a dit *quoi* ?

Tentant de dissimuler son appréhension, elle avança dans le grand hall de Lumley House, au milieu des ombres grandissantes du soir. Un sourd grondement de tonnerre retentit dans le lointain. Aidan avait les poings crispés et une expression glaciale sur le visage.

— Vous m'avez bien entendue, milord. Si je dois rester auprès de vous, je veux en avoir le cœur net. Est-ce vrai ? Avez-vous tué votre père ?

Il attrapa un tisonnier. Un mot en gaélique jaillit de ses lèvres tandis qu'il retournait la bûche qui se consumait dans la cheminée.

Lucy prit une profonde inspiration pour se donner du courage.

— C'est Iago qui...

— Iago n'a rien dit de tel.

Elle émergea en partie de l'ombre et s'approcha du foyer, espérant qu'il allait nier ce qu'elle avait si hardiment supposé.

— Alors, vous l'avez fait, milord ? chuchota-t-elle.

Sa réaction fut si brutale qu'elle en eut le souffle coupé. Il lâcha le tisonnier, qui tomba par terre avec un bruit sec. Puis, la saisissant par les épaules, il l'écrasa contre un pilier et pencha vers elle un visage défiguré par la colère.

— Oui, espèce de sale fouineuse. Oui, j'ai bien tué mon père !

— Qu'avez-vous dit ?

Elle tremblait entre ses mains. Aidan recula et se retourna vers le feu.

— N'est-ce pas ce que vous espériez entendre ?

Il ferma les yeux et pinça le nez. Des bribes de cette dernière et brutale dispute revenaient lui tarauder son cœur. Furieux, il pivota pour regarder Lucy, décidé à la chasser de ces lieux et de sa vie. Mais lorsqu'elle jaillit de l'ombre, Aidan s'arrêta net.

— Diable, mais vous êtes méconnaissable ! jeta-t-il, et un roulement de tonnerre retentit, comme pour faire écho à son exclamation.

Elle trembla légèrement en portant la main à ses cheveux, qui formaient désormais une couronne de boucles autour de son visage.

— Iago a fait de son mieux, murmura-t-elle timidement. Mais vous essayez de changer de sujet. Etes-vous oui ou non le meurtrier de votre père ?

Il planta ses mains sur ses hanches.

— Tout dépend qui vous interrogez.

— C'est vous que j'interroge.

— Je vous ai déjà répondu.

— Cette réponse était inexacte, protesta-t-elle avec tant de véhémence qu'il crut qu'elle allait taper du pied. J'exige une explication.

— Je ne vois aucune raison de vous en fournir une. Vous êtes une étrangère, rétorqua-t-il, consterné par l'attraction qu'elle exerçait sur lui.

— Nous ne sommes pas des étrangers, Votre Hauteur, protesta-t-elle ironiquement. Ce matin même, ne m'avez-vous pas déshabillée et rhabillée comme l'aurait fait la plus proche de mes servantes ?

Il grimaça à ce souvenir. Sous ses airs de lutin se trouvait une femme dont le corps l'obsédait de manière indéniable et inopportune.

— Certains diraient, reconnut-il sombrement, que la mort de Ronan O'Donoghue était un accident.

Du coin de l'œil, il aperçut la lueur d'un éclair à travers la fenêtre à meneaux qui donnait à l'est.

— Et vous, que dites-vous ? interrogea Lucy.

— Je dis que cela ne vous regarde pas. Et si vous insistez, je vais être obligé d'employer les grands moyens pour vous faire taire.

Elle renifla, nullement alarmée par sa menace. Aidan en fut déconcerté. Il n'avait pas l'habitude de voir des femmes lui tenir tête.

— Si j'avais un père, je le chérirais.

— Mais vous avez un père. Le vaillant soldat, rappelez-vous ?

Elle battit des paupières.

— Oh, lui ! Oui, bien sûr.

Aidan poussa un soupir puis frappa du poing le manteau de la cheminée et regarda l'écusson des Lumley qui l'ornait comme s'il en référait à une autorité supérieure.

— Bon sang ! que vais-je faire de vous ?

Des rafales de vent frappaient les carreaux. Il se retourna et lança un regard courroucé à Lucy.

— Qu'allez-vous faire de moi ?

— Vous ne pouvez pas rester éternellement ici. Je n'ai pas choisi d'être votre protecteur.

La vague de culpabilité qui le submergea le laissa tout étonné mais Lucy ne parut pas surprise par sa déclaration. Ses épaules s'affaissèrent seulement un peu et elle le regarda d'un air craintif, comme un chien si habitué à recevoir des coups qu'il s'étonnait de ne pas les voir venir.

Elle releva le menton.

— Je ne vous ai jamais demandé à rester ici. Je peux parfaitement retourner avec Dove et Mort. D'ailleurs, nous avons des plans pour obtenir la protection de... du saint Empereur romain.

Il se rappela ses minables compagnons de St. Paul — le corpulent Dove et le malingre Mort.

— Ils doivent être fous d'inquiétude à votre sujet.

— Ces deux-là ?

Elle rit et saisit le tisonnier pour fourrager à son tour dans le feu. Des étincelles s'envolèrent dans le conduit de la cheminée.

— Je ne les intéresse que dans la mesure où je canalise l'attention de la foule. Cela leur permet de détrousser les badauds tout à leur aise.

— Je ne vous laisserai pas retourner auprès d'eux, s'entendit dire Aidan. Je vais vous trouver un... — il réfléchit un moment — ... une situation auprès d'une dame de qualité...

Cette proposition lui arracha encore un rire sarcastique, mêlé cette fois-ci d'une certaine amertume.

— Voilà qui devrait me convenir à merveille !

Elle reposa brutalement le tisonnier.

— C'est depuis longtemps ma seule ambition dans la vie que de vider des seaux de toilette d'une lady ou de lui verser du vin !

L'ourlet de sa jupe tourbillonnait autour d'elle tandis qu'elle parodiait les dites tâches domestiques.

— C'est toujours mieux que d'arpenter les trottoirs ! lâcha Aidan.

Hors de lui, il se dirigea vers la table et se versa un verre de vin. Un nouvel éclair zébra le ciel d'avril.

— Hé, milord ! Ecoutez-moi !

Elle traversa la pièce, posa ses mains à plat sur la table et se pencha en avant pour lui jeter un regard noir.

— Je suis une comédienne, une amuseuse. Et je connais mon travail.

Cela, il l'avait remarqué. Elle était capable de prendre n'importe quel accent, distingué ou vulgaire, de copier n'importe quelle mimique, de rentrer dans n'importe quel personnage.

— Je ne vous ai jamais demandé de m'arracher à St. Paul pour me faire entrer dans votre vie, ajouta-t-elle.

— Je ne me rappelle pas avoir entendu une seule protestation quand je vous ai évité d'être clouée au pilori.

Il goûta le vin liquoreux qu'appréciait tant la noblesse anglaise et grimaça. Il aurait préféré un bon whisky bien fort — deux, même, après ce que Lucy venait de lui faire subir !

Celle-ci se défendit.

— J'avais faim. Mais cela ne veut pas dire que je me sois livrée à vous pieds et poings liés. Je n'aurai aucune difficulté à me placer chez un autre gentilhomme.

Elle ponctua ses paroles d'un claquement de doigts.

Il se trouvait à présent si près d'elle qu'il pouvait distinguer un grain de beauté sur sa joue gauche. Son odeur de savon lui chatouillait les narines, et l'or de ses cheveux brillait dans le halo du feu.

Il prit une autre gorgée de vin, posa son verre et toucha une boucle qui lui barrait la joue.

— Comment cela peut-il vous suffire de simplement survivre ? s'enquit-il doucement. Ne rêvez-vous jamais d'autre chose ?

— Le diable vous emporte !

Elle s'écarta de la table et lui tourna le dos. Il y avait une fierté poignante dans la raideur de son maintien, ses épaules rejetées en arrière et sa tête haute.

— Au revoir, Votre Honneur ! Merci pour notre brève association. Nous ne nous reverrons plus.

— Lucy, attendez...

Dans un bruissement de jupe et de dignité froissées, elle sortit du hall et disparut dans l'ombre du cloître.

Aidan fut submergé de nouveau par une inexplicable vague de culpabilité. Il jura à mi-voix et finit son vin, puis arpenta nerveusement la pièce. Il avait bien d'autres sujets d'inquiétude que le sort d'une actrice ambulante. Les guerres entre clans et l'ingérence des Anglais déchiraient son district. L'accord qu'il avait négocié l'année précédente battait de l'aile — le souvenir de ce qu'il lui en avait coûté lui déchirait le cœur.

Une association d'idées ramena Lucy dans son esprit. Quel petit bout de femme ingrat ! Qu'elle reste donc dans sa chambre jusqu'à ce qu'elle se soit calmée.

Calmée ? Etant donné son caractère actif et combatif, il ne fallait guère s'attendre à la moindre passivité de sa part. Soudain inquiet, Aidan laissa tomber à terre son gobelet d'étain et se précipita vers le cloître. Il courut sous les arcades jusqu'à la porte de Lucy et l'ouvrit à la volée.

La pièce était vide. Il traversa le réfectoire et sortit en trombe dans la rue. Il avait vu juste. Il aperçut Lucy, déjà loin, qui remontait la large avenue bordée d'arbres vers Woodroffe Lane et les abords malfamés de Tower Hill. Des nuages menaçants roulaient dans le ciel et l'air était chargé d'électricité. Elle marchait vite, courant presque à présent.

Retournez-vous, cria-t-il silencieusement, espérant arriver à la persuader à distance. *Retournez-vous et regardez-moi !*

Au lieu de quoi elle releva ses jupes et se mit à courir. Comme elle passait devant le puits communal de Hart Street, un éclair zébra le ciel.

De là où se tenait Aidan, on aurait dit que Dieu Luimême avait ouvert les cieux pour transpercer Londres d'un rayon de feu. Un coup de tonnerre fit trembler la terre et les nuages s'ouvrirent comme des fruits mûrs, déversant un déluge sur la ville.

Pour un Irlandais, Aidan n'était vraiment pas superstitieux mais le tonnerre et les éclairs n'en restaient pas moins à ses yeux l'émanation significative d'une toute-puissance. Il n'aurait jamais dû la laisser partir.

Sans réfléchir davantage, il plongea dans la tempête, courant entre les rangées de châtaigniers agités par le vent. De grosses gouttes de pluie s'écrasaient sur lui, et un nouvel éclair transperça les nuages.

Il passa une main sur ses yeux pour chasser la pluie et essaya de percer les ténèbres. La canalisation du milieu de la rue avait débordé, et les gens couraient en tous sens à la recherche d'un abri.

Lucy s'était volatilisée. Il cria son nom. Sa voix se perdit dans la tempête. Avec un juron, il se mit à fouiller méthodiquement les ruelles qu'il croisait, tout en gardant le cap sur St. Paul.

La pluie avait gagné en violence et lui cinglait le visage. Bien que crotté jusqu'au haut des cuisses, il persista dans ses recherches.

Comme il croisait un passage à l'aspect particulièrement sinistre, le vent arracha une enseigne qui représentait un diable bleu. Elle frappa la trappe d'une cave et rebondit sur une pile de ballots.

Il entendit un cri étouffé. Avec un sursaut d'espoir, il repoussa l'enseigne et écarta les ballots.

Lucy était assise là, les genoux remontés contre sa poitrine, le visage enfoui entre ses bras croisés. Un coup de tonnerre éclata, et elle tressaillit, comme frappée par un fouet.

— Lucy !

Il toucha son épaule tremblante. Elle cria et leva les yeux vers lui.

Le cœur d'Aidan sauta dans sa poitrine. Le visage de Lucy, défiguré par les larmes et battu par la pluie, avait un éclat cireux dans la pénombre. Son regard était comme fou, et elle ne parut pas le reconnaître. Il avait vu une seule fois dans sa vie pareille expression de terreur : c'était sur le visage de son père juste avant sa mort.

— Lucy ! Vous êtes blessée ?

Elle ne parut pas comprendre son nom mais marmonna quelque chose d'incompréhensible. Divaguait-elle ou s'exprimait-elle dans une langue étrangère ?

Affolé, il se pencha et la souleva dans ses bras. Elle s'accrocha à lui comme à un radeau dans la tempête et il se sentit soudain submergé par le besoin de la protéger.

Pas une fois au cours de leur trajet jusqu'à Lumley House, elle ne parut le reconnaître. Une légion de démons hantaient la prétendue Lucy Trueheart, et Aidan se sentait prêt à les massacrer jusqu'au dernier.

« Fermez les panneaux ! Attachez la barre ! Il n'y a rien d'autre à faire maintenant que de naviguer vent arrière. »

L'homme à la veste rayée avait une étrange voix enrouée. Il semblait contrarié ou peut-être effrayé, comme papa quand son front était devenu si brûlant qu'il avait dû s'aliter et renvoyer ses visiteurs.

Elle s'accrocha au cou de son chien et regarda sa nurse. Mais celle-ci était occupée à égrener un chapelet — celui qu'elle cachait à maman, parce que maman, elle, appartenait à l'Eglise réformée — sans cesser de répéter : « Je vous salue Marie, je vous salue Marie, je vous salue Marie... »

Le bateau parut soudain attiré vers le haut par quelque force mystérieuse et irrépressible et elle sentit son estomac se soulever à l'unisson. Puis, brutalement, une force contraire le plaqua brutalement contre la surface de l'eau.

La nurse hurla : « Je vous salue Marie, je vous salue Marie... »

Le chien se mit à geindre sourdement. Sa fourrure sentait le crin et l'océan.

Un craquement déchira les oreilles de Lucy. Elle entendit le crissement des cordages autour des poulies et le cri aigu de l'homme à la redingote.

Soudain, il lui fut impossible de rester dans cet endroit confiné et humide où l'eau envahissait le sol et dans lequel elle ne pouvait plus respirer.

Elle poussa la porte ouverte. Le chien s'échappa le premier et elle escalada derrière lui l'escalier de bois. Des barils de toutes sortes roulaient sur les ponts et sur les coursives. Elle entendit le rugissement de l'eau. Elle se retourna et chercha sa nurse des yeux, mais elle ne vit qu'une main s'agiter à la surface de l'eau, les doigts emmêlés dans un chapelet.

— Non ! hurla Lucy en se redressant sur son lit.

Pendant un moment, la pièce lui parut plongée dans le brouillard, puis elle commença à distinguer ce qui l'entourait : le feu dans la cheminée, les chandelles qui se consumaient sur la table et les lourdes draperies remontées du lit à baldaquin.

Le Mór O'Donoghue était assis au pied du lit.

Elle pressa sa main sur sa poitrine, comme pour conjurer cette horrible sensation d'étouffement qui l'oppressait quand elle prenait peur ou respirait de l'air glacé. Son cœur battait la chamade. Son visage et son cou étaient baignés de sueur.

— Un cauchemar ? demanda-t-il.

Elle ferma les yeux. Comme la brume emportée par le vent, les images s'évaporèrent, oubliées, mais le sentiment de terreur subsista.

— Cela arrive. Où suis-je ?

— Je vous ai donné une chambre à Lumley House.

Ses yeux s'élargirent d'étonnement puis s'étrécirent sous le coup de la suspicion.

— Pourquoi,

— Je suis votre protecteur. C'est à moi de décider où vous logez.

Elle releva le menton.

— Quel prix exigerez-vous en échange de cette installation de luxe ?

— Pourquoi devrais-je attendre quelque chose de vous ?

Elle l'observa un long moment. Non, le Mór O'Donoghue n'avait certainement pas besoin de marchés de ce genre ; les femmes devaient toutes se jeter à ses pieds. Et même si Lucy n'en avait pas l'intention, elle n'en appréciait pas moins son physique et sa proximité.

— Vous n'aimez pas les tempêtes, on dirait !

— Non, je...

Sa panique lui paraissait si stupide, maintenant. Londres présentait des périls autrement plus dangereux que les orages, et elle en avait réchappé depuis des années.

— Merci d'être parti à ma recherche, milord. Je n'aurais pas dû vous quitter si précipitamment.

— Je ne vous le fais pas dire !

— Vous savez, ce n'est pas tous les jours qu'on m'interroge sur mes raisons de vivre, et...

— Lucy, ce n'était pas dans cet esprit-là que je vous questionnais. Je n'aurais pas dû contester les choix que vous avez faits. Tout est ma faute !

Elle acquiesça.

— Les gens adorent gouverner la vie des autres.

Elle parcourut la pièce des yeux, remarquant le superbe lit dans lequel elle reposait, le feu qui ronflait dans la cheminée, savourant l'air frais de la nuit qui entrait par la fenêtre ouverte.

— Je ne me souviens pas vraiment de la tempête. Etait-elle si terrible ?

Il sourit avec un naturel et une sincérité qui la bouleversèrent.

— Vous étiez dans un état pitoyable quand je vous ai retrouvée.

Elle rougit et baissa les yeux. Puis, du rouge, passa au cramoisi en découvrant qu'elle ne portait que sa chemise. Elle remonta rapidement les draps sur sa poitrine.

— J'ai accroché vos affaires devant le feu pour les faire sécher, expliqua-t-il. La chemise appartient à la garde-robe de lady Lumley.

Lucy caressa le tissu diaphane des manches.

— Je vais finir pendue.

— Mais non. Lord et lady Lumley, qui sont actuellement dans leur domaine de Wycherly m'ont prêté leur maison et tout ce qui s'y trouve.

Lucy soupira rêveusement.

— Ce doit être merveilleux d'être traité en hôte de marque !

— C'est plus souvent un fardeau qu'un cadeau.

Des fragments de la tempête revinrent alors à la mémoire de la jeune fille. Les éclairs et le tonnerre la chassant à travers les rues. La pluie qui ruisselait sur son visage. Puis l'apparition d'Aidan. Ses bras vigoureux qui la plaquaient contre son torse. La rapidité avec laquelle il l'avait ramenée à la maison. Les mains d'Aidan l'avaient ensuite tendrement dépouillée de ses vêtements et placée dans le premier vrai lit de sa vie.

Enfouissant le visage au creux de son épaule, elle s'était mise à sangloter. Il lui avait caressé les cheveux, les avait embrassés, puis elle s'était endormie. Elle leva les yeux vers lui.

— Vous êtes étonnamment tendre pour un parricide.

Son sourire s'envola.

— Parfois, je me surprends moi-même.

Il se pencha sur le lit et laissa courir son doigt sur sa joue empourprée.

— C'est facile avec vous, jeune fille, vous me rendez meilleur que je ne suis.

Une telle chaleur monta en elle qu'elle crut presque à un nouvel accès de fièvre.

— Et maintenant ? chuchota-t-elle.

— Maintenant, pour une fois dans votre vie, vous allez dire la vérité, Lucy. Qui vous êtes ? D'où vous venez ? Ensuite, j'essaierai de trouver ce que je peux bien faire de vous.

JOURNAL D'UNE DAME

L'homonyme de mon fils Richard arrive à Londres ! Le révérend Richard Speed, à la réputation établie, maintenant évêque de Bath, assistera à la nomination de son neveu. Naturellement, Speed amènera sa femme, Nathalie, qui est la sœur d'Oliver et que j'aime autant que si elle était la mienne.

Les autres frères et sœurs d'Oliver viendront avec leurs conjoints. Belinda et Kit, Simon et Rosamund, que je n'ai pas vus depuis deux ans. Comme d'habitude, Sebastien sera accompagné d'un ami ; cette fois il s'agit d'un jeune poète brillant mais à la réputation douteuse nommé Marlowe. Cette chère Belinda ne renoncera donc jamais à sa dangereuse passion ? Elle qui a organisé ses célèbres feux d'artifice pour les membres des maisons de Habsbourg et de Valois, et pour Sa Majesté la reine en a promis un spécial en l'honneur de Richard.

Je me demande si, au milieu de tous ces divertissements, quelqu'un, en dehors d'Oliver, se souviendra de l'événement que la tempête de ce soir me rappelle si douloureusement. Des années durant, j'ai dû prendre sur moi pour survivre, malgré cette terrible perte, et je n'ai cessé depuis de remercier Dieu d'avoir épargné ma famille. Ce qui n'empêche pas, par ce soir de tempête, les images de cette sombre nuit d'orage de ressurgir à mon esprit.

Ce qui s'est passé alors restera à jamais gravé dans mon cœur comme ce que j'ai connu de plus effroyable.

Lark de Lacey,
comtesse de Wimberleigh

4

Au regard bleu et pénétrant qu'Aidan posait sur elle, Lucy comprit qu'il ne tolérerait plus le moindre mensonge. Aussi lasse qu'après un accès de fièvre, elle passa les mains dans ses cheveux.

— Le problème, annonça-t-elle avec honnêteté, c'est que j'ai la même et unique réponse à toutes vos questions.

— Qui est ?

— Je ne sais pas.

Elle attendit avec inquiétude sa réaction mais il se contenta de s'asseoir au pied du lit sans la lâcher des yeux. La lueur des flammes faisait ressortir ses larges épaules et briller ses cheveux noirs.

Pourquoi diable un lord irlandais irait-il s'intéresser à elle ? Qu'espérait-il gagner en se montrant son ami ? Elle avait si peu à offrir — quelques tours et plaisanteries de deuxième ordre. Pourtant, il attendait patiemment ses explications.

A son grand dam, un flot de tendresse la submergea face à une telle sollicitude. Comme il serait bon d'aimer cet homme ! Mais il ne le fallait pas. Bientôt, il repartirait en Irlande, et elle devrait reprendre son ancienne vie dans la capitale.

— J'ignore qui je suis, d'où je viens, et même où je vais. Et je ne sais absolument pas ce que vous allez faire de moi, énonça-t-elle d'un trait en faisant un effort pour redresser ses épaules. Et puis après tout, rien de cela ne vous regarde, et si je décide un jour de chercher les réponses à ces questions, ce sera pour moi, non pour vous.

— Sacrée Lucy!

Aidan se leva, prit une louche de vin dans un chaudron posé près du feu et versa le liquide brûlant et épicé dans une tasse.

— Buvez lentement, ordonna-t-il en lui tendant la boisson, après nous essaierons de voir plus clair dans tout ça.

Elle ne résista pas à cette attention supplémentaire, accepta le vin et en avala doucement une gorgée. Mab lui avait fait faire ses premiers pas dans l'existence, mais sans chaleur aucune, se bornant à lui enseigner l'usage des simples et les moyens de survivre en se blindant contre les agressions extérieures.

— Vraiment, vous ignorez qui vous êtes? insista Aidan en se rasseyant au pied du lit.

Elle hésita, se mordit la lèvre pour réprimer une moquerie en remarquant la sollicitude qui brillait dans les yeux de l'Irlandais puis, posant sa tasse, elle commença:

— D'aussi loin qu'il m'en souvienne, je me suis toujours appelée Lucy. Lucy tout court. (La gorge serrée par cet aveu, elle partit d'un grand éclat de rire forcé.) Vous ne pouvez imaginer, milord, quel sentiment de liberté on éprouve à n'avoir qu'un prénom et aucun passé. Un jour, mes parents sont duc et duchesse. Le lendemain, ce sont de pauvres mais fiers paysans. Et la fois suivante, des héros de la révolte hollandaise.

— Ce qui ne vous empêche pas de désirer par-dessus tout savoir d'où vous venez, avoir des points d'ancrage.

Elle plissa les yeux, touchée au vif, obligée pour la première fois de sa vie d'admettre la vérité, si sombre et si douloureuse fût-elle.

— O mon Dieu, oui! Je ne souhaite rien tant qu'avoir la certitude que quelqu'un m'a aimée un jour.

Lorsqu'il posa ses mains sur les siennes, elle éprouva un étrange sentiment de réconfort.

— Essayons de remonter le temps, voulez-vous? proposa-t-il en frottant doucement de ses pouces l'intérieur des poignets de Lucy. Dites-moi comment vous aviez échoué sur les marches de St. Paul, le jour où je vous ai rencontrée.

Elle lui arracha ses mains et serra les mâchoires, refusant d'en révéler davantage. L'épreuve de la tempête avait émoussé ses défenses, et elle luttait pour les reconstituer. Elle n'allait tout de même pas livrer ses secrets les plus intimes à un inconnu, un homme qu'elle ne reverrait sans doute jamais quand il aurait quitté Londres.

— Lucy! intervint-il. Pourquoi ne répondez-vous pas? Ce n'est quand même pas sorcier!

— En quoi cela vous regarde-t-il?

— Cela me regarde parce que je me soucie de vous, fit-il en passant la main dans ses cheveux. Est-ce si difficile à comprendre?

— Oui!

Il fit mine de lui tendre la main, puis se ravisa.

— Je suis votre protecteur, après tout et ces questions sont parfaitement anodines.

Elle se sentit soudain stupide et prit une profonde inspiration en se demandant par où commencer.

— Très bien alors! Mort et Dove m'ont toujours affirmé que St. Paul était le lieu le plus passant de Londres. Alors, bien naïvement, je m'y suis installée, dans l'espoir de rencontrer un jour un homme et une femme qui s'exclameraient en me voyant: «Voici notre fille!» Bien entendu, ce n'est jamais arrivé! Même si quelqu'un me reconnaissait, ajouta-t-elle avec un petit rire sec pour cacher son amertume, qui donc serait assez fou pour revendiquer la paternité d'une pauvre souillon qui vole les gens dans les églises?

— Et moi alors, je vous ai bien réclamée!

Une chaleur insidieuse monta dans sa poitrine.

— Je vous en voue une reconnaissance éternelle, milord! s'exclama-t-elle. Et soyez certain que je saurai inventer un spectacle à la hauteur de mes sentiments.

— Ne vous préoccupez pas de cela! Alors, vous avez toujours vécu comme une gitane, sans domicile fixe, vivant de votre art? s'enquit-il.

Un éclair de mémoire lui revint et elle retint son souffle.

— Qu'y a-t-il donc ?

— Il y a des années, la première fois que j'ai débarqué à Londres, il s'est produit quelque chose d'étrange. Une tribu de bohémiens campait à la périphérie de la ville, que j'ai d'abord prise pour une troupe d'acteurs. L'atmosphère chaleureuse, familiale, qui régnait parmi eux m'a irrésistiblement attirée, mais quand je me suis approchée, je me suis rendu compte qu'ils ne parlaient pas l'anglais. Malgré tout, je me suis tout de suite sentie à l'aise parmi eux et, curieusement, j'avais l'impression de les comprendre, même si la signification de leur langage m'échappait.

— Ils vous ont accueillie parmi eux ?

Elle opina.

— La nuit où je suis arrivée, ils dansaient tous autour d'un grand feu de joie auprès duquel ils avaient installé Zara, une très vieille femme — elle avait plus de quatre-vingts ans, selon certains.

Lucy ferma les yeux, se remémorant les cheveux de neige, le visage ridé comme une vieille pomme, les yeux noirs comme du jais et le regard si intense qu'il semblait déchiffrer l'avenir.

— Elle était très malade, mourante, en fait, mais elle avait insisté pour me voir. C'est étrange, non !

Ouvrant de nouveau les yeux, elle scruta Aidan. La croyait-il ou pensait-il qu'elle débitait de nouveau des mensonges ? Elle fut incapable de se faire une opinion.

— Poursuivez, dit-il.

— Savez-vous la première chose qu'elle m'a dite ? Que je rencontrerais un homme qui changerait ma vie.

Il marmonna quelques paroles incompréhensibles en gaélique et lui lança un regard menaçant.

— C'est vrai, milord, je vous le jure. Vous devez me croire.

— Pourquoi donc ? Vous n'avez fait que mentir jusqu'à présent ?

Cette remarque n'aurait pas dû la blesser, mais ce fut pourtant le cas. Elle serra ses genoux encore plus fort contre sa poitrine et essaya de ne pas céder à l'abattement.

— Pas sur *tout*, Votre Hauteur !

— Continuez alors. Racontez-moi tout ce que la sorcière a dit.

— Elle s'exprimait d'une façon hachée.

Lucy revoyait la scène comme si c'était la veille — les flammes dansantes et le visage raviné, les yeux noirs et les bohémiens chuchotant entre eux en montrant du doigt Lucy agenouillée à côté de la paillasse de Zara.

— Elle jacassait beaucoup et s'exprimait en différentes langues, mais je me rappelle bien la phrase au sujet de l'homme. Elle a aussi parlé de sang, de serments et d'honneur.

— Sang, serments et honneur ? répéta-t-il.

— Oui. Elle a prononcé distinctement ces trois mots, dans cet ordre. Elle était en train de mourir, milord, mais elle a serré ma main d'une étreinte plus forte que celle de la mort elle-même. Je n'avais pas le cœur à la questionner davantage ni à manifester le moindre doute. On aurait dit qu'elle me connaissait et désirait que je l'assiste dans ses derniers moments.

Il croisa les bras sur son torse et l'étudia. Lucy était terrifiée à l'idée qu'il l'accuse encore de mentir, mais il acquiesça d'un bref signe de tête.

— Il arrive que les mourants prennent des étrangers pour des parents. La bohémienne a-t-elle dit autre chose ?

— Une seule.

Lucy hésita. Elle ressentait de nouveau l'émotion qui l'avait saisie quand la vieille femme lui tenait la main. Un sentiment d'espoir brutal l'avait submergée.

— Une déclaration que je n'oublierai jamais. Elle a levé la tête, utilisant ses dernières forces pour me fixer, et elle a murmuré : « Le cercle s'est refermé. » Une heure plus tard elle était morte. Quelques jeunes gitans me regardaient d'un air suspicieux et j'ai préféré m'en aller. D'ailleurs, ces propos insensés...

— Vous avaient effrayée ? demanda Aidan.

— Pas tant effrayée que bouleversée. Comme si les

mots qu'elle avait prononcés étaient inscrits à l'intérieur de moi. Cela m'a beaucoup donné à réfléchir.

— Je l'imagine.

— Pourtant, c'est resté lettre morte, remarqua-t-elle, puis elle inclina la tête et baissa le ton pour ajouter : Jusqu'à maintenant.

Elle l'observa, étudiant son visage. Seigneur, qu'il était beau ! Vraiment beau ! Le genre de beauté qui vous prenait à la gorge et suscitait une adoration éperdue et irrésistible.

Elle remarqua soudain qu'il avait haussé un sourcil et que les coins de sa bouche s'étaient relevés en une moue ironique. Elle poussa un soupir exaspéré.

— J'imagine que c'est le prix à payer pour avoir trop menti.

— Qu'est-ce que vous allez chercher encore ?

— Quand je dis enfin la vérité, vous ne me croyez pas.

— Pourquoi pensez-vous que je ne vous crois pas ?

— Ça se lit sur votre visage, Votre Honneur. On dirait que vous ne savez plus très bien s'il faut rire ou convoquer d'urgence le directeur de la maison d'aliénés de Bedlam.

La courbe de ses sourcils s'accentua encore.

— A la vérité, je suis partagé entre le rire et l'envie de vous embrasser.

— Je choisis le baiser, dit-elle très vite.

Aidan ferma un instant les yeux. Quand il les rouvrit, ceux-ci s'étaient radoucis, comme embués. Il lui prit les mains et l'attira vers lui jusqu'à ce qu'elle se retrouve à genoux. Le drap forma un petit tas autour d'elle, et la fine chemise bruissa sur sa peau brûlante.

— Moi aussi, je choisis le baiser.

Il leva la main vers son visage. Son pouce descendit doucement le long de sa joue, puis glissa vers sa lèvre inférieure, dont il suivit le dessin d'un doigt expert.

— Vous a-t-on déjà embrassée, jeune fille ?

Par habitude, elle voulut faire la bravache.

— Voyons, bien s...

— Lucy, insista-t-il en pressant gentiment son pouce

sur sa lèvre. Ce serait vraiment un très mauvais moment pour me mentir.

— Alors, c'est non, Votre Immensité. Personne ne m'a jamais embrassée.

Les malheureux qui s'y étaient aventurés s'en étaient sortis avec un nez cassé, mais elle évita de mentionner ce fait.

— Savez-vous comment cela se passe ?

— Oui.

— Lucy, la vérité ! Vous étiez pourtant en bonne voie !

— Je l'ai vu faire, mais je ne sais pas comment on s'y prend.

— La première chose...

— Oui ?

Incapable de croire à sa bonne fortune, elle se releva et s'assit sur ses genoux, faisant craquer le lit sous elle.

— C'est vraiment trop excitant, milord...

Son pouce immobilisa sa lèvre.

— ... c'est de cesser de parler. Et, pour l'amour du ciel, ne commentez pas tout ce qui se passe. C'est supposé être un geste d'affection et vous en faites une farce.

— Ô mon Dieu, je n'en avais pas l'intention...

De nouveau, il la fit taire, et au même moment une bûche tomba dans la cheminée. La brève explosion d'étincelles illumina juste un instant son regard, éveillant le désir de Lucy, qui ne put retenir un gémissement.

— Parfait, chuchota-t-il, et son pouce se remit à bouger avec une tendresse dévastatrice, se glissant à l'intérieur de sa bouche, puis revenant sur ses lèvres. Vous pouvez fermer les yeux si vous préférez.

Elle secoua la tête sans parler. Ce n'était pas tous les jours qu'un fier chef de clan irlandais l'embrassait, et elle ne voulait rien manquer de cet instant.

— Alors, regardez-moi, commanda-t-il, se rapprochant d'elle. Contentez-vous de me regarder, je m'occupe du reste.

Elle releva le menton et il baissa la tête. Il écarta son

pouce, sa bouche prit la sienne, réveillant au fond d'elle un désir brûlant qui ne demandait qu'à s'exprimer.

C'était là une chose qu'elle n'avait pas apprise en espionnant les couples qui s'égaillaient dans les ruelles de Southwark ou se retrouvaient à l'ombre des piliers de St. Paul.

La langue d'Aidan chercha la sienne, et elle poussa un petit cri de plaisir. Elle fit remonter sa main le long de son torse et alla la nicher derrière sa nuque, prise d'un besoin irrépressible de se rapprocher de lui autant qu'il était possible. Lui aussi la serrait très fort, caressant ses épaules tandis qu'il fouillait sa bouche toujours plus intimement.

La respiration haletante d'Aidan lui fit découvrir avec surprise que lui aussi était ému.

Toute sa vie, Lucy avait été attirée par les aspects lumineux et brillants de l'existence, et les yeux de l'amour présentaient cette apparence, quoiqu'ils ne s'y limitassent point, ne se bornant pas au simple assouvissement d'un désir mais plongeant leurs racines bien plus profond, éveillant un besoin dévastateur de l'autre dont Lucy ne soupçonnait pas la présence en elle.

Resserrant ses bras autour du cou d'Aidan, elle se pressa contre lui, espérant que ce moment ne cesserait jamais. Elle sentait son cœur battre à l'unisson du sien et cette intimité la bouleversa.

Quand Aidan s'écarta, une expression de stupeur se peignit sur le visage de la jeune fille.

— Mon Dieu, Lucy ! murmura-t-il comme une prière. Il faut que nous arrêtions avant que je...

— Avant que quoi ?

— Avant que je ne veuille davantage qu'un baiser.

— Alors, c'est trop tard pour moi, car je veux déjà davantage.

Un rire étouffé échappa à son compagnon.

— Quand vous décidez d'être honnête, vous n'y allez pas par quatre chemins !

— Pourquoi le ferais-je alors que je vous désire si fort, Aidan ?

Un sourire triste incurva ses lèvres.

— Moi aussi, je vous désire, mais nous ne devons pas laisser les choses aller plus loin.

— Pourquoi ?

Il écarta les mains de Lucy de son cou et se leva lentement du lit, paraissant souffrir mille morts.

— Parce que ce n'est pas convenable.

Piquée au vif, elle se renfrogna.

— Je ne me suis jamais préoccupée de ce qui était convenable ou non.

— Moi, si, marmonna-t-il en se détournant, avant de se servir une tasse de vin dont il ne fit qu'une gorgée. Je suis désolé, Lucy.

Il était maintenant loin d'elle, et elle éprouvait avec douleur le sentiment d'avoir été rejetée.

— Pouvez-vous répéter cela en me regardant ?

Il se retourna, mais ses mouvements semblaient toujours empruntés.

— Je suis navré, Lucy. J'ai abusé de votre innocence.

— C'est moi qui ai choisi le baiser.

— Je l'ai voulu aussi.

— Alors pourquoi vous êtes-vous arrêté ?

— Je voulais que vous me parliez de vous. Les baisers étaient destinés à nous éclaircir les idées.

— Alors, si je vous raconte ma vie, nous pourrons recommencer ?

La mâchoire d'Aidan se crispa.

— Je n'ai jamais dit cela.

— Nous pourrons recommencer ? insista-t-elle.

Il posa sa tasse avec un soin exagéré et retourna près du lit. Prenant le visage de Lucy entre ses mains, il la regarda d'un air déchiré.

— Non, Lucy.

— Mais...

— Réfléchissez aux conséquences. Certaines sont durables.

Elle déglutit.

— Vous voulez parler de bébé ?

Un désir plein de regret monta en elle. Serait-ce une telle catastrophe si le Mór O'Donoghue lui donnait un enfant ? Un tout petit être sans défense qui n'appartiendrait qu'à elle ?

Elle sentit ses mains courir doucement sur ses joues, mais le visage d'Aidan exprimait le refus — la tristesse, aussi.

— Pourquoi devrais-je faire comme vous dites ? s'enquit-elle.

— Parce que je vous le demande, *a gradh*. S'il vous plaît.

Elle laissa échapper un soupir désolé, ayant compris la tendresse du mot irlandais qu'il venait d'employer.

— Vous savez bien qu'il est impossible de vous refuser quoi que ce soit.

Il sourit, se pencha et lui embrassa le sommet de la tête avant de la relâcher.

— Vous m'expliquiez comment vous étiez arrivée à Londres. Vous aviez rencontré une mystérieuse...

— Bohémienne.

— En Irlande, nous l'aurions appelée une femme de *sidhe*.

— D'après elle, je devais rencontrer un homme qui allait changer ma vie.

Lucy se renversa sur ses oreillers en se demandant s'il remarquait combien ses joues étaient rouges.

— Pour moi, cela voulait dire que je retrouverais mon père. Mais à présent, j'ai changé d'avis. Elle parlait de vous.

Il reprit sa place au pied du lit d'un air songeur. Comment pouvait-il paraître si indifférent en apprenant que leur rencontre était écrite. Il devait la prendre pour une folle. Au moment où elle s'y attendait le moins, il l'interrogea :

— Qu'est-ce qui vous fait changer d'avis ?

— Le baiser.

Elle n'avait jamais répondu aussi honnêtement à une question depuis qu'elle était à Londres. Aidan O'Donoghue avait le don de lui arracher la vérité.

Il se crispa imperceptiblement.

Quelle idiote elle faisait en lui avouant cela alors qu'il

réfléchissait sûrement au meilleur moyen de se débarrasser d'elle !

— Je n'aurais pas dû vous l'avouer, déclara-t-elle en se forçant à rire. C'est moi qui l'interprète ainsi. Vraiment, Votre Grandeur, pour vous, cela ne signifie rien, il faut tout oublier.

— Je suis irlandais, répliqua-t-il doucement, avec une intonation chantante plus prononcée que jamais. Un Irlandais ne prend pas les baisers à la légère.

— Oh !

Son visage, éclairé par le feu, était irrésistible.

— Lucy ? reprit-il, l'arrachant à sa rêverie.

— Oui ?

— Revenons à votre histoire. Avant d'arriver à Londres, où viviez-vous ? Que faisiez-vous ?

Ces simples questions ramenèrent à son esprit mille images confuses. Fermant les yeux, elle revit le long voyage vers Londres, rythmé par ses changements de compagnons de route : des troupes de comédiens ambulants qui l'acceptaient du bout des lèvres et qu'elle quittait très rapidement — généralement pour échapper à une agression masculine.

— Lucy ? insista Aidan.

Elle ouvrit les yeux. A chaque nouveau regard, elle le trouvait plus beau, comme sous l'effet d'un sortilège.

— J'ai voyagé lentement jusqu'à Londres en travaillant en chemin. J'ai parfois eu faim et froid mais peu m'importait du moment que j'atteignais la capitale. J'en rêvais depuis toujours.

— Vous pensiez y retrouver votre famille ?

— Oui, je savais bien que c'était irréaliste, mais parfois...

Elle s'interrompit et détourna les yeux, déroutée par sa propre sincérité.

— Continuez, chuchota-t-il. Qu'alliez-vous dire ?

— Seulement, que parfois le cœur demande l'impossible.

Il lui prit le menton et le releva doucement.

— Et parfois le cœur *obtient* l'impossible.

Elle lui sourit timidement.

— Mab serait d'accord avec vous.

— Mab ?

— La femme qui m'a recueillie. Elle vivait à Humberside, sur le Hornsy Strand. Mab était une femme simple, mais je n'avais qu'elle.

— Comment l'avez-vous rencontrée ?

— Elle m'a trouvée.

Un morne sentiment de résignation envahit Lucy à énoncer ainsi une vérité peu reluisante.

— D'après elle, j'étais couchée au bord de la Tamise, accrochée à un baril de harengs, un grand lévrier à mes côtés. J'étais toute petite. Pas plus de deux ou trois ans.

La mémoire lui revenait en parlant, et elle grimaça sous la force de l'assaut. *Souvenez-vous*. L'ordre semblait éveiller son inconscient. Elle en fut soudain terrifiée.

— Lucy ? demanda Aidan. Vous allez bien ?

Elle avait mis ses mains sur ses oreilles, tentant d'endiguer la panique qui menaçait de la submerger.

— Non ! hurla-t-elle. Je vous en prie ! Je ne veux plus me souvenir de rien !

Laissant échapper un juron irlandais, Aidan O'Donoghue la prit dans ses bras et la laissa pleurer tout son soûl.

— Surtout ne laisse rien paraître, souffla Donal Og.

Aidan, Iago et lui se trouvaient, le lendemain matin, près des écuries, où Aidan étrillait sa gigantesque jument.

Le Mór leva la tête, étonné.

— Ne peux-tu être plus explicite, Donal ? Je ne comprends rien à ce que tu dis.

Enfin, il aperçut ce que son cousin serrait dans sa main.

Donal Og examina soigneusement les alentours avant de tendre le parchemin à Aidan, réitérant et précisant sa consigne :

— Lis, mais, pour l'amour du ciel, garde tes réactions pour toi. Les espions de Walsingham sont partout.

Aidan jeta un rapide coup d'œil à la maison par-dessus son épaule.

— Pas tout à fait partout, quand même ?

Donal et Iago échangèrent un regard, puis sourirent, ce qui fit rougir Aidan comme un collégien.

— Tu as raison, c'est son heure habituelle, le taquina Iago.

— Ce n'est pas ce que vous croyez. Je pensais vraiment rencontrer plus de compréhension de votre part !

— Allons, cousin, murmura Donal. Nous n'imaginons pas un seul instant que tu portes à ta charmante invitée un intérêt autre que purement humanitaire.

— Ahhh !

Une voix féminine lançait des trilles. Les trois hommes s'immobilisèrent et scrutèrent la maison à travers la haie. La porte s'ouvrit brutalement, et Lucy apparut dans un rayon de soleil.

Elle s'immobilisa en haut des marches, habillée de sa seule chemise, apparemment certaine d'être parfaitement seule à cette heure matinale et aspira l'air frais à pleins poumons.

Ses cheveux étaient ébouriffés par la nuit et le soleil avivait leur blondeur. Bien qu'Aidan ne l'ait embrassée qu'une fois, il n'avait pas oublié la douceur de ses lèvres. De légers cernes ombraient ses yeux, souvenir du déluge de larmes de la veille.

Son corps était aussi séduisant que son visage. Le mince vêtement laissait entrevoir une poitrine haute, une taille souple et des jambes interminables.

La jeune fille tenait à la main une cuvette qu'elle appuya sur sa hanche avant de descendre le perron, sans se douter le moins du monde que trois paires d'yeux observaient ses moindres gestes.

Une fois en bas, elle secoua la tête pour remettre en place quelques boucles dorées. Lorsqu'elle se pencha vers le puits, leur tournant le dos, la chemise aérienne révéla de tels trésors que la bouche d'Aidan s'assécha.

— *¡ Ay mujer!* chuchota Iago. Moi aussi, je la voudrais bien comme compagne de lit !

— Ce n'est pas ce que vous pensez, réussit à articuler Aidan d'une voix contrainte.

— Bien sûr que non, concéda Donal Og, le regard aimanté à l'éblouissante créature.

La batiste mouillée révélait à présent une peau d'un rose nacré.

— C'est beaucoup mieux que ce que nous pensions ! ajouta-t-il.

Aidan l'attrapa par le devant de sa tunique.

— Je te mets aux arrêts pendant six semaines si tu ne cesses pas tout de suite de l'épier.

Inconsciente de la querelle qu'elle venait de provoquer, Lucy rentra dans la maison. Iago se frotta le front d'un geste théâtral, tandis que Donal Og se mettait à marcher de long en large avec un air de chien battu.

— La vilaine gamine s'est transformée en véritable beauté, reconnut-il, et c'est toi qui as découvert les merveilles qui se cachaient derrière sa crasse et ses haillons ! Un vrai chasseur de trésors, cher cousin !

— Je ne cherchais aucun trésor, *cousin*, répliqua Aidan. Cette malheureuse était prise dans une méchante querelle et risquait la prison quand je l'ai rencontrée. J'ai avant tout...

— Silence ! fit Donal Og en levant la main. Tu n'as pas besoin de t'expliquer. Ne vois-tu pas que Iago et moi nous nous réjouissons pour toi ? Cette vie de moine était extrêmement malsaine. Et puis, ce n'est pas comme si Felicity et toi...

— Cesse de parler pour ne rien dire ! siffla Aidan.

Il resserra son étreinte sur le parchemin. Peut-être la lettre de Revelin d'Innisfallen apportait-elle de bonnes nouvelles. Peut-être l'évêque avait-il enfin accepté l'annulation. *S'il te plaît, mon Dieu ! S'il te plaît !*

— Ne me reparle jamais de Felicity. Et si tu ne trouves pas mieux que d'insinuer que Lucy et moi sommes amants, je risque de transformer les *liens* du sang en un *bain* de sang.

— Tu n'as *rien* fait avec elle cette nuit ? lança Iago, horrifié.

— Non, répliqua Aidan en lui décochant un regard mauvais. Elle s'était enfuie, terrifiée par la tempête, et je l'ai ramenée ici, c'est tout.

— Dans ce cas, commenta Iago en pointant son doigt sur le torse d'Aidan, tu es soit un malade, soit un saint, mais je pencherais plutôt pour la première hypothèse. Voyons, Aidan, qu'est-ce que tu attends ? Cette femme a non seulement un corps de déesse, mais en plus elle t'adore. N'hésite pas. Elle te remerciera.

Aidan jura à mi-voix et alla s'appuyer à un pilier pour entamer sa lecture.

La lettre de Revelin, écrite en gaélique, lui apprenait que l'évêque n'allait pas tarder à se prononcer sur le mariage qu'il avait contracté par désespoir, ce qui n'était guère une surprise, bien qu'il attendît cette décision avec impatience. La suite, en revanche... A chaque mot, Aidan sentait un poignard s'enfoncer dans son cœur. Quand il eut terminé, il regarda ses compagnons.

— Qui a apporté ce courrier ?

— Un marin, directement de Cork. Il ne sait pas lire.

— Tu en es certain ?

— Oui.

Aidan déchira le parchemin en trois morceaux égaux et les répartit entre eux.

— Bon appétit, mes amis ! se moqua-t-il avec un sourire forcé. Pourvu que les mots ne nous empoisonnent pas !

— Eclaire-moi, au moins, sur ce que je mange, demanda Iago en mâchant le parchemin avec une expression douloureuse.

Aidan grimaça en avalant sa part.

— Une insurrection, annonça-t-il.

Quand Aidan retourna chez Lucy, elle était habillée. Et cette fois-ci, elle avait enfilé sa jupe et son corset dans le bon sens.

Elle était assise devant la lourde table de chêne au centre de la pièce et elle ne tourna pas la tête à son arrivée. Plusieurs objets étaient disposés devant elle. Le soleil entrait à profusion dans la pièce, allumant des reflets dans sa chevelure blonde et rehaussant l'éclat de son teint nacré.

Il ressentit comme une secousse brutale. Juste alors qu'il croyait avoir tué toute tendresse en lui, voilà que ce petit bout de femme ranimait son cœur.

Que le diable l'emporte! Elle était l'image même de la vertu et de l'innocence. Un ange véritable, avec son visage baigné de soleil, son auréole de cheveux dorés, son profil pur et la courbe pleine de ses lèvres qu'elle serrait sous le coup de la concentration.

— Asseyez-vous, Votre Sérénité, dit-elle doucement toujours sans relever les yeux. J'ai décidé de vous en dire davantage parce que...

— Parce que?

Heureux de pouvoir un moment oublier les nouvelles d'Irlande, il s'approcha de la table et se glissa sur le banc à côté d'elle.

— Parce que c'est important pour vous.

— Je ne voudrais pas...

— Que vous le veuillez ou non, il en est ainsi, l'interrompit-elle, péremptoire.

Il ne dénia pas, croisa les bras sur la table et se pencha en avant.

— Qu'est-ce que c'est que tout cela? s'enquit-il.

— Mes affaires.

Elle tapota le sac mou et poussiéreux qu'elle portait à la taille le jour où ils s'étaient rencontrés.

— C'est fou comme on a besoin de peu de chose pour survivre. Tout ce qui compte pour moi tient dans ce sac. Chaque objet a une signification particulière. Sinon, je m'en débarrasse...

Elle fourragea un instant et sortit du fourre-tout un coquillage, qu'elle plaça entre eux sur la table.

— Je ne me rappelle même pas l'avoir trouvé. Mab affirmait que j'avais le chic pour trouver toutes sortes d'objets sur le rivage quand j'étais petite: pommes, herbes médicinales... et même, une fois, un crâne de daim.

Elle saisit une mèche de cheveux poivre et sel attachés par une ficelle.

— J'espère que ce ne sont pas ceux de cette pauvre Mab, remarqua Aidan.

Elle rit en caressant la boucle.

— Je vous en prie, Votre Magnificence, je ne suis tout de même pas sanguinaire. Il ne s'agit pas de cheveux, mais de poils, qui appartenaient au chien auquel je m'accrochais quand Mab m'a trouvée. Mab jurait qu'il m'avait sauvée de la noyade. Il était à moitié mort d'épuisement. Il paraît que je lui aurais dit que son nom était Paul.

Elle posa son menton sur ses mains jointes et regarda le mur blanc irisé par les rayons du soleil matinal.

— Le chien est mort quatre ans plus tard. Je me souviens à peine de lui, si ce n'est...

Elle s'interrompit et fronça les sourcils.

— Si ce n'est ? demanda Aidan.

— Durant les orages la nuit, je me glissais jusqu'à sa paillasse. Il n'y avait que là que je pouvais dormir.

Puis elle lui montra une page d'un livre qu'elle ne pouvait déchiffrer — visiblement extrait d'un pamphlet contre les projets de mariage de la reine avec le duc d'Alençon.

— J'aime l'illustration, expliqua simplement Lucy, avant d'exhiber quelques autres trésors : une boule de cire à cacheter et une minuscule cloche en cuivre, chipée dans la roulotte des bohémiens, une pierre à briquet et une petite cuiller.

Aidan éprouva un élan de compassion devant ces témoins d'une vie rude et pénible.

Enfin, presque timidement, elle en arriva à ses acquisitions récentes : son couteau à manche de corne qu'il n'avait pas eu le courage de lui réclamer et une cuiller en bois escamotée à l'auberge où il l'avait emmenée manger le jour de leur rencontre.

Ses yeux rencontrèrent ceux d'Aidan, et il put clairement y lire une dévotion proche de l'adoration.

— J'ai gardé un souvenir précis de chaque journée passée avec vous.

Aidan sentit son cœur se serrer et il se racla la gorge.

— Très bien. Vous avez autre chose à me montrer ?

Elle ne répondit rien et commença très lentement à ranger ses pauvres biens, ce qui eut pour effet de l'agacer et ramena d'un coup ses idées noires.

La missive de Revelin ne cessait de ronger Aidan. Comment pouvait-il rester assis là à écouter les évocations plus ou moins fantaisistes de cette malheureuse fille alors que l'Irlande était au bord du désastre ?

Le chanoine d'Innisfallen le mettait en garde contre une troupe de brigands qui dévastaient le Kerry et poussaient la population à la révolte. Ils étaient pour l'heure regroupés à Killarney, autour de la résidence de Fortitude Browne, récemment nommé gouverneur du district.

Revelin craignait que ces pillards ne prennent en otage le neveu de Fortitude, Valentin, un gros garçon peureux.

Aidan serra ses mains l'une contre l'autre avec un terrible sentiment d'impuissance. D'ici, il ne pouvait rien faire. Or, il était obligé de rester, puisque la reine Elisabeth l'avait convoqué afin d'obtenir son allégeance avant de lui rendre ses terres. Et elle prenait un malin plaisir à le faire attendre. Aidan dut se raisonner pour ne pas partir sur-le-champ sans autre forme de procès. Ce serait un suicide, à la fois pour lui et pour son peuple, car la souveraine n'hésiterait pas à lever contre ce dernier les armées dont elle disposait en Irlande, sans plus de scrupules que lorsqu'elle s'était servie de Felicity.

Aidan allait répondre à Revelin, bien entendu, mais c'était hélas tout ce qu'il pouvait faire, outre prier pour que les plus modérés l'emportent et que les brigands cessent leurs agissements.

— Il faut que je vous montre encore quelque chose, annonça Lucy interrompant sa rêverie.

Il plongea son regard dans le sien et, sans raison particulière, il se sentit mieux.

Quelque chose en elle le touchait profondément. Elle lui rappelait ses compatriotes par un certain entêtement, une détermination farouche, semblable à celle qui avait incité son père à mourir plutôt que de se soumettre aux Anglais.

— Allez-y, acquiesça-t-il tentant de chasser ses inquiétudes.

Elle inspira à fond, rejeta doucement l'air de ses poumons en posant son poing sur la table, puis d'un mouvement savamment calculé, elle l'ouvrit sur un objet en or de taille respectable mais à l'esthétique contestable.

— Ça c'est vraiment à moi ! revendiqua-t-elle aussitôt.

— Loin de moi l'idée de prétendre le contraire.

— J'avais peur que ce ne soit votre première réaction. A l'origine, il s'agissait d'une broche, même si l'on ne peut pas s'en rendre compte maintenant, commenta-t-elle. Elle était épinglée à ma robe quand Mab m'a trouvée. L'intérieur est creux et peut sans doute servir de cachette pour un petit objet. Mab m'a raconté que la broche était sertie d'un énorme rubis entouré de douze perles. Pour elle, c'était la preuve indubitable que j'appartenais à la noblesse. Qu'en pensez-vous, milord ? Serait-ce possible ?

Il détailla à nouveau sa silhouette fine et délicate, le dessin parfait de ses traits, ses yeux immenses et sa bouche expressive avant de décréter :

— Votre famille serait plutôt celle des fées.

Elle rit et continua son récit.

— Chaque année à la Saint-Michel, Mab vendait une perle. Après sa mort, j'ai essayé de vendre le rubis, mais on m'a accusée de l'avoir volé et j'ai dû m'enfuir pour échapper à la potence.

Ses paroles étaient dénuées de tout effet dramatique. Il y percevait même parfois une touche d'humour, mais cela ne suffisait pas à chasser de son esprit l'image de la fillette effrayée, pourchassée par la police, qu'elle avait dû être.

— Alors, maintenant, il ne me reste plus que ça, poursuivit-elle.

Elle retourna la broche et montra quelques signes mystérieux dissimulés sous le fermoir.

— Je suis presque sûre que je sais ce que c'est.

— Ah bon ? fit-il en souriant devant son expression sérieuse.

— Il s'agit de runes celtiques qui expliquent que celle qui porte cette broche est la réincarnation de la reine Maeve.

— Mais bien sûr ! s'exclama-t-il, taquin.

Elle haussa les épaules.

— Avez-vous une meilleure idée ?

Aidan inclina la broche, de façon que les rayons du soleil mettent en relief chaque détail de l'inscription. Il allait incliner la tête pour confirmer les dires de Lucy quand un souvenir lui revint à l'esprit.

Il n'avait pas devant lui des dessins tracés au hasard, mais un texte écrit dans un alphabet différent. Ni hébreu ni grec, car il avait étudié ces langues et ne les reconnaissait pas. Alors, pourquoi ces signes lui paraissaient-ils aussi familiers ?

Fronçant les sourcils, il attrapa un parchemin et une plume. Et devant Lucy, fascinée, il se mit à recopier les symboles, puis tourna la page dans tous les sens avec la plus grande attention.

— Aidan ? jeta Lucy. Vous regardez ce papier avec autant de vénération que Moïse fixait le buisson ardent.

Il lui rendit la broche.

— C'est très joli, et je ne doute pas que vous êtes la descendante de la reine Maeve, acquiesça-t-il en serrant d'un air distrait la copie qu'il avait faite. Dites-moi, vous avez dû souvent mourir de faim, pourtant vous n'avez pas vendu ceci. Je ne comprends pas.

Lucy serra la broche contre sa poitrine.

— Jamais je ne m'en séparerai. C'est tout ce qui me reste. Quand je la serre dans la main, quelquefois, je peux...

Elle se mordit la lèvre et ferma les yeux.

— Vous pouvez ?

— Je peux les voir, chuchota-t-elle.

— Les voir ?

— Oui, acquiesça-t-elle ouvrant les yeux. Aidan, je n'ai jamais dit cela à personne.

Alors surtout, ne me le dites pas, aurait-il voulu crier

Ne me faites pas partager vos rêves, car je ne peux pas leur donner vie.

Mais il se tut et attendit qu'elle reprenne la parole.

— Cette idée me consume depuis la mort de Mab, murmura-t-elle au bout d'un moment. Je dois les retrouver, Aidan. Je veux retrouver ma famille. Je veux savoir d'où je viens.

— C'est tout à fait naturel. Mais vous avez si peu de pistes.

— Je sais, reconnut-elle. Mais parfois, quand je viens juste de me réveiller et que je n'ai pas encore ouvert les yeux, j'entends des voix. Je vois des gens. C'est très vague, mais je sais que tout est lié.

Elle écarta la broche cassée et agrippa sa main.

— J'ai besoin de m'accrocher à l'idée que je suis quelqu'un, milord. Ne pouvez-vous le comprendre ?

Il porta sa main à ses lèvres et embrassa tendrement le bout de ses doigts tout en gardant son regard prisonnier du sien. La mélancolie qu'il y lisait le rendait terriblement malheureux.

Elle avait besoin de l'amour inconditionnel d'un homme pour cicatriser ses blessures, pour lui apprendre à aimer les autres et à s'aimer elle-même. Or, il ne pouvait pas être cet homme.

Certes, il aurait pu l'aimer passionnément.

Mais pas pour toujours.

ANNALES D'INNISFALLEN

Même maintenant, plusieurs semaines après avoir envoyé ma missive à Londres, je m'en veux d'avoir ainsi chargé les épaules du Mór O'Donoghue. J'avais espéré adoucir le coup par la nouvelle que Felicity Browne était sortie de sa vie, mais l'évêque tergiverse et agite ses mains grasses. Parfois, je crois qu'il craint l'Anglaise plus que le Mór O'Donoghue, ce qui est une grave erreur.

Pourtant, j'ai senti qu'il était de mon devoir d'avertir Aidan de l'insurrection. J'espère qu'il ne va pas quitter Londres. Obtenir un accord avec la reine Elisabeth est notre dernier espoir.

Son père n'a cessé de lui enseigner la haine et la guerre. Je crois que je suis le seul à le voir tel qu'il est vraiment — un homme déchiré entre son désir et son devoir, un fils obligé d'accomplir le rêve d'un père méprisé, un chef de clan désireux de comprendre les besoins de son peuple.

Parfois, dans ces rêves à moitié éveillés qui me valent tant de problèmes avec l'abbé, je vois le Mór O'Donoghue libre de tous ses liens, comme Fionn Mac Cool auprès du géant Causeway, laissant loin derrière lui le nid de vipères qu'est devenue sa contrée. Un cœur aussi bon et brave que le sien ne mérite pas moins.

Revelin d'Innisfallen

5

— Votre Vaste Abondance, clama Lucy du ton qu'elle prenait pour attirer les spectateurs à St. Paul, la fortune vous sourit aujourd'hui.

Elle afficha un large sourire quand Aidan leva la tête de la table où il se trouvait en grande conversation avec Donal Og et Iago.

Donal Og lui décocha son habituelle grimace mais Lucy ne se laissa pas démonter :

— J'allais vous inviter vous aussi, lança-t-elle, mais il se peut que je me ravise.

Iago bondit sur ses pieds.

— Où allons-nous ?

Elle le regarda d'un air radieux. Contrairement à Donal Og, Iago était toujours prêt pour l'aventure.

Pour ce qui était d'Aidan, les pronostics étaient plus difficiles.

Ses traits tirés témoignaient d'une nuit d'insomnie, et son air soucieux ne lui échappa guère. Elle aurait tant voulu l'aider, mais jamais il ne lui disait rien le concernant.

— Venez donc, milord A-Contrecœur, le pressa-t-elle. Même Atlas est bien obligé de relâcher d'une main la voûte céleste pour se gratter les fesses de temps en temps.

Aidan roula des yeux.

— Comment puis-je refuser une offre présentée de manière aussi charmante ?

— Elle distribue plus de titres que la reine elle-même, marmonna Donal Og.

— Ah, mais je les donne à meilleur marché, sir Donal la Petite Tête.

— Qu'est-ce qui nous vaut cet honneur, mistress Trueheart ? s'enquit Aidan.

Elle se sentit rougir et pesta intérieurement. Décidément, elle devenait ridicule !

— Vous semblez avoir besoin de distraction, milord. Vous avez passé ces deux derniers jours à écrire des lettres, à réprimander vos hommes, à faire les cent pas et à jurer — et à boire tant et plus.

— Les risques du métier de chef, *pequeña*, dit Iago.

Elle fit un petit signe de tête dans sa direction. Elle n'aurait jamais pensé qu'une vêture décente lui donnerait tant d'assurance.

— J'ai décidé de vous emmener au théâtre public.

Iago frappa dans ses gigantesques mains.

— Formidable ! jeta-t-il.

Puis ses sourcils s'arquèrent.

— Qu'entendez-vous par théâtre public ?

Lucy ouvrit les bras en un geste d'étreinte qui les englobait tous les trois.

— Tout.

Une heure plus tard dans les écuries, Lucy, les yeux rivés sur une jument, protestait avec effroi :

— Pourquoi ne pas y aller à pied ?

— Ce sera plus rapide, répondit Aidan. Vous n'avez pas peur, j'espère.

— Peur ? ricana-t-elle, sa voix montant d'une octave. Moi ? Lucy Trueborn, avoir peur d'une... d'une bête de somme au cerveau de moucheron ?

Aidan la fixa de ses yeux bleus rieurs.

— Je me doutais bien que vous alliez appréhender cette première promenade à cheval. Si cela vous rassure, nous pouvons très bien monter Grania tous les deux.

— Alors comme ça, vous m'insultez ! s'exclama-t-elle en pointant le doigt sur Aidan. Attendez voir si j'ai peur !

Dans un tourbillon de jupes et d'indignation, Lucy

agrippa la selle et tenta de se hisser sur le dos du grand bai qui hennit furieusement et fit un écart.

— Ici, espèce de peste aux oreilles rabattues !

Furieuse, elle s'approcha à nouveau et essaya de passer son pied dans l'étrier instable.

L'animal, contrarié, détala au trot. Poussant un cri, Lucy fut entraînée sur quelques mètres.

— Sapristi, cette charogne va me tuer ! hurla-t-elle. A l'aide !

Avant qu'elle ait pu réitérer son appel, elle sentit une solide paire de bras l'attraper par la taille. C'était Donal Og. Il riait si fort qu'elle pouvait le sentir tressauter contre elle. Iago, tout aussi hilare, saisit les rênes de la jument. Vexée, Lucy les abreuva de jurons qui ne firent qu'accroître leur gaieté tandis qu'Aidan, s'efforçant de se contenir, retirait son pied de l'étrier.

Elle vacilla jusqu'à lui puis le repoussa pour les toiser tous d'un regard furibond.

— Bande d'imbéciles ! tempêta-t-elle. Je monterai ce cheval, même si je n'ai que des pitres comme professeurs.

A sa surprise, ce fut Donal Og qui se révéla le plus coopératif. Il lui indiqua la manière de tenir les rênes, l'aida à mettre son pied dans l'étrier et à passer une jambe par-dessus la selle. Iago, pour sa part, calma la bête d'un flot de paroles chantantes. Rayonnante, Lucy n'était pas loin d'imaginer qu'elle maîtrisait déjà l'art équestre.

— Milord, quel est le nom de cette bête ? s'enquit-elle auprès d'Aidan comme ils quittaient la cour.

— Ah ! J'ai oublié de vous le dire ? lança-t-il avec un clin d'œil. Elle s'appelle Moucheron.

Ils débouchèrent sur Woodroffe Lane et, laissant la ville derrière eux, s'engagèrent sur Finsbury Fields, caractérisés par leurs moulins à vent éparpillés sur les hauteurs. A Holywell, bon nombre de gens profitaient du beau temps pour pique-niquer. En apercevant non loin de là le drapeau du théâtre agité par le vent, la jeune fille ne put retenir un cri d'allégresse qui se bloqua aussitôt dans sa gorge, lorsque sa monture partit brutalement au galop. Lucy s'accrocha à la crinière et hurla, terrifiée, à la vue du sol qui défilait sous ses yeux à une vitesse ahurissante, sans comprendre ce qu'Aidan lui criait.

Certaine de l'issue fatale, elle se laissa brusquement aller sans plus réfléchir et ressentit soudain une joie violente à cette course effrénée. Il lui semblait voler, de plus en plus haut. La vitesse la grisait.

A ce moment, Aidan et Donal Og surgirent et ralentirent sa monture, lui faisant reprendre pied dans la réalité.

— Regardez, milord, nous y sommes ! lança-t-elle d'une voix tremblante.

Devant eux se profilaient une grange et un abreuvoir. Juste derrière, le théâtre se dressait comme une citadelle.

Ragaillardie par la chevauchée, Lucy se laissa glisser à terre et tendit d'une main tremblante les rênes au palefrenier, imitée par ses compagnons qui ajoutèrent un généreux pourboire.

Toutes sortes de personnes s'étaient réunies sous la bannière, du noble au mendiant. Lucy tira Aidan par la manche et l'emmena vers le guichet.

— Si vous ne voulez pas payer, nous pouvons rester dans la cour, mais pour un sou par personne...

— Je veux regarder de là-haut, l'interrompit-il en pointant le doigt vers l'escalier qui menait aux rangées de fauteuils.

— Ah, milord, ce sont les places les plus chères et, en plus, elles sont réservées à la noblesse.

— Et nous, nous sommes quoi ? demanda Iago avec un reniflement de mépris. Des spectateurs du parterre ?

— Je me suis toujours trouvée très bien au parterre, rétorqua Lucy en riant. Les acteurs nous apprécient car nous rions au bon moment, et les puritains nous haïssent.

— Ne me parlez pas des puritains, intervint Aidan. J'ai eu ma dose de ces gens-là !

— Ah, vous aussi vous avez eu affaire à ces corbeaux, Votre Révérence ?

Donal Og prononça rapidement quelques mots en gaélique, mais avant qu'elle pût en demander la traduction, Iago les poussait tous vers les escaliers.

— Attendez! se récria-t-elle. Je n'ai pas pris de masque.

— Vous en avez un, maintenant, annonça Aidan en lui tendant un loup en soie noire. Quelle curieuse habitude! Mais les Anglais sont des gens curieux.

La jeune fille attacha son masque et s'engagea dans l'escalier, entourée de son étonnante escorte. Dès qu'ils atteignirent les rangées de fauteuils, toute l'attention se tourna vers eux. Lucy releva le menton, fière des regards admiratifs qui se posaient sur ses compagnons. Iago et Aidan s'attirèrent bientôt les invites on ne peut plus explicites de deux spectatrices.

Lucy attrapa Aidan par sa manche et le poussa en avant.

— Restez à l'écart de ce genre de femmes! l'admonesta-t-elle.

— Pourquoi donc? répliqua le Mór, amusé.

— C'est une traînée. Prenez-en bonne note.

— J'en prends bonne note, répondit-il en s'esclaffant.

Lucy prit une profonde inspiration avant de reprendre ses remontrances.

— Ce n'est pas drôle. Elle risque de vous transmettre des maladies dont vous aurez le plus grand mal à vous débarrasser.

Il feignit l'indignation puis posa une main sur l'épaule de Lucy.

— Ce genre de femmes n'a aucun attrait pour moi. Je préfère de beaucoup le charme de l'innocence, ajouta-t-il d'une voix basse et intime. Sans parler de votre talent pour jongler.

Un frisson d'excitation remonta le long de son dos et elle s'accrocha à son bras, si fière d'être la cavalière du Mór O'Donoghue qu'elle sentait à peine le sol sous ses pieds.

Elle n'eut aucune difficulté à singer les comportements de la noblesse, agitant son éventail devant sa poitrine ou cachant sa bouche quand elle riait.

La pièce mettait en scène un mari trois fois cocu et son insatiable épouse. Lucy s'amusait beaucoup, mais goûtait plus encore la présence d'Aidan à ses côtés.

Avec lui, elle ne se sentait plus seule parmi la foule.

Pendant que ce flot d'émotion déferlait en elle, Aidan se demandait quel âge elle pouvait bien avoir.

Impossible de le deviner tant elle était naturelle, riant sans complexes à ses côtés. Par moments, on lui aurait difficilement donné plus de seize ans. Mais il se rappelait ces moments où elle semblait porter sur ses épaules toute la misère du monde et avoir acquis une sagesse venue de la nuit des temps.

Une troupe de clowns envahit bientôt la scène. Lucy, oubliant complètement où elle se trouvait, ne contint pas sa joie, se donnant de grandes claques sur les cuisses.

— Quel âge avez-vous? finit par s'enquérir Aidan, tout en s'admonestant: quelle importance cela pouvait-il bien avoir pour lui?

Lucy se tourna lentement vers lui et, grave et candide, déclara:

— Je l'ignore.

— Comment, vous l'ignorez?

Elle rentra la tête dans les épaules. Les applaudissements la rendaient difficilement audible et il dut se pencher vers elle.

— Vous avez oublié, milord, que j'ai été trouvée. Qui peut dire l'âge que j'avais alors? Deux ans? Trois ans? Quatre ans?

La peine qu'il lut dans ses yeux le bouleversa.

— M'avait-on livrée à la mort ou espérait-on qu'une bonne âme m'adopterait, poursuivit-elle, voilà une question qui n'a pas cessé de me ronger, milord!

Confus, il passa un bras autour de ses épaules.

— Lucy...

— C'est un hasard extraordinaire si Mab m'a découverte, et cela me conforte dans l'idée que j'étais plutôt destinée à mourir.

Elle posa un regard vide sur les clowns.

— Imaginez donc ! J'avais à peine vécu et quelqu'un a décidé que c'était déjà trop.

— Vous ne pouvez pas savoir ! protesta Aidan, cachant sa compassion sous un ton bourru.

Elle battit des paupières et chassa d'un sourire son expression mélancolique.

— Je suis restée auprès de Mab pendant douze ans puisqu'elle a pu échanger une perle par an.

— A la Saint-Michel, m'avez-vous dit.

Il relâcha son étreinte et feignit de s'intéresser au spectacle.

— Ensuite, je suis venue à Londres, où j'ai passé onze ans.

— Cela limite les possibilités. Cela vous fait donc entre vingt-cinq et vingt-sept ans.

Elle fit la moue.

— Suffisamment âgée pour être vieille fille !

Il repoussa une mèche de cheveux de son front.

— Vous ne ressemblez pas aux vieilles filles que je connais.

Avec un petit cri de joie, elle lui sauta au cou.

— Comme vous êtes gentil, milord ! Mort prétendait que tous les Irlandais étaient des sauvages, mais vous le faites mentir.

Elle le fixa avec des yeux brillants.

— Personne ne s'est jamais soucié de me parler ainsi.

Aidan sentit le regard de Donal Og fixé sur lui. Levant les yeux vers son cousin, il l'aperçut en compagnie d'une femme ravissante avec laquelle il buvait du vin épicé.

— Tu m'inquiètes, fit Donal Og à son adresse. Tu m'inquiètes vraiment ! s'écria-t-il en gaélique. Si tu songeais au moins à la trousser, comme je m'apprête à le faire avec ma charmante voisine ! Mais non, tu parles, tu parles...

La charmante voisine tiqua :

— Quels secrets échangez-vous donc dans votre langue de sauvages ?

— Il lui dit ce qu'il fait avec de l'huile de lampe et une bouteille de vin, suggéra Lucy.

Aidan posa un doigt sur sa bouche.

— Ne faites pas attention à elle, glissa Donal Og à sa conquête. Elle a un sens de l'humour tout à fait spécial.

Il semblait à Aidan que la main que Lucy avait posée sur son bras le brûlait terriblement.

— Chacun trouve son plaisir où il veut, répliqua le Mór en gaélique.

— N'oublie pas ton rang, Aidan ! Réfléchis un peu ! le mit en garde Donal Og. Que cela te plaise ou non, ton destin est scellé depuis longtemps par des forces supérieures. Tu es chargé de maintenir la paix dans toute une région, pas de servir de nourrice à une gamine.

— Tu crois que je ne le sais pas ? répliqua Aidan.

La main de Lucy caressait maintenant son poignet, s'attardant sur son pouls. Il songea que ledit destin ne lui avait jusqu'à ce jour envoyé que Felicity Browne, Anglaise et puritaine, qui faisait partie du marché de dupes pour maintenir la paix et qu'écouter ce destin lui avait fait commettre la plus grosse erreur de son existence.

— Ce serait ridicule de ta part de tomber amoureux de ce genre de fille, reprit Donal Og en désignant Lucy d'un signe de tête.

— D'où sors-tu que je le suis ? interrogea Aidan avec irritation. C'est vraiment la chose la plus stupide que j'aie jamais entendue !

Pendant qu'il parlait, la main de Lucy se glissa timidement dans la sienne, comme un oisillon cherchant un abri pendant la tempête.

Non, il n'avait strictement rien en commun avec cette femme, même s'il la désirait comme un fou. Pourtant, il ne pouvait nier qu'elle le fascinait, éveillant en lui tout le spectre des émotions humaines. Chaque minute auprès d'elle, songeait-il avec un serrement de cœur, n'était hélas qu'un mirage.

Il se força à rire des mimiques des acteurs pour dominer sa douleur. S'il avait été le digne fils de son père, il lui aurait tout simplement fait l'amour. Il n'avait jamais autant désiré une femme.

La confiance aveugle qu'elle plaçait en lui le déconcertait dans l'état d'esprit où il se trouvait. Ignorait-elle donc que le sort d'un chef de clan ne tenait qu'à un fil et que sa vie avait toutes les chances de se terminer dans un bain de sang?

Bientôt sa décision fut prise. Comme la troupe quittait la scène sous les vivats, il imagina une solution pour assurer la sécurité de Lucy longtemps après qu'il serait parti.

— Certainement pas! protesta-t-elle le lendemain, masquant son cœur brisé sous un air outragé. Jamais je ne ferai ce que vous suggérez, milord! J'ai rarement entendu idée plus stupide.

Elle marchait de long en large dans le jardin, soudain indifférente à la beauté de cette belle journée printanière.

— C'est une excellente idée, au contraire!

Aidan, appuyé sur le bord du puits, les jambes croisées, dégageait une telle séduction qu'elle eut envie de le gifler.

— Je crois que vous devriez y réfléchir.

— La Cour! éclata-t-elle, s'étranglant presque en prononçant le mot. Je n'arrive pas à croire que vous vouliez m'envoyer à la Cour! Passe encore comme bouffon! Mais vouloir me faire passer pour une dame! Jamais!

— Ecoutez-moi jusqu'au bout, au moins.

Sa tunique était entrouverte et, malgré tous ses efforts, elle ne pouvait s'empêcher d'imaginer son torse, large et musclé, couvert d'une douce toison brune...

Elle se dressa sur la pointe des pieds et cueillit trois petites poires vertes avec lesquelles elle se mit à jongler.

— Je vous écoute. J'essaierai de ne pas ricaner trop fort.

Il s'écarta du puits et croisa ses mains derrière le dos avec l'air d'un capitaine en campagne.

C'est qu'il est en train d'élaborer une véritable stratégie! fit une horrible petite voix dans son for intérieur. *Une stratégie pour te faire sortir de sa vie*, alors qu'elle aurait voulu protester: *Mais je viens seulement de vous rencontrer!...*

— Je n'ai pas encore vu votre reine, commença-t-il, mais on m'a dit qu'elle appréciait la vivacité.

Il suivait du regard les poires qui semblaient se mouvoir d'elles-mêmes.

— Moi, j'ai entendu dire qu'elle avait destitué un chevalier qui avait eu le malheur de lui déplaire, rétorqua Lucy.

— Vous lui plairez.

— Comment pouvez-vous le savoir ?

— Tout le monde vous aime. Même Donal Og.

— Il a une manière vraiment charmante de me le montrer ! Comment m'appelait-il déjà, ce matin ?

— Le cauchemar de taffetas, énonça Aidan sans arriver à étouffer l'hilarité de sa voix.

— Vous voyez ! murmura-t-elle sans cesser de jongler avec les poires d'un air nonchalant. Et à vous, Aidan O'Donoghue ? Je vous plais ?

— Je suis responsable de vous. Et je veux trouver pour vous ce qu'il y a de mieux.

— Est-ce une caractéristique irlandaise ?

— Quoi donc ?

— De ne jamais répondre aux questions qu'on vous pose.

Elle arrêta de jongler et lui lança une poire sans le prévenir. Il la saisit d'une main habile. Elle mordit dans la sienne et fit une grimace.

— Comment ai-je survécu vingt-cinq ou vingt-sept ans sans vous ? jeta-t-elle d'un ton acerbe.

— Vous *avez* survécu, Lucy ! Mais pouvez-vous honnêtement prétendre que vous avez vécu ? Vous voulez retrouver votre famille, et vous avez des raisons de croire qu'elle était noble. Quel meilleur endroit que la Cour pour commencer vos recherches ? Vous pourrez y consulter des généalogistes, des recenseurs, des administrateurs. Vous aurez tout loisir de mener votre enquête.

Elle se raidit pour ne pas donner prise à l'espoir qui la traversait.

— Je crois que nous ne nous faisons d'illusions ni l'un ni l'autre ! répliqua-t-elle d'une voix calme. Comme j'ignore le nom de ma famille, les registres ne me seront d'aucune utilité.

Il posa sa main sur la sienne.

— Ne refusez pas ! implora-t-il. Au moins, pas tout de suite. Il y a un bal masqué à Durham House ce soir. Je dois y assister. Venez avec moi. Donnez-vous une chance de rencontrer des hommes qui puissent vous aider. Il y aura Robert Dudley, Christopher Hatton, Evan Carew et bien d'autres...

— Non, je n'appartiens pas à ce monde. Je ne pourrai jamais...

— Dites-moi que mes oreilles me trompent, murmura-t-il en inclinant la tête sur le côté. Je n'aurais jamais imaginé vous voir reculer devant un défi.

Elle lui tourna le dos. Maudit soit-il ! Trois fois maudit ! Comment parvenait-il à la percer à jour si facilement alors qu'elle se donnait tant de mal pour cacher ses sentiments ?

— Que craignez-vous donc ? s'enquit-il, la prenant par les épaules et l'obligeant à lui faire face. De ne jamais découvrir qui vous êtes — ou bien, au contraire, de le découvrir ?

— Et si l'on découvre que je suis le rejeton de quelque vieux duc podagre ?

— Eh bien, on vous appellera lady Lucy, répondit-il en jetant machinalement la poire en l'air. Et vous vous rendrez compte que lui et votre mère ne sont après tout que des êtres humains à part entière, aussi imparfaits que vous ou moi, et non ces héros que vous imaginez.

Elle le regarda longtemps avant de répondre.

— Très bien, acquiesça-t-elle enfin. Je viendrai.

— Vous avez renvoyé les bonnes, paraît-il ! lança Aidan avec contrariété à travers la porte.

— C'est exact, Votre Splendeur ! répondit-elle sur son ton allègre de bateleuse. C'est au-dessus de mes forces de frayer avec ce genre de personnes.

— Lady Lumley les avait envoyées pour vous, insista Aidan. Leur avez-vous au moins laissé le temps de vous habiller ?

Elle appuya son front à la fenêtre à meneaux, la gorge serrée. *Je leur ai juste laissé le temps de me traiter de putain du O'Donoghue, de mouton déguisé, de poupée attifée.*

— J'ai finalement décidé de ne pas vous accompagner ! cria-t-elle.

Mon Dieu, sa voix tremblait !

Il le remarqua, poussa la porte et entra, superbe dans sa tunique de laine noire et ses jambières en cuir. Quelque chose de sauvage et sombre émanait de lui comme il s'immobilisait devant elle.

Lucy aurait voulu disparaître sous terre. Elle avait juste enfilé une chemise et un jupon, ses bas étaient encore roulés autour de ses chevilles et le reste de sa tenue était éparpillé sur le lit.

Il ne s'y arrêta guère plongeant son regard dans les yeux clairs.

— Vous avez pleuré, constata-t-il.

— Les boules parfumées me font éternuer, insista-t-elle en attrapant la pomme d'ambre par sa ficelle et en la tenant à bout de bras.

Il la lui prit des mains et la posa sur la table.

— Cela n'explique pas pourquoi vous avez renvoyé les bonnes. Je me suis donné un mal fou pour les faire venir ici, ainsi que la couturière qui a apporté et retouché cette robe, protesta-t-il en agitant la main vers la ravissante création en soie bleu et argent.

Elle s'était émerveillée de sa splendeur. Mais c'était avant que les servantes ne se mettent à l'accabler de sarcasmes.

— Elle avait été créée pour une dame d'honneur, poursuivit Aidan. Mais celle-ci...

Il s'interrompit et saisit une des manches du vêtement pour l'examiner.

— Mais celle-ci ? insista Lucy.

— ... a été bannie de la Cour.

— Pourquoi ?

Il lâcha la manche et lui fit face d'un air déconcerté.

— D'après Iago, la dame en question n'avait pas obtenu de la reine l'autorisation de convoler en justes noces. Passant outre, elle s'était mariée secrètement. Quelques mois plus tard, on s'aperçut qu'elle était enceinte. Elle fut alors renvoyée de la Cour, et son mari emprisonné à la Tour.

— Mais pourquoi ? interrogea Lucy, oubliant pour quelques instants ses propres problèmes.

— Iago a posé la même question. Une seule personne a bien voulu lui répondre dans un murmure. La reine n'arrive pas à se trouver de mari et a dépassé l'âge d'enfanter.

— La vie offre bien d'autres possibilités que de se marier et d'avoir des enfants !

Une ombre voila le visage d'Aidan, vite chassée par la lueur d'amusement qui dansa dans ses yeux.

— Et vous êtes une autorité en la matière !

— Les prêtres célibataires instruisent bien les gens sur le mariage, m'a dit Dove ! repartit Lucy.

— Ah ! Voyons cette robe, plutôt...

— Une robe qui ne me portera pas chance ! remarqua Lucy avec aigreur.

— Elle n'est pas à votre goût ?

— La robe est ravissante, milord. Mais la couturière et ses assistantes, elles, ne l'étaient pas.

— Vous ont-elles offensée ?

— Je ne me suis pas formalisée de leurs propos. J'ai déjà entendu pire à mon sujet que « putain », « mouton déguisé », « pigeon attifé » — ou était-ce « poupée » ?... égrena-t-elle avec un sourire détaché. C'est leurs propos sur vous qui m'ont fait perdre patience, milord.

Il haussa un sourcil.

— Oh ? Et de quoi pouvait-il bien s'agir ?

— Euh... Je ne suis pas certaine. Je n'avais jamais entendu l'expression. Mais c'était odieux. Je n'ose même pas vous la répéter.

— Je ne comprends pas ces Anglais qui autorisent leurs femmes à parler comme des catins.

— Et vos femmes, en Irlande, qu'ont-elles l'autorisation de faire ?

— Nous n'avons rien à leur autoriser. Elles font ce qu'elles veulent, déclara-t-il en s'approchant d'elle. Je suis désolé que vous ayez dû supporter ces harpies. Laissez-moi vous aider. Je jure que je ne vous traiterai pas de tous les noms, sauf peut-être...

Il s'éclaircit la gorge.

— Sauf?

— *Storin*. Ou alors *gradh*, murmura-t-il, et son regard la fit frissonner.

— Je me soumets! annonça-t-elle en portant la main à son front et en feignant de s'évanouir. Je suis à vous!

Il poussa un petit rire étouffé en promenant son regard sur les vêtements éparpillés sur le lit.

— Je ne suis pas sûr de savoir l'ordre dans lequel il faut les enfiler. Vraiment, vous abusez! C'est la deuxième fois que vous me faites jouer le rôle de femme de chambre!

— Vous adorez cela. Ne le niez pas!

Il saisit un objet barbare muni d'une armature en fer.

— Un corset?

— Non merci! Je n'ai jamais compris pourquoi les gens désiraient modifier l'aspect que le Seigneur leur avait donné.

— Alors cette camisole? Elle est vraiment jolie.

Elle n'était effectivement rien de moins que splendide. Le tissu bleu arachnéen était orné de fils d'argent qui formaient le même ravissant dessin le long de l'ourlet que sur les manches. Il la lui enfila par-dessus la tête et entreprit de la lui lacer dans le dos, provoquant en elle une envie irrépressible de poser la joue contre son torse. Mais déjà il lui passait la jupe, largement échancrée pour laisser admirer la camisole. Puis ce fut le tour du corsage.

— Pourquoi diable fait-on des vêtements qui se ferment dans le dos? interrogea-t-elle quand il passa derrière elle pour le lui attacher.

— Cela a une signification sociale. Cela prouve que vous êtes assez riche pour avoir des servantes.

— Ou pour s'offrir le Mór O'Donoghue?

— Pour cela, il vous suffit d'être Lucy! répondit-il, balayant sa nuque de son souffle chaud.

Elle éclata de rire devant les surmanches qu'il fixa à

son corsage. Manifestement, plus on avait de manches, mieux c'était. Mais elle se rebiffa quand Aidan voulut passer la fraise empesée autour de son cou.

— Vous pouvez renvoyer cela à la salle des tortures, déclara-t-elle. Je préfère encore être clouée au pilori par les oreilles ! Comment peut-on avoir l'idée de prendre plusieurs mètres de dentelle, de les plisser puis de les rendre aussi durs avec... avec...

— ... de l'amidon, termina-t-il à sa place. On la coud une fois que vous êtes habillée.

— C'était ainsi que tient la collerette ? Comme c'est ridicule ! Ce n'est pas étonnant que toutes ces grandes dames aient l'air de marionnettes, empruntées et prétentieuses.

Il lui adressa un clin d'œil et posa la fraise.

— Si vous ne voulez pas la porter, j'ai une meilleure idée.

— Qui est ?

D'un petit sac à sa taille, il tira un collier. Les pierres qui brillaient d'un éclat violet étaient enfilées sur une chaîne d'argent délicatement ciselée.

— Sainte Mère de Dieu ! chuchota-t-elle. C'est beaucoup trop beau pour moi.

— Vous avez bien plus de prix que cette babiole. Je le destinais à une autre femme, mais elle s'est montrée récalcitrante.

Une main glacée étreignit le cœur de Lucy.

— Assurément, Votre Sérénité, vous devriez le garder pour cette dame.

— Grand Dieu ! s'exclama-t-il, les yeux plissés. Mais vous êtes jalouse ?

— Ah ! explosa-t-elle, les joues en feu. Voyons, monseigneur le Paon, ne vous flattez pas si vite !

Il rit doucement.

— Ce sont vos protestations qui me flattent.

— Vanité, déclama-t-elle, ton nom est O'Donoghue.

Quand Aidan s'arrêta enfin de rire, il murmura :

— Ce n'était qu'un cadeau diplomatique. Il était destiné à la reine.

C'était la dernière réponse qu'elle aurait imaginée.

— Vous voulez que je porte un collier destiné à la reine ?

— N'êtes-vous pas Gloriana en personne ? fit-il d'un ton moqueur. Vous le mettez en valeur. Ce sont des améthystes extraites des collines de Burren, remarqua-t-il en se glissant derrière elle. C'est un dessin celtique, très ancien.

Elle pivota pour lui faire face.

— Seriez-vous doté de pouvoirs occultes ?

Il fronça les sourcils avec stupéfaction.

— Des pouvoirs occultes ?

— Voyons, vous savez bien ! Porteur d'un charme. Mab m'a raconté une histoire sur un prince féerique qui réalise tous les vœux d'une femme.

— Je suis un chef de clan, pas un prince, protesta-t-il. Et je ne suis certainement pas féerique.

Elle faillit rire de son indignation. Il se pencha alors et frotta ses lèvres contre son front, la faisant frémir de la tête aux pieds.

— Mais je dois reconnaître, confessa-t-il, que l'idée de réaliser tous vos vœux n'est pas dénuée d'attrait.

JOURNAL D'UNE DAME

Il y a un bal, ce soir, à Durham House, mais nous avons décliné l'invitation. Richard ira. Il est trop jeune pour que je lui fasse supporter mes soucis. Ah ! nous ne ménageons pas nos efforts pour protéger nos enfants ! Richard ignore tout de notre deuil. Il n'était pas encore né lors des événements, et nous n'avons pas jugé utile de les lui raconter.

Seul mon cher mari comprend le rituel auquel je me livre chaque année, le jour anniversaire de la tragédie. Quand le soleil se couchera, tout à l'heure, je prendrai un morceau de bois et une chandelle et descendrai les marches jusqu'à l'eau, à l'endroit même où j'ai dit au revoir à ma petite fille il y a si longtemps. Je me rappellerai toujours comment j'ai plongé mon regard dans ses grands yeux confiants et lui ai donné un baiser supplémentaire sur la paume pour plus tard.

Puis je mettrai le petit bateau à l'eau avec la bougie allumée et je l'observerai de la rive, les yeux brouillés de larmes, et supplierai Dieu de m'accorder la force de supporter l'insupportable.

Lark de Lacey,
comtesse de Wimberleigh

6

— Je ne me laisserai pas transporter dans cette boîte qui ressemble à un cercueil, déclara Lucy, péremptoire.

Surpris par la violence de sa réaction, Aidan prit une profonde inspiration. Donal Og et Iago échangèrent des regards exaspérés.

— A moi aussi, ces voitures me semblent étranges, dit-il en s'armant de toute sa patience, mais lord Lumley m'a assuré que les gens distingués circulaient ainsi.

Lucy examina l'intérieur d'un air méfiant.

— Ceux qui ont quitté ce monde, du moins, ronchonna-t-elle. C'est un corbillard !

— Mais non, plutôt une roulotte de spectacle, dit Iago.

— Une roulotte de spectacle ? demanda Aidan, l'air renfrogné.

— On les gare au coin des rues et on y joue des pièces de théâtre, expliqua Iago. C'est bien cela, *pequeña* ? ajouta-t-il en croisant ses bras sur sa poitrine.

— Cela n'a rien à voir avec une roulotte de spectacle ! protesta-t-elle. Tout est noir à l'intérieur. C'est fait pour des gens qui ont quelque chose à cacher.

Ce qui fait de moi le passager idéal, songea Aidan.

— Ou des gens que leur destination n'intéresse pas.

Elle jeta un regard noir au cocher perché sur un siège étroit à l'avant du véhicule.

— Je veillerai sur vous, promit Aidan.

La prenant par la taille, il la déposa sur la banquette, puis s'assit en face d'elle.

— Ah ! on voit bien que tu n'as toujours pas couché avec elle, remarqua Donal Og en gaélique comme il se hissait à l'intérieur avec Iago. La manière dont tu la regardes te trahit.

— Donal Og, intervint Aidan avec un calme surprenant, tu es comme un frère pour moi. Mais une autre remarque de ce genre et c'en est fini.

Le cocher fit claquer son fouet et siffla. La voiture s'ébranla brutalement. A moitié éjectée de son siège, Lucy poussa un juron.

Donal Og claqua ses mains sur ses genoux.

— Ça alors, le Mór O'Donoghue aux yeux glacés est amoureux d'une fille des rues !

— Je ne supporterai pas qu'on l'insulte, même en gaélique.

— C'est ça l'amour ! dit Iago en se frottant le menton.

La mâchoire crispée, Aidan jeta subrepticement un regard à Lucy. Le soleil couchant l'auréolait d'un halo doré qui soulignait le dessin de son ravissant visage. Jamais elle ne lui avait paru aussi jolie.

— Je n'ai pas le droit de l'aimer, marmonna Aidan, terrassé par un sentiment d'impuissance.

— Ah ! parce que tu crois que tu as le choix ? se moqua Donal Og.

— Exprimez-vous en anglais, exigea Lucy. Sinon je croirai que je fais les frais de la conversation. Mais bien sûr que c'est ça ! Suis-je bête ! s'emporta-t-elle en agitant un doigt accusateur. N'est-ce pas ?

— C'est exact, reconnut Iago avant qu'Aidan ne puisse intervenir. Nous expliquons au Mór O'Donoghue qu'il est tombé amoureux de vous.

— Me voilà affligé du plus loyal des amis ! maugréa Aidan en se sentant rougir.

Lucy sauva la situation par un éclat de rire.

— Ne soyez pas ridicule, Iago ! Ce romantisme est-il propre aux Irlandais ou est-il commun à tous ? Allons, arrêtez donc ces bavardages ! Je vais vous raconter l'histoire de cette partie de Londres.

— Comme vous voudrez.

Iago la retint d'un bras ferme alors que la voiture tournait à angle droit en s'engageant dans Ivy Bridge Lane.

Tandis qu'elle racontait des anecdotes sur les lieux qu'ils traversaient, Aidan aurait tout donné pour n'éprouver à son égard qu'un désir physique. Mais rien qu'à l'observer, il était saisi d'une émotion douloureuse d'intensité. Elle leva les yeux, et un sourire presque timide apparut sur ses lèvres.

— Ce n'est pas si désagréable, après tout, Votre Abondance, dit-elle, de se déplacer en voiture !

Il lui répondit d'un sourire, heureux de la voir s'amuser. Qui aurait pu se montrer assez cruel pour délaisser une aussi charmante créature.

La voiture franchit un porche et s'immobilisa dans un grincement de roues. Une nuée de valets en livrée s'approchèrent pour aider les passagers à descendre.

Durham House était flanquée de deux tourelles et ornée de piliers de marbre. Cet aspect qui reflétait exactement l'idée qu'il se faisait des Anglais déplut profondément à Aidan.

Lucy, en arrêt devant la porte principale, caressait, avec émerveillement, le cordon de soie commandant au carillon. Quand elle commença à en défaire le nœud, il éclata de rire.

— Attention, jeune demoiselle, si vous êtes surprise en train de subtiliser la passementerie, cela risque de faire mauvais effet !

Elle le suivit à l'intérieur en pouffant.

Dans l'antichambre, les serviteurs accueillirent Lucy avec des regards émerveillés et Aidan se rengorgea. Iago avait aussi son lot d'admirateurs.

Par l'ouverture en demi-cercle qui donnait sur la galerie, on apercevait une marée d'invités. Lucy, en arrêt, blêmit comme sous l'effet d'une terreur quelconque mais se reprit presque aussitôt et, rejetant les épaules en arrière, levant le menton, avança, fièrement escortée par Iago, sous une douzaine de regards éblouis.

Donal Og donna un coup de coude à Aidan.

— Et encore, nous n'avons pas été annoncés ! Qu'arrivera-t-il quand tout le monde nous verra ?

Comme elle avançait entre Donal Og et Iago, précédant Aidan, Lucy se rendit parfaitement compte qu'ils étaient le point de mire d'une bonne partie de l'assemblée. Elle s'apprêtait à faire la révérence au personnage en pourpoint de soie rouge et à la splendide moustache qui les accueillit quand Donal Og posa discrètement sa main sur son bras.

— C'est le majordome. Il va nous annoncer.

Cette seule idée d'être annoncée était aussi grisante pour Lucy qu'un verre de bon vin.

Lorsque le serviteur cria leurs noms, les invités — dont elle avait vu bon nombre à St. Paul — tournèrent vers les Irlandais des regards inquisiteurs.

Iago, sans nul doute le plus exotique des quatre, jouait à fond son personnage, joignant les mains, paumes pressées l'une contre l'autre, pour saluer à droite, à gauche. Lucy, habituée aux démonstrations publiques, n'était pas peu fière de mobiliser l'attention générale. Présentée comme maîtresse des divertissements du Mór O'Donoghue, elle rayonnait et distribuait quelques petits signes de têtes à de rares élus.

— Voici donc notre chef irlandais! s'exclama un homme qui parvenait difficilement à maîtriser sa fureur. Vous avez l'air aussi sauvage que votre père! Il a assassiné mon père. Mais laissez-moi me présenter: Arthur, lord Grey de Wilton.

Lucy les regarda avec étonnement, d'un côté l'élégant anglais grand et mince, et de l'autre le robuste irlandais, magnifique et sauvage.

— Je suis désolé pour lui, répondit Aidan d'une voix neutre, presque affable. Il a eu bien tort de vouloir détourner en fraude les troupeaux de mon père.

Il s'éloigna. Lucy se précipita derrière lui, mais Iago la retint.

— Donnez-lui le temps de se ressaisir. Il n'aime pas beaucoup défendre son père.

Donal Og rejoignit son cousin et lui glissa quelques mots en gaélique à l'oreille. Aidan lui répondit brièvement, prit la main de Lucy et l'entraîna vers la foule.

Un tourbillon de présentations commença alors : le lord garde des Sceaux et le lord Chancelier, une princesse suédoise, trois chevaliers saxons, un amiral et un évêque, et des douzaines de grandes dames. Lady Helmsley, laissant tomber son masque de plumes, porta à ses yeux un face-à-main pour détailler Lucy toute à son aise et s'enquit perfidement :

— Est-il habituel qu'un lord irlandais se déplace avec sa maîtresse des divertissements et un garde du corps à l'allure de sauvage ?

Lucy lui dédia un sourire éblouissant.

— Madame, cela vous gêne-t-il vraiment ou ne cherchez-vous qu'à médire gratuitement ?

— Quelle impudence ! s'exclama l'interpellée, avant d'ajouter aigrement : En fait, je m'étais trompée, vous devez être sa maîtresse tout court.

— Seulement dans mes rêves, madame. Seulement dans mes rêves.

Iago l'entraîna avant qu'elle ne déclenche une émeute.

Les personnes qu'elle rencontra ensuite se montrèrent beaucoup plus sympathiques : un joyeux poète du nom de Sharpe, des jumelles, Lydia et Letty, une grosse dame affligée d'un goitre et enfin Anne, la naine de la reine. La minuscule créature fascina Lucy, et elles discutèrent quelques instants.

— Venez à la Cour, lui conseilla Anne. C'est le seul endroit possible pour les femmes de spectacle.

— Vous avez sûrement raison, reconnut Lucy.

Installés sur une sorte de tribune, des musiciens jouaient un air allègre. Lucy aurait adoré danser mais l'expression fermée d'Aidan la dissuada de le lui demander et elle chercha un moyen de s'extraire de la foule.

Croisant accidentellement lady Helmsley, Lucy ne résista pas au plaisir de lui chaparder habilement son bracelet de diamants qu'Aidan s'empressa de restituer à sa propriétaire, feignant de l'avoir ramassé par terre et le lui tendant avec un large sourire qui la fit fondre aussitôt.

— Je me prosterne devant votre charme, souffla Lucy.

— Ne recommencez pas ce petit jeu, grogna Aidan. Je ne plaisante pas.

Lucy porta la main à son cœur.

— Parole d'honneur.

Il lui jeta un coup d'œil et son expression s'adoucit.

— Avez-vous faim ?

— Toujours.

Son rire, quand il éclata enfin, était la chose la plus merveilleuse qu'elle eût jamais entendue. Comme Aidan la guidait au milieu de la foule, elle ne put s'empêcher de remarquer une fois encore à quel point il était différent des gentilshommes anglais, qui paraissaient efféminés dans leurs vêtements trop ajustés et ornementés. Aidan paraissait, lui, plus viril que jamais avec ses jambières en cuir, sa tunique serrée à la taille par une large ceinture ornée de pierres polies, et sa cape bleue qui tourbillonnait autour de lui comme un lambeau de ciel d'été.

— Jeune fille ?

Sa voix douce contre son oreille la fit sursauter.

— Qu'il y a-t-il ?

— Seriez-vous en train de me fixer, au lieu de repaître vos yeux de la crème de la noblesse anglaise ?

Glissant un gobelet d'argent dans sa main, il la força à boire. Elle goûta le vin doux et sourit.

— En vérité, milord, vous êtes beaucoup plus agréable à regarder que tous ceux-là !

Il marmonna en gaélique.

— Que dites-vous ?

— Parfois, vous êtes trop franche pour votre propre bien, murmura-t-il, avant de la faire pivoter vers la foule. Et maintenant, ouvrez grands vos yeux ; je vais vous montrer les favoris de la reine, leur amitié pourrait vous être utile.

Lui désobéissant délibérément, elle ferma les yeux et s'appuya de tout son long contre lui. Comme c'était bon d'être enfermée dans sa chaleur et de humer sa bonne odeur de cuir et d'homme !

— Lucy ! fit-il en enfonçant ses doigts dans ses épaules pour lui faire rouvrir les yeux.

— J'écoute.

— Très bien. Vous voyez l'homme debout devant la tapisserie ?

Le regard de la jeune fille se posa sur un homme tout de noir vêtu, dont la moustache vibrait comme les deux mèches d'un fouet.

— Oui ?

— Examinez-le attentivement. Je peux vous affirmer que ses espions nous observent.

— Ses espions ? siffla-t-elle, fascinée.

— C'est Francis Walsingham. Il hait les catholiques et se ferait un plaisir de me voir brûler vif. C'est le maître espion de la reine. Et tout le monde a beau le mépriser, la reine y comprise, personne n'ose le contrarier. Les deux individus avec lesquels il s'entretient sont lord Norfolk et lord Arundel. Ceux-là ne sont pas dangereux.

Aidan lui caressait doucement la nuque et elle se sentait prise de vertige, mais il semblait déterminé à faire son éducation. Il orienta sa tête vers un petit homme aux cheveux argentés et une dame blonde.

— Voici l'ambassadeur de Venise. Un homme qui a du flair. Il joue franc-jeu et connaît son affaire sur le bout des doigts. Il est en compagnie de sa fille Rosaria, la comtesse Cerniglia. Elle est veuve, et encore plus perspicace que son père, mais on lui reproche de ne pas être aussi franche.

— D'où tenez-vous tout cela ?

— Si la reine a ses espions, j'ai aussi les miens. Je ne peux pas me permettre d'ignorer les affaires d'Etat, expliqua-t-il. Alors ? Que pensez-vous de cette brillante compagnie ?

Lucy soupira et promena son regard sur les visages souriants, les tenues chatoyantes, les objets précieux qui décoraient la galerie.

— Je ne sais pas, répondit-elle au bout d'un moment. Dans mes rêves, j'ai grandi dans un endroit comme celui-ci, au milieu de gens riches et gais. Et pourtant, je ne me sens pas du tout à mon aise, ici.

— Pour beaucoup de ces gens, gaieté et richesse sont factices.

— Et mes parents, vous pensez qu'ils leur ressemblent ? s'enquit la jeune fille, quelque peu écœurée. Que dois-je faire à ce propos : demander à toutes ces personnes si elles n'ont pas, par hasard, perdu une fille autrefois ?

Il lui pressa gentiment la nuque.

— Ne soyez pas trop pressée, vous risqueriez de tout gâcher. Nous devons avant tout trouver William Cecil — lord Burghley. C'est l'un des rares ministres en qui j'ai confiance. Je ne voudrais pas vous voir accusée d'imposture.

Ses yeux bleus se promenèrent sur la foule avant de s'arrêter sur le crâne chauve de lord Burghley.

— Personne n'a manifesté de réaction en entendant votre nom. Evidemment, nous ne sommes pas certains que c'était le vrai.

Lucy soupira.

— Savez-vous ce qui me ferait vraiment plaisir pour le moment ?

— Dites-le-moi.

— Que vous dansiez avec moi.

Elle se raidit, s'attendant à un refus. Mais, au contraire, il sourit et s'inclina.

— Même si nos danses sont infiniment plus vivantes que celles pratiquées ici, je ferai de mon mieux pour vous contenter.

Il sembla à Lucy qu'elle rêvait, tandis qu'elle le suivait vers la piste. Les musiciens jouaient à une cadence désespérément lente.

Aidan et Lucy s'introduisirent dans le cercle.

Comme ils dépassaient Donal Og et Iago, Aidan leur glissa quelques mots avec un signe de tête vers la galerie surélevée où se tenait l'orchestre.

— Que vont-ils faire ?

— Tenter de les réveiller, tous !

Ils disparurent tous les deux et quelques minutes plus tard, ils faisaient leur apparition au balcon. Donal

Og s'était emparé d'un tambour de peau, tandis que Iago avait pris une flûte.

Le chant de la flûte arrêta les danseurs. Le maître des divertissements apparut alors et annonça avec un sourire forcé :

— Nous vous proposons un intermède musical en l'honneur de notre noble invité irlandais !

Plein de la présomption de la jeunesse, le comte d'Essex se faufila auprès d'Aidan.

— Voilà qui est bien mal élevé ! dit-il. Mais d'après mon expérience, je dois reconnaître que c'est une habitude chez les Irlandais.

Lucy lui décocha son plus beau sourire.

— Voyons, milord ! Vous êtes-vous entraîné longtemps pour être aussi insupportable, ou est-ce naturel chez vous ?

Il la regarda avec dédain, puis ses yeux flamboyèrent dangereusement.

— O'Donoghue, emmenez votre catin hors de ma vue sin...

Aidan s'avança d'un pas, attrapa le comte par son pourpoint et le serra jusqu'à ce que sa fraise se referme sur son visage.

— Encore un mot, souffla Aidan avec un calme glacé, et je vous transforme en serpillière, milord.

A ce moment, la musique éclata, joyeuse. Aidan tourna le dos à Essex, poussa un cri en gaélique et se mit à danser, attirant Lucy dans son sillage.

Rien n'était plus simple que de danser avec lui ! Il suffisait de le suivre. Il l'emporta dans un tourbillon effréné, et bientôt les pieds de Lucy ne touchèrent plus terre. Puis il l'entraîna vers une loggia contiguë au hall et plongée dans la pénombre.

Lorsque la musique décrut et qu'ils s'arrêtèrent, Lucy s'effondra, à bout de souffle, contre le torse d'Aidan.

— C'était superbe, déclara-t-elle en riant. Danser donne une petite idée de ce que ce doit être que voler.

Un rire haut perché brisa soudain le silence. Elle se retourna à temps pour voir une ravissante dame s'enfuir dans l'ombre. Sa fraise était toute de guingois, des traces d'herbe maculaient le bas de sa robe, et ses yeux brillaient de la joie secrète d'avoir été aimée.

— Aidan, chuchota Lucy, qui...

— Cordelia ! Ah, vous voici !

Un homme apparut soudain et saisit la fuyarde par la taille.

— Ma bien-aimée mangeuse de vertu s'est enfuie !

Ils rirent tous les deux, et il l'entraîna vers les lumières du hall.

Lucy se figea. Elle crut un instant défaillir. Bien qu'elle entendît Aidan murmurer son nom, elle était incapable de lui répondre, entièrement concentrée sur l'étranger aux cheveux blonds. Dire qu'il était beau aurait été presque risible tant sa splendeur était éclatante. Tout était parfait dans son visage, de ses pommettes hautes à la fossette qui creusait son menton.

— Jeune fille, murmura Aidan, si vous continuez à le fixer de cette façon, il va croire que vous lui jetez un sort.

Elle cligna des yeux. L'étranger riait maintenant en conduisant sa compagne vers la galerie, la tête penchée vers elle comme s'ils partageaient quelque plaisanterie.

Son apparence lui attirait tous les regards. Les femmes, jeunes et vieilles, se pressaient devant lui. L'une d'elles laissa tomber son éventail et poussa un rire étouffé quand il le lui ramassa. Une autre arriva même à perdre sa jarretière. Tout en la remettant à sa place, il murmura :

— *Honni soit qui mal y pense !*

— Elle a l'air de se trouver mal, se moqua Aidan en riant. Vous croyez qu'elle va s'évanouir !

— Qui est cet homme ? s'enquit Lucy, stupéfiée par le ridicule de la scène.

— Je l'ignore. Je me demande juste comment il peut supporter toutes ces minauderies.

La jeune fille s'appuya contre le chambranle de la porte et poursuivit son observation. Les hommes aussi semblaient aimantés par lui.

Elle sentit inopinément la main d'Aidan dans le creux

de son dos. Un geste qui respirait la tendresse. Une idée si surprenante traversa alors son esprit qu'elle en demeura un instant hébétée : cet homme, cet étranger, la comprenait mieux que personne. Il avait perçu son immense besoin d'affection.

— Aidan, chuchota-t-elle enfin, la gorge serrée par l'émotion, je dois vous dire...

— Me ferez-vous l'honneur de cette danse ? s'enquit une voix suave.

L'homme blond s'inclinait devant elle et tendait la main.

— Je crois bien que ma ravissante invitée acceptera de danser avec vous si vous lui faites la grâce de vous présenter.

Le jeune dieu s'empara de la main de Lucy et, tout en la conduisant vers la piste, il inclina sa tête dorée vers Aidan et annonça :

— Je m'appelle Richard, milord. Richard de Lacey.

Un curieux changement s'opéra chez Aidan. Jusqu'à présent, il avait manifesté de la tolérance et une patience amusée vis-à-vis de tous les incidents de la soirée. Mais en entendant le nom de l'homme, le Mór O'Donoghue devint de marbre.

Richard de Lacey entraîna Lucy dans une pavane.

— Vous êtes bien la créature la plus éblouissante de l'assemblée. Mais le Mór O'Donoghue vous revendique nettement comme sienne, murmura-t-il à son oreille.

Elle jeta un regard à Aidan par-dessus son épaule.

— Vous savez qui il est ?

— Mon petit chou, tout le monde a entendu parler de lord Castleross. Dans d'autres circonstances, je ferais tout mon possible pour être son ami. Mais les choses étant ce qu'elles sont, il est tenu de me mépriser. Et pas seulement parce que je vous trouve ravissante.

— Alors pourquoi ? s'enquit-elle, intriguée.

— Parce que j'ai été chargé d'une mission en Irlande sur le territoire du Mór O'Donoghue.

Le lendemain matin, Lucy était fatiguée d'entendre parler de Richard de Lacey. La pièce qu'elle partageait avec plusieurs autres dames retentissait de l'écho de leurs exclamations admiratives à son sujet.

— Je n'arrivais pas à le croire. Il m'a touchée. Il m'a vraiment touchée, remarqua lady Barbara Throckmorton Smythe en tendant une main pâle et molle.

— Oh !

Les trois autres dames se bousculèrent autour d'elle pour examiner l'appendice ainsi favorisé.

Finalement, après avoir entendu comparer Richard de Lacey à toutes les figures mythiques imaginables, Lucy laissa échapper un ricanement exaspéré.

Lady Barbara lui lança un regard noir.

— Quant à vous, madame, je ne vous ai pas vue dédaigner son invitation à danser.

— C'est vrai. Je réserve mes refus à des propositions moins agréables.

— Comment était-ce ? demanda Bessie Josephine Traylor. Vous *devez* nous le dire ; vous êtes la seule à avoir dansé avec lui, en dehors de cette cocotte fardée de Cordelia Carruthers.

— Oui, dites-nous ! insista lady Jocelyn Bellmore.

Elle étudia les courtes boucles dorées de Lucy avant d'ébouriffer ses longs cheveux roux d'un geste calculé.

— Je songeais à me les faire couper. Richard adore les cheveux courts.

Lucy roula des yeux stupéfaits. On aurait dit une bande de poules en train de se disputer le coq de la basse-cour. Mais elle lut un tel espoir dans leurs yeux que la comédienne en elle prit le dessus.

— Eh bien, je suis trop bien élevée pour entrer dans les détails, annonça-t-elle avec un air de conspiratrice. Mais si je devais donner un surnom à Richard de Lacey, ce serait l'étalon blond.

Les femmes s'écroulèrent en gloussant bêtement, et Lucy devint songeuse. Si beau fût-il, la séduction qu'il exerçait sur elle n'était pas de cet ordre. Elle était attirée par lui, mais d'une façon mystérieuse qui n'avait rien à voir avec le désir pour Aidan qui la taraudait.

— Quelle sorte de course de bateaux ? s'enquit Lucy en traversant à grands pas le jardin aux côtés d'Aidan.

— Je ne suis pas sûr, fit-il en l'observant du coin de l'œil. Je crois que c'est une course d'aviron sur la Tamise.

Elle paraissait aussi fraîche qu'un bouton de rose encore couvert de rosée. Comme elle s'était adaptée rapidement à ce monde aux manières guindées ! Sans doute son talent pour l'imitation l'y avait-il aidée...

Elle portait ce jour-là une robe couleur lilas et ses cheveux étaient retenus en arrière par une coiffe ornée d'onyx.

— Je crois, expliqua-t-il, que le vainqueur sera récompensé par une coupe. Vous et les autres dames serez chargées de le féliciter à la ligne d'arrivée.

— Je vois.

Elle regarda la corde enrubannée tendue en travers de la rivière.

— Comment cela s'est-il passé avec elles ? s'enquit-il.

— Avec les autres dames ?

Elle simula un sourire et feignit d'agiter un éventail devant son visage.

— Quelle question, milord ! vous savez bien que la mode et la culture des roses sont mes deux sujets de prédilection !

— Elles n'ont aucun autre intérêt dans la vie, déclara-t-il en riant. Les Anglais gardent leurs femmes en laisse et les tiennent court.

— Délicieuse image ! Quant à vous, vous donnez un peu de mou aux femmes irlandaises, c'est cela ?

— Certains vous diront qu'en Irlande, ce sont les femmes qui tiennent la laisse.

— Cela paraît bien plus intelligent.

— Si j'ai bien compris, elles sont toutes éprises de Richard de Lacey ?

— Bien entendu ! Nous l'avons passé en revue sous

toutes les coutures, annonça-t-elle en faisant semblant d'agiter un éventail. La fossette de son menton, ses mollets admirablement tournés, sa voix de ténor, le charme de ses manières, tout cela nous a gardées éveillées une bonne partie de la nuit.

Un sentiment qu'il refusait de s'avouer envahit Aidan.

— Alors vous aussi, vous êtes amoureuse de lui ?

Elle souffla sur une mèche qui s'était échappée de sa coiffe et pendait sur son front.

— Je devrais. C'est presque un sacrilège d'y échapper.

— Mais ?

Un espoir indéniable montait en lui.

— Mais... reprit-elle, une lueur taquine au fond des yeux. Je ne sais pas, Votre Toute-Puissance. Je ne sais pas très bien comment l'exprimer... En fait, j'ai un faible pour les hommes grands, bruns et irlandais.

Elle rit devant son expression stupéfaite.

— Richard de Lacey est trop parfait pour me rendre amoureuse. Vous voyez ce que je veux dire ?

— Parfaitement, fit-il en retenant son sourire. Etre amoureux est une affaire sérieuse, parfois douloureuse, qui dépasse les apparences.

Elle se mordit les lèvres et le regarda avec des yeux si lumineux qu'il pouvait y contempler sa propre image.

— Aidan ! appela Donal Og de l'autre bout du jardin. Remise ta langue dans ta bouche et descends ici. Les Anglais ont besoin d'une leçon d'aviron.

Son gaélique rocailleux résonnait comme une musique païenne au milieu des bosquets bien taillés de Durham House.

— Milord, intervint Lucy au moment où il la quittait. Richard dit que vous le haïssez à cause de sa mission en Irlande. Est-ce vrai ?

Aidan s'immobilisa, tout à la fois surpris par sa question et la force de l'attrait qu'elle exerçait sur lui.

— Je ne le hais pas, fit-il en se tournant vers Donal Og. Du moins, pas encore.

Il la laissa sur la berge au milieu de quelques douzaines de spectateurs et alla s'informer des détails de la course. Il avait vite compris que ces jeux n'étaient pas innocents et que les prouesses sportives influaient sur le statut social de la haute société. La reine elle-même se tenait informée des exploits des uns et des autres.

Les deux cousins remontèrent la rivière jusqu'à l'endroit où se trouvaient les canots. Donal Og monta dans l'un d'eux.

— Ils vont tous se noyer dans notre sillage, déclara Iago avec une parfaite assurance.

En voyant les autres équipes prendre place, Aidan ne put qu'approuver. Tous ces Anglais étaient parés comme pour aller au bal et montraient le même air de suffisance figé sur leur visage. Quand Iago remonta leurs rangs en jouant son rôle de sauvage, roulant des yeux et faisant saillir ses muscles, la supériorité anglaise fondit comme neige au soleil.

— Je crois qu'ils ont compris, jeta Aidan en étouffant un rire.

Il avait déjà décidé de ce qu'il ferait de la coupe du vainqueur. Il la donnerait à la reine, avec les autres présents qu'il avait apportés. Cette vieille maquerelle commençait à épuiser sa patience.

C'est alors que le superbe Richard de Lacey apparut, et Aidan ressentit le premier assaut du doute. Il était accompagné de deux équipiers presque aussi exotiques que Donal Og et Iago et aussi puissamment charpentés. Le premier avait des cheveux noirs coupés court et des yeux de jais. Il portait des bottes noires, des pantalons à l'ancienne mode et une tunique brodée.

L'autre arborait la plus formidable paire de moustaches qu'il eût jamais vue, débordant de chaque côté de son visage comme des cornes de taureau.

Tandis que les deux hommes montaient dans leur embarcation, Richard salua en souriant tous ses rivaux. Puis il s'adressa à ses camarades, et un frisson remonta l'échine d'Aidan. Richard s'exprimait dans une langue gutturale, si étrange qu'il n'en comprenait pas un traître mot.

— Qui sont-ils ? s'enquit Iago. De vrais démons !

— Prussiens ? Turcs ? interrogea Donal Og.

— Quelle importance ? déclara Aidan en fermant ses mains sur les avirons. Ils ont déjà perdu.

Un coup de sifflet retentit. Comme Aidan l'avait prévu les Anglais se laissèrent aisément distancer. La seule menace venait de Richard.

Serrant les mâchoires, Aidan se jeta tout entier dans la bataille. Bientôt, couvert de sueur, il ne sentait même plus les ampoules sur ses paumes. Seule comptait la présence de Lucy sur la ligne d'arrivée. Il ne serait pas digne du titre de Mór s'il se laissait distancer devant elle.

Richard et ses coéquipiers s'étaient lancés avec une même ardeur dans le combat et ramaient à un rythme féroce.

Déjà, Aidan entendait les ovations. Les chassant de son esprit, il se concentra sur le claquement des rames et sa respiration.

Du coin de l'œil, il aperçut le bateau de Richard arriver à sa hauteur. Mais déjà il avait presque atteint la corde enrubannée où était fixée la bannière.

La force qui jaillissait en lui venait du plus profond de ses racines. C'était l'obstination féroce des anciens Celtes. Les derniers coups de rame décuplèrent sa vitesse et il arracha la bannière, sous les vivats et quelques huées anti-irlandaises.

L'embarcation de son concurrent s'arrêta contre la sienne et Richard s'inclina.

— Bien joué, milord Castleross. Je regrette de ne pas avoir été un adversaire plus brillant.

— Vous n'êtes pas si mauvais, pour un Anglais, remarqua Donal Og en examinant les ampoules de ses mains.

Les compagnons de Richard échangèrent quelques mots dans leur langue incompréhensible.

Les spectateurs étaient étrangement silencieux tandis que les Irlandais se dirigeaient vers la rive. Aidan se demanda pourquoi jusqu'à ce qu'il pose ses rames et lève les yeux. La foule était agglutinée contre la berge et les femmes tentaient désespérément de se frayer un chemin pour admirer de plus près les sauvages trempés de sueur. Même Lucy avait un regard émerveillé.

Aucun homme n'aurait pu résister à une telle attention. Et de fait, les trois vainqueurs se mirent à couvrir les derniers mètres en faisant jouer leurs muscles, pour le plus grand plaisir de ces dames.

Un bellâtre à la toilette ridiculement affectée s'approcha derrière Lucy. Aidan se rappela soudain son nom : lord Temple Newsome. La distance l'empêcha de voir où il mettait sa main, mais l'expression outragée de Lucy lui en donna une bonne idée. Elle se redressa, saisit l'homme par le bras et, avec un geste digne d'un lutteur de foire, l'envoya plonger la tête la première dans la rivière.

— C'est donc ainsi qu'elle a protégé sa vertu pendant toutes ces années, remarqua songeusement Donal Og.

— Moi aussi, je me posais des questions, déclara Iago.

Pendant que Temple Newsome hoquetait et se débattait, son serviteur attrapa Lucy par le bras. Elle se libéra trop brutalement et, perdant l'équilibre, s'écroula dans l'eau. Pendant un moment, ses jupes s'ouvrirent en corolle autour d'elle.

— Vous n'êtes qu'un âne stupide ! hurla-t-elle avant de couler.

Aidan connut un moment de panique. Ni la mort de son père dans d'odieuses conditions ni la trahison de Felicity n'avaient réussi à le mettre dans cet état. A l'instant même où il risquait de la perdre, il comprenait seulement la place capitale qu'avait prise Lucy dans sa vie.

Il plongea rapidement et nagea de toutes ses forces jusqu'à l'endroit où Lucy avait disparu. Là, il plongea de nouveau.

Le soleil brillant à travers un filtre de vase et d'herbes lui permit de distinguer vaguement une silhouette qui agitait la main. Il essaya de l'attraper mais la manqua. Vite ! hurlait une voix en lui. Vite ! D'une violente poussée, il refit surface pour respirer avant de s'enfoncer de nouveau dans les profondeurs. Le drapé d'une robe retint son attention. Il se précipita, et sa main se referma sur le tissu. Il tira ; le tissu se déchira, et elle lui échappa. Il se projeta de nouveau vers elle et quand il réussit à lui prendre la main — à elle, une Anglaise, une étrangère, une femme du peuple —, son cœur explosa littéralement de joie. Il la remonta prestement à la surface.

Lucy toussa et cracha un flot d'eau, accompagné d'une bordée de jurons pendant qu'il la traînait jusqu'à la berge. Dès qu'il eut pied, il se redressa, passa une main autour de ses épaules et l'autre sous ses genoux. Elle s'accrocha à son cou, aspirant l'air par saccades. Comme il montait les marches gluantes de vase du débarcadère, Lucy s'exclama :

— Mais vous m'avez sauvée !

— Eh oui !

— Je n'arrive pas à le croire !

— Ce n'est pourtant pas la première fois ! lui rappela-t-il.

— Ça prouve que j'ai de la suite dans les idées.

Une fois sur la terre ferme, Aidan posa Lucy sur ses pieds et découvrit alors quelque chose qui l'effraya et le déboussola totalement : il tremblait.

— Votre cas est désespéré, commenta la jeune fille.

Plongeant son regard dans le sien, il y trouva ce qu'il redoutait le plus — un amour si évident qu'il en fut transpercé comme par une lame.

— Notre cas à tous les deux est désespéré, murmura-t-il d'une voix enrouée, songeant à l'Irlande, à Felicity, à toutes ces raisons qui l'empêchaient de lui retourner son amour.

Richard de Lacey, debout dans son bateau, se mit à applaudir, imité par toute l'assistance.

Lucy s'écarta immédiatement d'Aidan et afficha une attitude détachée, puis, ramassant ses jupes, elle les gratifia tous d'une révérence élaborée.

Lord Temple Newsome continuait de se débattre pour regagner la berge.

— La prochaine fois que vous pincerez les fesses d'une dame, cria-t-elle, assurez-vous que votre victime est soit incapable de se défendre, soit trop stupide pour protester.

— Vous n'êtes qu'une pauvre souillon !

— Merci, milord *Noisome*[1], répondit-elle du tac au tac.

— Charmante ! dit-il en crachant par terre.

— Parlez-en ! Vous avez le charme d'une chaise percée !

Newsome jeta un regard noir à Aidan.

— Où avez-vous ramassé cette harpie ?

— Le premier plongeon n'a donc pas suffi à vous rincer la bouche, Newsome ?

L'homme se tut et, tout dégoulinant, remonta l'allée vers la maison. Aidan se pencha pour retirer sa tunique. Quand il se releva, tous les regards étaient braqués sur lui.

— Où avez-vous gagné ces cicatrices ? s'enquit Lucy avec un regard débordant d'admiration.

— C'est une longue histoire, déclara-t-il, sentant l'émotion le gagner. Rentrons plutôt nous changer.

— Voilà qui est parler ! lança une voix amicale, et Richard de Lacey sauta sur la berge. Venez avec moi à Wimberleigh House. C'est juste là, un peu plus haut, dit-il en désignant un magnifique manoir orné de tourelles et de grandes fenêtres en encorbellement qui faisait face à la rivière. Je serai flatté d'y accueillir une compagnie aussi intéressante que la vôtre.

Deux heures plus tard, Lucy, au sommet du grand escalier de Wimberleigh House, mesurait du regard la distance jusqu'en bas. La maison n'était pas aussi vaste ou aussi pittoresque que Lumley House ou Crutched Friars, ni aussi opulente que Durham House, pourtant, elle s'y était sentie immédiatement à l'aise. On lui avait donné des vêtements propres et une timide servante l'avait aidée à s'habiller. A présent, respirant l'odeur de la cire, celle-ci lui parut étrangement familière. Comme elle étudiait les boiseries et les tapisseries, elle

1. *Noisome* : répugnant, fétide.

s'appuya sur un des pilastres de l'escalier, qui s'inclina aussitôt. Lucy poussa un cri et se rejeta en arrière.

— Ne vous inquiétez pas ! fit une voix joyeuse.

Elle se retourna. Une jeune domestique s'approchait d'un air affairé, une bougie à la main.

— Je m'appelle Tess Harbutt et je viens allumer le lustre, expliqua-t-elle, puis elle indiqua le pilier d'un signe de tête. Il y avait là autrefois un système de poulies qui aidaient ma pauvre grand-mère à monter quand elle était âgée.

Tess descendit quelques marches et fit pivoter un panneau, découvrant une série de cordes et de crochets. Puis, sous le regard attentif de Lucy, elle attrapa une corde et le lustre s'abaissa lentement.

— Le vieux lord Wimberleigh — le grand-père de monsieur Richard — était un inventeur, expliqua Tess. Toujours à imaginer telle ou telle amélioration pour sa maison.

Lucy dégringola rapidement les marches pour s'approcher du lustre.

— Vous permettez ? demanda-t-elle à Tess en s'emparant de sa chandelle pour allumer les bougies fixées sur une grande roue.

— C'est lui, là ! indiqua la servante en pointant le doigt vers un portrait suspendu dans l'escalier. Il s'appelait Stephen de Lacey.

Lucy leva les yeux. Richard avait hérité de sa beauté.

— Le portrait suivant est celui de sa seconde femme, lady Juliana.

On voyait sur le tableau une dame opulente, à la chevelure brune, entourée d'une nuée d'enfants. Elle tenait un éventail sur sa poitrine, et un chien à poils longs était lové à ses pieds.

— Juliana, répéta Lucy en allumant la dernière bougie. Quel joli nom !

— D'après certains, le sang des tsars coulait dans ses veines, murmura Tess, puis elle baissa la voix en ajoutant : D'autres prétendent que c'était une bohémienne.

Lucy sursauta et faillit lâcher la dernière bougie.

— Que dites-vous ? insista-t-elle en la remettant sur le lustre.

— Ce ne sont que des ragots ! s'excusa Tess en rougissant.

Malgré tout, tandis que Tess remontait le lustre, elle continua d'observer le portrait en fronçant les sourcils. Juliana. Une bohémienne. Une pensée fugitive traversa sa mémoire sans qu'elle puisse la retenir. Sans doute cela avait-il un lien avec sa rencontre avec la vieille gitane. Elle indiqua du doigt deux ombres rectangulaires sur la boiserie.

— Quels sont les portraits qui manquent ?

— Ceux des parents de monsieur Richard, lord et lady Wimberleigh. On les a pris pour les empaqueter. Monsieur Richard doit partir en mission. Il emporte aussi des miniatures de ses frères et sœur — Lucas, Leighton, Michael et, bien entendu, miss Caroline.

Lucy fixa les portraits un long moment, s'émerveillant de la chance que certains avaient de posséder une famille. Elle arrangea machinalement sa jupe.

— Est-ce qu'elle tombe bien ?

— Oui, madame. C'est une robe de miss Caroline. Elle vous va très bien.

La servante observa les cheveux de Lucy et sembla sur le point d'ajouter quelque chose, mais elle se détourna.

— Vous feriez mieux de gagner la salle à manger. Je crois qu'ils vous attendent.

Lucy traversa l'antichambre flanquée de grandes portes cintrées de chaque côté. Elle franchit sans hésitation celle de droite.

— Excusez-moi, madame, j'ignorais que vous étiez déjà venue ici, remarqua Tess.

— Je ne suis jamais venue.

— Mais alors, comment se fait-il que vous sachiez où se trouve la salle à manger ?

Lucy s'immobilisa. Elle ressentit de nouveau cet étrange frisson, ces pensées insaisissables qui l'avaient troublée quelques minutes plus tôt.

— J'avais une chance sur deux de me tromper.

ANNALES D'INNISFALLEN

Je suis chrétien tout autant que celte. Alors, pourquoi éprouvé-je ainsi un tel pressentiment de désastre ? Un relent de paganisme, dirait notre abbé. Pourtant, mes vieux os sont glacés. Et je tremble depuis que l'épouse du Mór O'Donoghue a refusé de croiser mon regard quand je suis allé au donjon pour mener la procession des rogations.

Notre évêque a enfin promis d'être conciliant au sujet de l'annulation. Ce mariage n'aurait jamais dû avoir lieu. Et d'ailleurs, il n'y a pas eu de mariage à proprement parler. Je vais envoyer ces bonnes nouvelles à Aidan.

Pendant ce temps, la rébellion dont je lui avais parlé a été réprimée par le lord connétable Browne. Quelques rebelles isolés ont réussi à prendre des otages, y compris ce gros porc de Valentin Browne, le propre neveu du connétable. Curieusement, ils n'ont enlevé que des hommes impropres au combat. D'horribles soupçons m'assaillent quand je me demande qui est vraiment derrière cette prise d'otages. Je sais d'avance qui les Anglais vont accuser...

Si la reine découvre l'affaire, le Mór O'Donoghue sera sûrement le premier à payer.

Revelin d'Innisfallen

7

Ils dînèrent dans une pièce gigantesque, dotée d'un magnifique plafond à caissons. Une armée de serviteurs passaient les plats, et la table était si longue que Lucy apercevait à peine Donal Og et Iago, engagés dans une conversation animée avec les deux coéquipiers de Richard.

Deux faits s'imposèrent aussitôt à Lucy : elle détestait les anguilles à la moutarde et elle adorait être servie. La découverte du blanc-manger et des délices des figues sèches fut plus progressive. En tout cas, elle appréciait grandement la politesse et l'éducation de tous les convives.

— J'attends ma famille du Hertfordshire, expliqua Richard, mes oncles et tantes, ainsi que mes cousins. Ils sont nombreux et tous un peu originaux. Nous avons toujours passé des moments formidables ensemble.

Aidan observait Richard avec un sourire charmant dont seule Lucy devinait l'ironie.

— Espérez-vous aussi passer des moments formidables avec les vôtres en Irlande, mon ami ? demanda-t-il. Vous ne seriez pas les premiers Anglais à le faire, poursuivit-il d'un ton neutre.

— Je vous assure, milord, que si ma famille devait venir en Irlande, ce ne serait pas pour dévaster vos terres.

A l'évocation de cette famille unie, Lucy éprouva une nostalgie sans bornes et ne put s'empêcher de murmurer :

— Veillez à conserver ces liens. Avoir une famille est

si merveilleux qu'il ne faut pas attendre d'en être privé pour s'en rendre compte.

Elle rougit brusquement et baissa la tête.

— Mon Dieu, excusez-moi d'être si personnelle !

Un domestique posa devant elle une assiette de salade, qu'elle fixa d'un air déconcerté.

— Utilisez votre fourchette, souffla Richard.

— Ne prenez pas ce ton avec une dame, le reprit Aidan.

— Je parle de fourchette, voyons. Servez-vous de votre fourchette, répéta Richard en soulevant un ustensile à trois pointes qui ressemblait à une fourche en miniature.

— Oh ! suis-je bête ! s'exclama Aidan en se laissant aller contre le dossier de sa chaise. Et moi qui vous croyais impertinent !

Richard rejeta la tête en arrière en riant, puis montra comment utiliser cet ustensile très récent.

— Les éperons et les fourchettes ! jeta Aidan avec son habituel rire étouffé. Voilà deux choses fort utiles que j'aurai découvertes grâce aux Anglais.

Lucy essaya sa fourchette et la trouva tout à fait pratique. Et, en dépit de la tension qu'elle percevait entre Aidan et Richard, l'atmosphère était délicieuse. Elle avait l'impression d'être tombée par enchantement au cœur même du paradis, là où Dieu, dans son infinie bonté, avait créé la perfection faite homme, en la personne de Richard. Pourtant, curieusement, elle n'éprouvait aucune attention particulière pour lui, tandis qu'elle ne pouvait détacher ses yeux d'Aidan.

— Je crois bien que cette jeune personne est amoureuse de vous, fit remarquer Richard au Mór en riant.

Lucy renifla, gênée.

— Regrettez-vous que ce ne soit pas de vous ?

— Non ! Juste étonné.

La bouche de la jeune fille s'ouvrit de surprise et elle laissa tomber sa fourchette.

— J'imagine que l'amour-propre est une autre de vos innombrables vertus ! s'exclama-t-elle.

Leur hôte rugit de rire.

— Ah! vous êtes vraiment une bouffée d'air frais! N'est-ce pas, milord Castleross?

Le regard qu'Aidan porta sur elle contenait tant de chaleur et de tendresse qu'elle en aurait pleuré d'émotion.

— J'avoue que c'est un privilège de la connaître! acquiesça-t-il. Et je doute que nous appréciions à sa juste valeur le cadeau qui nous est fait en sa personne.

Lucy aurait voulu protester par quelque bon mot mais elle sentit sa gorge se serrer et le sang monter à ses joues tandis que des larmes mouillaient le coin de ses yeux. Et brusquement, elle comprit ce qui se passait en elle. Ces deux hommes lui donnaient, de manière différente, l'impression de faire partie de sa vie.

A peine cette pensée lui avait-elle traversé l'esprit qu'elle la repoussa violemment. Elle connaissait le prix de l'affection, et n'était pas prête à le payer. Elle aspira l'air à pleins poumons et redevint Lucy, l'amuseuse publique, retenant ses larmes.

— Un vrai privilège! lança-t-elle en se jetant sur ses pieds et elle attrapa trois fourchettes avec lesquelles elle se mit à jongler. Profitez-en; ce n'est pas tous les jours qu'on a un jongleur à sa table!

Richard se pencha en avant et appuya ses coudes de chaque côté de son assiette, fixant Lucy jusqu'à ce qu'elle se rassoie. Puis il cligna des yeux.

— Vous allez bien? s'enquit Aidan devant son air ébahi.

— Excusez-moi! Je ne suis pas aussi impressionnable habituellement, murmura-t-il à Lucy avec son plus beau sourire. Mais pendant un instant vous m'avez rappelé quelqu'un, sans que j'arrive à savoir qui. Maintenant, nous forcerons les invités à fournir les divertissements!

Il frappa dans ses mains, et trois musiciens apparurent, l'un avec un luth, l'autre une flûte. Le dernier était un chanteur.

— J'espère que vous les apprécierez davantage que le tapage de Durham House, ajouta Richard.

Le chanteur moucha plusieurs chandelles, plongeant

la pièce dans une semi-obscurité. Le luth et la flûte entamèrent une balade déchirante, sur laquelle le jeune homme se mit à chanter d'une magnifique voix de ténor une poignante mélopée qui bouleversa Lucy jusqu'au tréfonds d'elle-même.

Jetant un regard furtif à Aidan, elle vit qu'il l'observait. A la lueur de l'unique chandelle allumée, elle distingua clairement son expression. Penché en avant, les traits figés, la bouche dure, il ne parvenait pas à cacher la passion qui brûlait dans ses yeux et qui la consuma tout entière lorsqu'elle les croisa. Comme un insecte pris dans une toile d'araignée, il lui sembla soudain que son destin était scellé.

Les yeux d'Aidan ne la libérèrent qu'une fois la mélopée terminée, l'abandonnant aussi faible et troublée que s'il l'avait caressée.

— Grand Dieu ! murmura Richard avec amusement. J'ai entendu parler de ces histoires de faire l'amour avec les yeux, mais jusqu'à maintenant, je n'en avais jamais été le témoin.

Lucy éclata d'un rire léger.

— Vos musiciens ont un talent hors du commun. Vous devriez les mettre en bouteille comme du bon vin.

Les artistes, enchantés, s'inclinèrent, puis attaquèrent un nouveau morceau. Richard finit son gobelet et se leva.

— Veuillez m'excuser. Je dois faire quelques préparatifs avant que la horde sauvage ne s'abatte sur moi, dit-il à ses invités.

— La horde sauvage ? s'enquit Lucy, déterminée à rompre le charme jeté par Aidan.

— Ma famille. Tantes et oncles, cousins, frères et sœur. Ils ont tous hâte de m'emmener. J'espère que vous aurez quand même l'occasion de les rencontrer.

Toute la compagnie quitta la salle à manger. Arrivé au grand escalier, Richard, entouré de ses deux compagnons, se tourna vers ses invités :

— Je vous souhaite bonne nuit.

Il échangea un simple signe de tête avec Aidan, puis

prit la main de Lucy et la pressa contre ses lèvres avant de la relâcher.

— Bonsoir, milord ! murmura-t-elle, incapable de contenir son sourire. Bonne nuit.

D'un geste possessif, Aidan saisit ladite main et, avec la légèreté d'une plume, en effleura la paume du doigt. Son regard emprisonna celui de la jeune fille au moment où il porta lentement la main à sa bouche. Elle sentit d'abord son souffle, chaud comme une caresse, puis il pressa ses lèvres sur sa peau, et sa langue frôla ses doigts comme par mégarde.

Elle sursauta. Richard rit.

— Aidan, vous devriez me donner des leçons !

Lucy reprit vivement sa main.

— Surtout pas ! Cet homme est odieux.

Et je suis folle de lui, ajouta insidieusement une petite voix dans sa tête.

Aidan rit à son tour.

— C'est mon sang irlandais qui parle. Il y a plus d'une manière de faire la guerre aux Anglais !

Aidan et Richard s'écartèrent alors pour la laisser monter. Comme elle allait poser le pied sur la première marche, l'un des valets de Richard lança un avertissement guttural.

Sans réfléchir, Lucy se jeta sur le côté. Un verre du lustre s'écrasa alors sur le sol, à l'endroit même où elle se tenait quelques instants plus tôt.

— Vous allez bien ?

Ce fut Richard qui posa la question, mais Aidan l'avait déjà entourée de ses bras.

— Tout va bien, oui !

Elle secoua l'ourlet de sa jupe pour s'assurer qu'il ne contenait pas d'éclats de verre, puis sourit au valet.

— Merci de m'avoir prévenue.

Richard se gratta la tête et fronça les sourcils.

— Quelque chose ne va pas ?

Elle se carra contre Aidan, soulagée de sentir sa chaleur.

— Oh, non ! J'ai juste une question à vous poser. Cela

va vous paraître bizarre mais... est-ce que vous parlez russe ?

— Mes connaissances se limitent à l'anglais, milord. Pourquoi me demandez-vous cela ?

— Parce que Youri ne parle que le russe, fit-il en indiquant le valet d'un signe de tête. Comment avez-vous pu le comprendre ?

Lucy frissonna. Quelque chose d'étrange émanait de cette maison. Elle éprouvait aussi une curieuse sensation quand elle regardait Richard. Elle reporta les yeux sur Aidan, qui l'observait avec autant de curiosité que leur hôte.

Elle haussa les épaules.

— J'imagine que c'est l'intonation qui m'a avertie du danger.

Les débris de verre avaient été dégagés, et tout le monde monta. Dans la lumière tamisée du couloir, Lucy souhaita un dernier bonsoir à Richard et à Aidan.

Si Aidan ne s'inclina pas pour un baisemain, il la caressa du regard avec la sensualité d'un amant et lui chuchota à l'oreille : « Faites de beaux rêves, *a gradh* », la submergeant de sensations troublantes et exquises.

Quelques heures plus tard, Lucy n'avait toujours pas trouvé le sommeil. Elle arpentait sa chambre, vêtue d'une chemise sur laquelle elle avait passé un peignoir. Elle aurait dû jouir du luxe qui l'entourait, elle qui en avait tant rêvé, mais Aidan ne quittait pas ses pensées. Pourquoi avait-elle donc cédé à l'attrait qu'il exerçait sur elle alors qu'elle savait qu'il ne pouvait que lui briser le cœur ?

Une ombre vacilla dans le jardin illuminé par la lune en contrebas. Attirée par le mouvement, elle alla à la fenêtre, regarda au-dehors et ne put s'empêcher d'éprouver une sombre satisfaction devant le spectacle d'Aidan qui marchait de long en large, s'arrêtant de temps à autre pour observer le ruban argenté de la rivière.

Sentant la fièvre monter en elle, elle serra les poings et appuya son front brûlant sur la vitre.

Enfin, que lui prenait-il donc avec cet homme ? Il était loin de posséder une beauté aussi parfaite que Richard, autant d'esprit que sir Christopher Hatton, ou la gaieté de Iago et pourtant, il la fascinait et l'obsédait.

— Vous m'abandonnerez, vous aussi, murmura-t-elle embuant de son souffle le carreau. Tous m'ont abandonnée, tôt ou tard. Mais cela m'est égal si nous connaissons ensemble quelques moments de bonheur.

Cette idée s'imposa aussitôt à elle avec violence.

— Oui, nous connaîtrons ces moments, s'exclama-t-elle en se précipitant vers la porte, et pas plus tard que tout de suite !

Le silence n'était jamais vraiment total à Londres, même au cœur de la nuit, songeait Aidan en fixant la Tamise. Il percevait, diffus, l'écho de voix, le hennissement de chevaux, le martèlement de sabots ou le clapotis de rames.

Il n'avait parlé à personne de la convocation qu'il avait reçue après sa victoire à l'aviron. Apparemment, la nouvelle en avait été communiquée à la reine et l'avait déterminée à lui accorder l'audience qu'il attendait. Enfin, il allait pouvoir rentrer chez lui.

Il en était là dans ses pensées lorsqu'une voix claire l'interpella :

— Votre Excellence, il faut que je vous parle.

Lucy, songea-t-il, se détournant de la rivière. Comment pouvait-il négliger que son séjour forcé lui avait permis de la rencontrer ?

— Oui ? répondit-il, fouillant l'ombre du regard.

Il finit par distinguer sa silhouette sur le chemin. Elle disparut derrière un arbre puis réapparut, comme un fantôme.

Une sorte de ravissement doublé d'un brutal sursaut d'espoir le saisit. On aurait dit une princesse du *sidhe*, quittant son royaume des fées pour venir sur Terre.

Quelque chose de magique émanait d'elle, quoique les réactions de son corps lui rappelassent douloureusement qu'elle était bien réelle. Il la désirait ardemment, mais s'était promis de rester chaste aussi longtemps que Felicity vivrait.

— Aidan ? reprit Lucy d'une voix douce. Vous êtes là ?

— Juste à côté de vous.

Il avança de quelques pas et lui toucha le bras, ce qui la fit sursauter.

— Allons bon ! J'espère ne pas finir comme le pauvre Temple Newsome !

— Il méritait bien pire.

— Vraiment ! se moqua-t-il avec un petit rire. Venez ici. J'essaierai de ne pas vous toucher mal à propos.

— C'est justement ce dont je viens vous parler.

— Vous voulez que je vous touche ?

Seigneur, rien que de prononcer ces mots le jetait dans les affres du désir !

Il l'entendit retenir sa respiration. Il faisait trop sombre pour qu'il pût voir son visage.

— Ne vous y aventurez pas, murmura-t-elle d'une voix étonnamment frémissante. Je veux que vous sachiez combien je vous suis reconnaissante de votre gentillesse. Je ne comprends même pas pourquoi vous avez décidé de vous intéresser à mon sort.

— Vous ne m'avez pas laissé le choix. Comment aurais-je pu résister, en vous voyant vous traîner à mes pieds ?

— Je suis excellente à ce jeu-là.

Bien qu'elle parlât d'un ton enjoué, il ne voulut pas en entendre davantage. Cela évoquait trop son douloureux passé.

— Au bout du compte, vous valez réellement la peine qu'on s'intéresse à vous, dit-il doucement. Je ne comprends pas comment aucun riche protecteur ne s'en est encore aperçu.

— Arrêtez ! (Elle plaqua les mains sur ses oreilles.) Vous rendez les choses encore plus difficiles.

— Je rends quelles choses plus difficiles ?

Elle baissa les mains et poussa un soupir exaspéré.

— Ce que je suis venue vous dire.

Elle martelait chaque syllabe, comme si elle s'adressait à un faible d'esprit.

— Et qu'êtes-vous venue me dire ?

— Que je ne vous aime pas et ne vous aimerai jamais !

Il mit un moment à comprendre les mots. Il aurait voulu rire de sa véhémence. Rire et pleurer à la fois. Mais, plus que tout, il aurait voulu la prendre dans ses bras et ne jamais la relâcher. Triple imbécile qu'il était !

— Mon Dieu, Lucy ! dit-il en soupirant. Qu'est-ce qui vous a donc blessée si profondément que vous éprouviez le besoin de me dire une chose pareille ? Est-ce la perte de votre famille ?

Elle resta immobile et silencieuse.

— Tout ce que vous devez savoir, annonça-t-elle au bout d'un long moment, c'est que je ne vous aime pas et ne vous aimerai jamais.

Il aurait dû se sentir soulagé. Il se força à rire.

— Votre amour est la dernière chose dont j'aie besoin.

Elle releva le menton.

— Parfait. Je préfère. Cela rend les choses beaucoup plus simples.

— Beaucoup plus simples, en effet, acquiesça-t-il en se sentant piqué au vif. Cela signifie donc que nous devons être amis. *Si vous n'êtes pas mon ennemi, je vous considère comme un ami*, dit un proverbe irlandais.

— C'est très joli, murmura-t-elle d'une voix étrangement embarrassée.

Elle s'écarta de lui et s'assit sur un banc qui dominait la rivière.

— Parlez-moi de l'Irlande. Est-ce vrai que dans les bois se cachent toutes sortes de petites créatures féeriques ?

— Il y a beaucoup de choses magiques en Irlande. Il y en a de dangereuses aussi.

Les mains de Lucy se refermèrent gentiment sur les siennes. Il était heureux qu'il fît sombre : cela lui permettait de se laisser davantage aller qu'en plein jour. Il songea à sa terre natale avec une âpre affection teintée de résignation. L'Irlande était une contrée magnifique, un endroit où l'homme pouvait vivre près de la nature — du moins jusqu'à ce que les Anglais arrivent.

— Eh bien, reprit-il en fixant les ombres mouvantes du jardin, je vais m'efforcer de satisfaire votre curiosité en vous décrivant le lieu où je vis. Par un jour ensoleillé, le Lough Lane ressemble à un miroir reflétant l'infini du ciel. Les forêts sont d'un vert d'émeraude. Des torrents tumultueux sillonnent les montagnes. Les rivières regorgent de saumons et de truites et, au milieu du lac, se trouve une île nommée Innisfallen.

— Innisfallen? répéta-t-elle, savourant ce mot inconnu.

— Oui. Elle abrite des chanoines de l'ordre de Saint-Augustin, parmi lesquels mon précepteur, Revelin.

Aidan avait passé des heures sur l'île, assis contre les murs frais de l'abbaye, à méditer dans le silence sacré.

— Et Ross Castle? s'enquit-elle. D'après Iago, vous avez indisposé la reine en terminant l'édifice.

A cette mention, les vieux spectres s'éveillèrent en lui.

— Ross Castle était le rêve de mon père. Pour moi, ce fut une pénitence.

Les mots jaillirent avant qu'il ait pu les arrêter. Il retira ses mains d'entre celles de Lucy et les passa douloureusement dans ses cheveux.

— Ne vous arrêtez pas, murmura-t-elle. Je vous en prie. Je voudrais savoir. Que voulez-vous dire par «pénitence»?

Elle devait avoir des pouvoirs magiques, car il s'entendit poursuivre:

— Après la mort de mon père, je me suis senti contraint par le sens du devoir d'achever la construction, au mépris de la loi anglaise, que mon père avait toujours refusé d'accepter, levant des armées et les emmenant à leur perte, causant le malheur de milliers de veuves et d'orphelins condamnés à mourir de faim à cause de son intransigeance.

— Aidan, souffla-t-elle. Je suis désolée.

— Ce n'est pas pour moi qu'il faut se désoler, mais pour ceux qui sont morts au combat et leurs familles.

Il laissa tomber sa tête dans ses mains et songea au

prix abusif qu'il avait dû payer pour racheter les blessures infligées à son peuple.

— Les combattants sont à bout de forces. Le gouverneur anglais de Killarney réprime la révolte dans le sang. Pour ma part, je suis prêt à me battre jusqu'à la mort mais je ne peux pas exiger cela de mon peuple.

— C'est ce que votre père a fait.

— Oui.

Un flot de souvenirs envahit Aidan. Ses relations avec son père avaient été marquées par la violence et la haine.

— Qu'allez-vous demander à la reine? reprit Lucy.

— Je vais lui demander grâce. Une paix durable pour arrêter les effusions de sang.

— Vous êtes donc prêt à payer le prix de votre honneur?

— La vie des miens le vaut largement.

Il se redressa et se mit à marcher.

— Sapristi, je n'ai pas le choix!

— Que savez-vous de la reine Elisabeth, milord?

— Qu'elle est intelligente, manipulatrice et vaniteuse! Capricieuse, aussi, dans ses décisions. C'est le monarque le plus puissant et le plus rusé de la chrétienté.

— Ça, elle a un sacré tempérament, je peux vous le confirmer! Un jour, Tony Canty est allé lui demander une faveur pour la corporation des brasseurs et cela s'est terminé par une amende.

— Pourquoi?

— Parce que Tom s'est rendu à la Cour le chapeau à la main. Gardez-vous de vous humilier devant la reine, milord. Vous ne récolteriez que du mépris!

— Vous voulez peut-être que je lui déclare la guerre? se moqua-t-il avec un rire dur.

— Non!

Elle se leva dans un bruissement de soie et vint se placer devant lui. Un rayon de lune éclairait son visage, en révélant une beauté subtile invisible le jour.

— Aidan, murmura-t-elle, je me moque de vous en vous affublant de tous ces titres grandiloquents, c'est vrai, mais cela recouvre une réalité. Vous descendez de rois, vous êtes vous-même souverain de droit, le Mór O'Donoghue.

Il ressentit une curieuse émotion à ces simples mots. Cette déclaration lui redonnait courage, tout comme la confiance inébranlable qu'elle plaçait en lui. Jamais Felicity ne lui avait tenu pareil discours !

— Je suis le Mór O'Donoghue ! répéta-t-il, retrouvant son ancien aplomb.

Prenant la jeune fille dans ses bras, il la fit tourbillonner, puis ils se laissèrent tomber sur l'herbe épaisse comme un coussin. Aidan s'appuya sur le coude et observa un instant le visage mutin avant de l'embrasser, chassant ses dernières hésitations.

Lucy se lova contre lui et referma les mains derrière sa nuque. Ce faisant, son peignoir s'ouvrit. La main d'Aidan s'égara entre le peignoir et la chemise, à la recherche des douces courbes de son corps, et le Mór se trouva emporté par une vague d'incommensurable passion.

Le sens de l'honneur et du devoir essaya bien de reprendre le dessus, mais il la sentait si innocente, si ouverte à ses caresses, si consentante à sa tendresse qu'il ne put résister. Et lorsque, promenant un doigt sur son torse couturé de cicatrices, elle murmura : « Je ne suis pas venue pour cela », il se surprit à rétorquer : « Mais je ne vous laisserai pas partir sans. »

Sur ces mots, le dernier bastion de sa conscience rendit les armes et sa main se referma sur un sein ferme et rond. Lucy laissa échapper un son inarticulé, se souleva à sa rencontre, et il fut perdu.

— Mon Dieu, Lucy ! fit-il d'une voix étranglée.

Il n'avait pas mesuré la force de sa passion. Il éprouvait pour elle autant de désir qu'elle lui en manifestait. Et soudain, ce fut à son plaisir à elle qu'il ne put plus résister. Sa langue glissa le long de son cou, s'arrêtant à l'endroit où battait le pouls, pour savourer la légère odeur de santal et la douceur crémeuse de la peau.

Puis elle continua sa descente, tandis qu'Aidan défaisait avec des doigts habiles les liens de sa chemise qui se mit à bâiller, dénudant sa poitrine. Elle retint sa respiration, puis souffla :

— Il fait froid.

— Je vais vous réchauffer, mon amour.

Sa main se posa sur l'un de ses seins et sa bouche sur l'autre. Lucy resta silencieuse mais sa peau semblait chanter à Aidan la mélopée que ses lèvres lui taisaient. Il aurait voulu la prendre sur-le-champ, lui arracher des cris de plaisir. Cela faisait si longtemps, si longtemps... Brutalement, comme un éclair, la parole qu'il avait donnée à Felicity vint l'arrêter et, aussi délicatement qu'il le put, il cessa de l'embrasser et referma son peignoir, à la stupeur de Lucy.

Aidan s'assit, incapable de parler pendant un moment. Il souffrait terriblement, autant dans son cœur que dans sa chair. Car c'était bien dans son cœur qu'il voulait attirer Lucy. Hélas ! il n'en avait pas le droit.

Il lui caressa tendrement la joue.

— Que se passe-t-il, Aidan ?

Elle semblait inquiète comme un enfant s'attendant à être puni.

— Je veux vous faire l'amour, dit-il. Vous le savez, n'est-ce pas ?

— Je m'en suis aperçue aussitôt que vous m'avez jetée à terre pour me caresser.

Il tenta de rire à son langage réaliste. S'asseyant à côté de lui, Lucy remonta ses genoux sous son menton et le regarda.

— J'ai une question, Votre Excellence.

— Oui ?

— Pourquoi vous êtes-vous arrêté ?

Dis-lui ! s'admonesta-t-il. *Dis-lui la vérité !*

Mais il se contenta de repousser gentiment une mèche du front de Lucy en déclarant :

— Je ne voulais pas vous faire de mal. Vous me croyez ?

— Bien sûr, acquiesça-t-elle, la confiance brillant dans ses yeux. Mais c'est justement quand vous arrêtez que cela fait mal.

— Mon Dieu ! souffla-t-il.

En proie à un intense conflit intérieur, Aidan attrapa Lucy aux épaules et riva les yeux aux siens.

— Je vous veux vraiment, je...

Il cherchait ses mots, étouffé par des scrupules que depuis des mois Donal Og et Iago s'efforçaient de lui faire jeter aux orties.

— Je... je veux que vous soyez ma maîtresse.

Lucy referma fermement les mains sur ses bras.

— Votre maîtresse !

— Attention, vous allez réveiller toute la maisonnée ! chuchota-t-il, se relevant en l'entraînant. Je vous désire, Lucy, et vous me désirez. Acceptez. Je vous jure que vous ne manquerez de rien.

— Au temps pour mon amour-propre ! Mais, bien entendu, quelqu'un dans ma position devrait être honoré par votre offre ! Et en fait, c'est ce que je suis. Regardez-moi. J'en suffoque encore !

Un rire sans joie la secoua, et il perçut son désespoir. Rire pour ne pas céder aux larmes ; c'était de cette manière qu'elle avait réussi à survivre.

— Je suis désolé, dit-il d'une voix sourde. J'aurais dû songer... Je suis désolé.

— Vous n'avez pas besoin de vous excuser, contre-attaqua Lucy car vous ne m'avez pas blessée, Aidan. Avez-vous oublié pourquoi je suis venue vous trouver ?

— Pour me dire que vous ne m'aimiez pas.

— Exactement ! Je ne vous aime pas ! Et je ne vous aimerai jamais ! Jamais !

Le Mór avança d'un pas, prit le visage de la jeune fille entre ses mains et laissa glisser ses pouces sur les joues humides.

— Alors, pourquoi ces larmes, *a gradh* ?

— J'essaie juste de... de...

— De quoi ?

— De m'habituer à ne pas vous aimer. Et vous ne faites rien pour m'aider !

Il admira sa sincérité.

— Lucy...

— Pour tout vous dire, votre proposition m'a griève

ment insultée. Alors, Votre Stupidité, je vous demanderais de ne pas me retenir ainsi. Laissez-moi partir.

Comme il n'ébauchait pas le moindre geste de retrait, elle reprit :

— Aidan, je n'hésiterai pas à vous brutaliser si vous continuez. Laissez-moi partir.

Laissant tomber ses mains, Aidan se dit que c'était la chose la plus difficile qu'il lui eût jamais été donné de faire — à moins que ce ne fût de la regarder partir...

Au bout d'une semaine, Lucy comprit qu'elle allait devoir vivre avec son cœur brisé.

Reprenant un peu le dessus, elle décida d'ignorer son chagrin, afin d'employer toute son énergie à rechercher sa famille et à tenter de rencontrer la reine.

Elle trouverait bien un autre protecteur. Un homme qui l'apprécierait vraiment, et lui épargnerait insultes et chagrin.

Debout devant la fenêtre de sa chambre, elle restait en contemplation devant la fourmilière qu'était devenue la Cour de Crutched Friars. Des hommes couraient en tous sens en fourbissant leurs armes. On se serait cru au théâtre, à la veille d'une représentation.

Seulement, les mines étaient sauvages et les armes bien réelles. L'armée d'Aidan se préparait à la bataille.

D'ici peu, elle l'accompagnerait à Whitehall. Mais que se passerait-il si le plan des Irlandais échouait ? La reine n'hésiterait sûrement pas à les faire mettre à mort.

Lucy se força au calme et, quittant la fenêtre, s'arrêta pour étudier son image dans la feuille de cuivre poli qui lui servait de glace.

— Voilà un visage que même une mère n'a pas aimé, murmura-t-elle en fourrageant dans sa tignasse d'un air maussade. Je ressemble à un balai à l'envers.

— Ce n'est pas tout à fait exact, remarqua Iago en entrant à petits pas, aussi splendide qu'un sultan. Vous avez plus de courbes qu'un balai.

Elle fut si éblouie par sa tenue qu'elle resta un moment sans voix : il portait un pantalon de soie bleue bouffant et des bottes lacées, et sa chemise était largement ouverte sur un torse musclé marqué des mêmes cicatrices qu'elle avait observées sur celui d'Aidan. Une large ceinture complétait sa mise, ainsi qu'une sorte de gilet court. Une fine rapière pendait le long de sa cuisse. Elle sourit.

— Vraiment, Iago, vous auriez dû être acteur ! Vous avez une telle présence. Les femmes se seraient précipitées sur vous comme des mouches sur le miel.

— Peut-être l'avenir me destine-t-il quelque noble dame, qui sait ? lui retourna-t-il en souriant aussi.

— Si vous continuez à sourire ainsi, vous risquez d'en séduire plus d'une. Et peut-être la reine elle-même.

— Merci ! Ses soupirants n'ont pas tous l'air d'apprécier la façon dont elle les traite ! protesta-t-il avec un frisson. (Se plaçant derrière elle, il posa les mains sur ses épaules.) *Pequeña*, reprit-il, pourquoi ne laissez-vous pas les servantes vous habiller ? Etes-vous trop pudique ? Ou cachez-vous quelque difformité ?

Lucy s'appuya contre son torse et tourna légèrement la tête pour le regarder.

— Je n'aime pas les femmes de chambre de Lumley House. Elles disent des horreurs à mon sujet.

Iago poussa une sorte de sifflement furieux et resserra son étreinte.

— *Putas !* Pourquoi n'avez-vous pas protesté ?

— Elles ont raison en tout, fit-elle en baissant la tête. Sauf en ce qui concerne mes relations avec le Mór O'Donoghue.

Iago ajouta quelque chose en espagnol, puis la fit pivoter vers lui, et entreprit de la vêtir avec soin. Tout en enfilant les couches successives de vêtements, il lui parlait avec cet accent mélodieux et rauque qu'elle appréciait tant.

— Je ne vous comprends pas. Vous avez tout pour vous — le charme, la jeunesse, la beauté, l'humour —, et pourtant je ne lis que tristesse dans vos yeux.

Elle se mordit la lèvre.

— C'est que vous avez une imagination débordante. De quoi aurais-je à me plaindre ? Je vous ai, vous et

Aidan, comme femmes de chambre. Quelle autre dame peut en dire autant ?

— Je sais ce que c'est d'être triste. Vous ne pouvez pas me cacher ce genre de chose.

Elle considéra longuement son visage sculptural et grave, aux yeux brillants d'intelligence. Bien sûr qu'il avait raison, mais elle n'allait tout de même pas accepter sa compassion.

— Gardez votre pitié pour les mendiants. Moi, j'ai un plan.

— Parfait ! approuva-t-il. Mais dites-moi, puisque je joue à la femme de chambre, je pourrais aussi bien vous servir de confident.

Ayant fini de l'habiller, il se mit à la peigner.

Soudain, elle se décida.

— Eh bien, Iago, je ne sais même pas qui je suis, soupira-t-elle. Un jour, je me convaincs que je suis une princesse abandonnée, le lendemain, j'imagine être la fille d'une grossière poissarde. Je pourrais accepter l'une ou l'autre explication. Ce qui me tourmente, c'est l'incertitude.

Il saisit une coiffe ornée de perles posée sur le coffre et la mit en place avant de prendre la parole.

— Ecoutez, *pequeña*, murmura-t-il. Je ne trouve vraiment rien de dramatique à cette situation. Regardez-moi !

— Vous êtes un homme d'une beauté peu commune.

Il secoua la tête.

— Ce n'est pas de ça qu'il s'agit. Mon père était un violeur, et ma mère une meurtrière.

— Je crois que vous exagérez !

— Pas le moins du monde, Lucy. Mon père était un hidalgo qui possédait une immense hacienda dans les îles et ma mère une servante métisse.

— Mét… Quoi ?

— Métisse. Une sang-mêlé, descendante d'autochtones et d'esclaves africains.

Il finit de fixer la coiffe.

— Mon père a violé ma mère et elle l'a tué. Alors

vous voyez, *pequeña*, il y a des choses pires que d'ignorer qui l'on est.

— Mon Dieu, Iago, je suis désolée !

Il posa un baiser sur son front et elle s'émerveilla. Lui, né dans le péché et la terreur, ayant eu à subir les rigueurs et les humiliations de l'esclavage, était parvenu à devenir cet être chaleureux et compréhensif.

— C'est grâce à Aidan que j'ai échappé à cet enfer, déclara-t-il à brûle-pourpoint.

— Comment cela ?

Le seul énoncé de son nom la faisait frémir.

Iago sourit et expliqua :

— Eh bien, pour commencer, il y a sa profonde bonté, que les anges même lui envieraient, mais...

Il s'interrompit et arrangea distraitement son ourlet.

— Mais quoi ?

— Trop de choses reposent sur lui. Il est comme un des arbres de nos îles, si grand que ses branches touchent les nuages. Cet arbre sert de refuge à tous ceux qui ont besoin, et les indigènes utilisent son bois pour construire des canots. Et il finit par mourir de tant donner.

Il la fit pivoter vers le miroir.

— Maintenant, regardez-vous. La fille de la poissarde s'est transformée en princesse, non ?

— Certes pas, répliqua-t-elle en fixant son image, non sans une certaine excitation. Mais voyons donc si nous pourrons mystifier la Cour.

JOURNAL D'UNE DAME

Parfois, la nuit, quand il pense que je suis endormie, mon mari se lève et fait les cent pas. Oliver fait de son mieux pour me dissimuler son inquiétude.

C'est le souci qu'il se fait pour Richard qui le ronge et le tire ainsi du sommeil. Richard est aussi jeune et radieux que le matin — et, de bien des façons, aussi innocent. Il ignore ce qu'aller à la guerre signifie vraiment. Il ne songe qu'aux étendards volant au vent, au son des trompettes et au grondement des sabots. Pour lui, cela demeure une sorte de tableau vivant.

Oliver, lui, connaît le réel visage de la guerre. Il a plus d'une fois vu la mort en face, et ce n'est pas une chose qu'il souhaite à son fils.

Dans une affaire d'Etat comme celle-ci nous, les femmes, sommes indésirables. Ce genre de choses n'est pas censé nous concerner.

Grossière erreur, à mon avis : la personne la plus impliquée dans tout cela n'est-elle pas une femme — Elisabeth d'Angleterre ?

Lark de Lacey,
comtesse de Wimberleigh

8

Le jour de la convocation à la Cour, lorsque le cortège armé se mit en route vers Whitehall, Lucy n'eut guère le loisir d'apercevoir Aidan plus d'une fois. En effet, Iago l'avait d'autorité placée à ses côtés, à la tête du cortège, le Mór étant censé arriver le dernier, pour produire un effet théâtral.

A la vue de l'escorte marchant au pas le long du Strand, Lucy prit pleinement conscience de la signification symbolique d'un tel ordonnancement, cadencé, comme un battement de cœur, par le bruit des centaines de pieds et de sabots martelant le pavé.

Les Londoniens ne s'y trompèrent pas, qui battaient en retraite ou s'écartaient sur le passage des Irlandais.

Iago, parti en avant pour servir de héraut emmenant Lucy dans son sillage, parvint enfin à l'entrée du palais, fermée par un portail arrondi défendu par un rébarbatif corps de garde. Dans la cour appelée Preaching Place, sous le regard menaçant des gardes, il annonça :

— Aidan, le Mór O'Donoghue, plus connu ici sous le nom de lord Castleross.

Bientôt, le reste de la troupe les rejoignit, et le lourd portique de fer s'ouvrit devant le chef irlandais qui, pour s'assurer la présence de son escorte, passa le dernier, sur son fier destrier tout caparaçonné.

Les habitants du palais se précipitèrent aussitôt au-dehors pour voir le spectacle, et Lucy perdit de nouveau Aidan de vue.

— Ne vous en faites pas, chuchota Iago. Vous le verrez quand il saluera la reine.

Sur un ordre en gaélique de Donal Og, les hommes

s'alignèrent en deux files. Un sourd roulement de tambour se fit entendre, puis les fringants Irlandais se mirent en marche vers la galerie privée.

— C'est un outrage! tempêta un garde à l'entrée. O'Donoghue aurait tout aussi bien pu jeter le gant et déclarer la guerre!

— Que sa maudite tête d'Irlandais roule par terre! glapit un autre.

— Regardons-le creuser sa propre tombe! s'écria un troisième.

Iago et Lucy échangèrent un regard inquiet avant de se précipiter à leur tour à l'intérieur de l'imposant édifice.

La galerie semblait interminable. Ses dalles et ses murs de pierre répercutaient à l'infini l'écho des pas, produisant un grondement de tonnerre. A l'extrémité, une majestueuse double porte ouvrait sur la salle du trône.

Iago guida Lucy vers l'estrade recouverte d'un dais imposant qui la faisait ressembler à une tente et la fit arrêter en chemin.

Lui-même poursuivit sa marche et, arrivé devant le dais, fit une profonde révérence et répéta son annonce. Puis il retourna aux côtés de Lucy et l'escorta vers un endroit d'où ils pourraient observer l'entrevue.

— Regardez, murmura Iago.

Elle risqua un coup d'œil au-delà d'une imposante colonne et resta figée. C'était la première fois qu'elle voyait la reine Elisabeth, et le spectacle dépassait tout ce qu'elle aurait pu imaginer. Voilà, songea-t-elle, ce que l'on appelait la majesté — une caractéristique infiniment moins répandue et plus dangereuse que la beauté, la grâce ou l'intelligence, même si la reine ne manquait d'aucun de ces trois autres atouts.

Elisabeth occupait un gigantesque fauteuil de bois sculpté drapé de tentures, son visage se détachant sur la fraise empesée de sa robe. Ses cheveux d'un roux clair étaient tressés de perles et ornés de bijoux, et son regard noir, tranchant avec la blancheur de la peau, brillait d'un extraordinaire éclat.

Fascinée, Lucy quitta son pilier et s'approcha du dais, sans prêter attention à ce que Iago lui souffla à l'oreille et s'installa dans un coin d'ombre d'où elle apercevait la reine de profil et un segment de l'allée centrale.

Le roulement des tambours, rythmé par le martèlement implacable des pas, explosa bientôt comme un coup de tonnerre dans l'antichambre.

Les yeux d'Elisabeth étincelèrent. Elle se pencha vers l'homme assis à ses côtés.

— Ronnie, que signifie tout ceci ?

— Le comte de Leicester, chuchota Iago, qui avait rejoint Lucy. Son chancelier.

— Je sais. Il a essayé de me faire arrêter le jour où j'ai rencontré Aidan.

Essex se pencha pour murmurer quelque chose à la souveraine, mais la plume de son ridicule couvre-chef de velours effleura la joue de celle-ci qui aboya aussitôt :

— Hors de ma vue !

Empourpré, il recula à bonne distance.

Quand les lourdes portes s'ouvrirent, Lucy retint sa respiration.

L'escorte d'Aidan apparut ; des guerriers barbus à l'air aussi sauvage qu'une bande de loups — des loups, dont ils arboraient d'ailleurs les peaux — et armés jusqu'aux dents. Jamais la salle du trône n'avait vu pareil déploiement de haches, de sabres, de masses d'armes, de piques et de massues.

Les gardes de la reine eurent beau dégainer leurs épées, ils demeurèrent aussi peu impressionnants que des soldats de parade face à une invasion de barbares.

Le flot des Irlandais se divisa en deux files régulières et, après un dernier long roulement, le tambour se tut. Alors une ombre se profila dans l'embrasure des doubles portes cintrées. Nimbé par un rayon de soleil qui filtrait de l'antichambre, Aidan avait des airs de dieu descendu de l'Olympe, avec sa cape qui palpitait comme une immense paire d'ailes.

Sa crinière flottait sur ses épaules, la seule mèche

tressée lui conférant une touche païenne et sauvage, accentuée par l'incroyable arrogance qui émanait de lui.

La lumière jouait sur son visage, soulignant l'harmonie de ses traits : le front large, les pommettes saillantes, la mâchoire carrée, les lèvres sensuelles et le regard perçant. Il était plus que beau. Il était l'incarnation même de l'autorité et de la majesté.

Il était le Mór O'Donoghue, aucun de ceux qui le voyaient ne pouvait l'ignorer. Et aucun ne l'oublierait jamais, pas même la reine d'Angleterre.

Aidan resta immobile assez longtemps pour que son image s'imprime dans les esprits, puis marcha à grands pas jusqu'au trône.

Elisabeth ne manifesta aucune des émotions qui assaillirent le groupe des dames d'honneur qui l'entouraient. Son visage resta de marbre, et c'est à peine si elle haussa un sourcil.

Aidan rejeta sa cape derrière ses épaules. Puis, dans un mouvement si brutal que Lucy craignit qu'on ne l'ait abattu, il se prosterna devant le dais où il demeura un moment allongé, le visage au sol, les bras étendus, tel un ange foudroyé.

La reine, ne s'attendant pas à cette manifestation de soumission, se demandait, comme tout le monde, ce que cela signifiait.

— Levez-vous, lord Castleross, ordonna enfin la souveraine d'une voix forte et chaude.

Comme Aidan se redressait, des flots de soleil qui entraient par les hautes fenêtres l'auréolèrent d'or. Il n'aurait pu organiser mise en scène plus théâtrale.

Lucy sentit sa gorge se serrer, percevant toute l'émotion de l'affrontement qui s'engageait entre le Mór et la reine.

Bientôt, Aidan rejeta la tête en arrière avec une violence sauvage et poussa un ancien cri de guerre — du moins, c'est ce qu'il sembla à Lucy — qui fit sursauter l'assemblée, puis il se mit à marcher, les mains jointes derrière le dos, ses éperons martelant le dallage de pierre.

Quand il prit la parole en gaélique, une telle émotion

vibrait dans chacun de ses mots que la langue importait peu. Son ton seul éveillait l'attention.

Derrière Lucy, quelqu'un étouffa un rire. Se retournant, elle aperçut Iago tapi dans l'ombre.

— Que dit-il ? chuchota-t-elle du coin de la bouche.

— Vous n'aimeriez pas le savoir, répondit Iago dans un murmure, mais ses arguments les moins violents suffiraient à signer son arrêt de mort.

— Dieu le garde, souffla Lucy en se souvenant des commentaires surpris dans l'antichambre.

Comme Aidan reprenait son souffle, le gentilhomme de la garde à droite de la reine frappa sa hallebarde au sol.

— Milord, intervint sir Christopher Hatton, Sa Majesté souhaite que vous lui parliez en anglais.

Lucy retint sa respiration.

Aidan se tourna vers la reine et s'inclina.

— Madame, c'est un honneur de m'adresser à vous dans votre langue maternelle.

— Oh ! minauda une dame de la Cour. Quel merveilleux accent !

Lucy roula des yeux. Apparemment, Aidan O'Donoghue produisait sur ces imbéciles l'effet qu'il recherchait. Mais qu'en était-il de la reine ?

— Je me demande s'il n'aurait pas besoin de compagnie, reprit une autre suivante. Il doit être bien seul, si loin de chez lui.

— Il est très bien entouré ! siffla Lucy. Alors écartez-vous !

On entendit un hoquet de surprise, puis un grand silence. Iago laissa échapper un rire étouffé.

— Vous êtes toujours aussi discrète, *pequeña*...

Cependant, Aidan poursuivait sans se laisser distraire :

— ... mon autorité absolue comme lord de Castleross. Et en outre, pendant mon séjour à Londres, je suis convié à l'ambassade d'Espagne pour assister à une messe. Toutes ces obligations signifient assez ce que ma position de Mór O'Donoghue représente aux regards du monde, Votre Majesté, et j'espère que vous aurez pour moi autant de respect que j'en ai pour vous.

— Bien, bien, marmonna Elisabeth, visiblement contrariée. Mais ce n'est pas pour des questions de foi que vous êtes ici, me semble-t-il, milord ?

— Non, dans ce domaine vous êtes l'image même de la tolérance. Je suis venu pour des affaires beaucoup plus terre à terre.

La reine inclina la tête d'un air intrigué.

— Continuez !

— Mon peuple souffre. On a brûlé ses moissons, violé ses femmes, pendu ses hommes pour des fautes qu'ils n'avaient pas commises.

— Votre peuple a défié son suzerain !

— Nous sommes parfaitement capables de nous gouverner tout seuls et de vous envoyer notre dîme, Majesté, répliqua-t-il. Mais dans la situation actuelle, nous ne pouvons rien vous verser, grâce aux bons offices du lord gouverneur Browne et de ses acolytes. Continuez sur cette lancée et l'Irlande sera réduite à néant.

La reine sembla s'enfler au fur et à mesure que la colère montait en elle.

— Avez-vous bientôt terminé, lord Castleross ? s'enquit-elle enfin.

— Votre Majesté, j'ai à peine commencé.

La colère étincela dans les yeux de la souveraine.

— Milord, si vous cherchiez à nous provoquer, c'est fait.

Accablée, Lucy recula et buta contre Iago.

— Elle est furieuse, lui chuchota-t-elle.

— Par conséquent, milord, poursuivit Elisabeth, nous n'avons qu'une question à vous poser.

— Qui est, Votre Majesté ?

— Pourriez-vous nous donner une seule raison de ne pas vous faire mettre aux fers ?

Aidan O'Donoghue fit alors l'impensable. Rejetant la tête en arrière, il rit à gorge déployée, un rire chaud et velouté, celui même que Lucy avait entendu le premier jour. L'écho s'en répercuta aux quatre coins de la pièce.

Les yeux de la reine brillèrent d'un dangereux éclat. Leicester se pencha pour lui parler d'un ton implorant. Elle le repoussa d'un geste de la main.

L'hilarité d'Aidan se calma enfin.

— Votre Majesté, pour répondre à votre question...

Lucy se demandait si la reine ressentait la violence tapie sous ce ton charmant.

Aidan désigna d'un grand signe du bras les deux files de soldats irlandais.

— Quand vous fauchez un brin d'herbe irlandaise, deux le remplacent aussitôt. Si vous me supprimez, il se peut que mes successeurs se montrent infiniment moins coopératifs que moi.

Le silence tomba, et une tension insupportable monta dans l'air. Lucy rentra la tête dans les épaules, près de défaillir. Aidan était un homme mort. Elle pouvait lire son sort dans les yeux de la reine, dans le chuchotement sinistre des courtisans, sur le visage outragé des gardes.

Soudain, une idée lui traversa l'esprit. Elle se rua vers le trône avant que la peur ne la cloue sur place, se frayant un chemin au milieu de la foule.

— Place ! Place ! criait-elle, imitant le ton compassé des majordomes.

Tout le monde était trop surpris pour l'arrêter. Après s'être placée devant Aidan, elle plongea dans une profonde révérence.

— Votre Majesté, j'insiste pour que vous laissiez partir cet homme. Vous voyez, il m'a fait une promesse qu'il n'a pas encore tenue.

Elle trébucha délibérément en arrière contre MacHurley, un des soldats d'Aidan.

— Dieu du ciel ! jeta-t-elle, portant les mains à ses joues avant de se retourner pour le fixer. Mais c'est un mouton sous une peau de loup !

Des rires étouffés fusèrent parmi les dames, suivis d'un murmure joyeux dans les rangs des courtisans massés contre le dais. Aidan lui lança un regard furieux et siffla tout bas un avertissement qu'elle ignora, occupée à caresser la tenue de guerre de MacHurley.

— J'aime les hommes qui portent de la fourrure, annonça-t-elle avec un regard sarcastique sur le couvre-chef d'Essex. (Il fallait profiter de ses problèmes avec la reine, pour s'amuser de lui sans risque.) C'est tellement mieux que les plumes !

— Regardez-moi ça ! éclata Essex, rouge de rage.

Lucy s'avança vers lui. Il était si surchargé de fanfreluches et de rubans qu'il ne sentit rien quand elle lui prit sa bourse. Avec un petit salut, elle la lui agita sous le nez.

— *Vous*, milord, regardez ! fit-elle d'une voix taquine. Qu'est-ce donc, qui enflamme ainsi votre visage ?

L'assemblée pouffa de rire.

— Qu'est-ce que cela signifie ? tonna la reine, calmant les rires.

Lucy se retourna vers la souveraine.

— Votre Majesté, je ne suis qu'une amuseuse au service de lord Castleross. Si vous le mettez aux fers, je serai contrainte à l'oisiveté. Et vous savez, minauda-t-elle en décochant un clin d'œil à la reine, les dangers que courent les femmes oisives. Je risque bien d'accoucher d'une pensée intelligente. Et où cela mènera-t-il le genre humain ?

La bouche de la reine se serra. Et Lucy crut pendant un moment qu'elle allait sourire.

— Je me donne beaucoup de mal pour éviter les pensées vaines.

Lucy rit, mais personne ne l'imita.

— Gardes ! cria Leicester. Enlevez-moi *ça* !

Deux hommes s'approchèrent d'elle.

— Attendez ! ordonna la reine, et tout le monde se figea tandis que son regard passait d'Aidan à Lucy. Milord Castleross, reprit-elle.

— Votre Majesté...

— Retirez-vous de ma vue, et emmenez ce... cette amuseuse avec vous. Vous reviendrez demain, et alors seulement je rendrai mon jugement sur l'affaire qui nous occupe. Est-ce clair ?

— Tout à fait !

Il n'attendit pas d'autre adieu et, se retournant, il

donna à sa troupe un ordre en gaélique. Aussitôt, un roulement de tambour s'éleva. Il attrapa Lucy par le bras et la traîna derrière lui sur toute la longueur de la salle, ne s'arrêtant que dans la cour d'honneur.

— Eh bien, j'imagine que vous avez une explication à me donner pour cette petite comédie.

— Ce n'était rien, comparée à la vôtre, répliqua-t-elle. Vous auriez pu vous faire arrêter pour trahison. Je ne vous dois aucune explication.

Il lui prit l'autre bras et la força à lui faire face. Elle sentait la chaleur qui émanait de lui, voyait les éclats d'argent dans ses yeux bleus.

— Ah ! mais je saurai bien vous forcer à me parler, *a stor*. Ce soir, j'obtiendrai ce que je veux de vous.

Elle était en retard. Avec son esprit de contradiction, c'était sûrement voulu. Un feu brûlait dans le grand hall de Lumley House. Aidan alla à la cheminée et tisonna les braises. Des étincelles jaillirent et disparurent, happées par le conduit. Cette femme impossible le consumait. Son souvenir ne cessait de le tourmenter, avec ce sourire espiègle et ce ravissant corps qu'il désirait à mourir. La passion qu'il éprouvait à son égard était comme une fièvre qui le rongeait.

Pourquoi était-elle donc si tranchante dans ses opinions ? Et pourquoi fallait-il qu'elle les exprime à tort et à travers ? Cette propension à la franchise l'attirait et l'exaspérait à la fois. Pourquoi ne se montrait-elle jamais conciliante ? Il n'eut pas besoin de réfléchir pour trouver la réponse à cette fausse question : si elle n'avait pas fait preuve de caractère, Lucy ne l'aurait guère intéressé.

Soudain, un horrible soupçon le saisit. Et si elle s'était enfuie ?

Une boule lui serra la gorge. Il reposa brutalement le tisonnier et alla droit à la porte qu'il ouvrit à la volée avant de grimper l'escalier quatre à quatre jusqu'à sa chambre, où il entra sans même frapper.

La pièce était vide. Plus rien ne trahissait son passage, n'était le léger parfum de fleur qui flottait dans l'air. Il aurait dû se sentir soulagé, songea-t-il en refermant le battant avec un calme exagéré. Après tout, elle avait pris sa décision toute seule, et puis c'était mal de désirer une femme qui ne pourrait jamais lui appartenir et de lui cacher l'existence de Felicity. D'ailleurs, il voyait mal comment il aurait pu lui expliquer la situation, à elle qui lui vouait une confiance sans bornes...

Aidan marcha à grands pas jusqu'à ses appartements et poussa la porte d'un geste brusque, manquant renverser Lucy, qui en sortait. Elle le fixa, un petit sourire ironique aux lèvres.

— Ah, vous êtes là, Votre Honneur ! Comme vous étiez en retard, je me suis permis de venir vous chercher.

— J'étais en retard ? hurla-t-il.

Avec un juron destiné à cacher sa joie, il repoussa la jeune fille à l'intérieur et referma le battant. Lui qui s'était juré d'être ferme avec elle, de condamner sans appel son intervention à l'audience, il lâcha un cri de triomphe et, la soulevant dans ses bras, tourbillonna autour de la pièce.

— Par le cœur sacré de sainte Brigitte, déclara-t-il en la reposant par terre et en lui plaquant un baiser sur chaque joue. Nous avons été formidables, aujourd'hui ! Nous sommes sortis vivants de l'antre du lion !

Elle mit un moment à retrouver ses esprits puis déclara :

— Je vous l'avais bien dit ! Mais reconnaissez que vous avez eu peur, ne serait-ce que pendant une demi-seconde.

— Non, je n'ai pas eu peur une demi-seconde, j'étais mort de frayeur pendant toute la durée de l'audience, espèce de jeune impertinente !

Elle rit.

— Vous avez forcé la reine à voir en vous un rival de son niveau au lieu de mendier ses faveurs. C'était formidable d'oser tout risquer ainsi.

— Tout risquer, même mon peuple... C'était plutôt stupide !

— Non, c'était... téméraire! C'est ainsi que votre peuple le comprendra.

— Nous verrons. Et maintenant, s'il vous plaît, quel était le sens de votre petite mise en scène?

Elle eut un haussement d'épaules très élaboré. Elle maîtrisait parfaitement les rôles d'innocente! Qui ne l'aurait connue n'aurait rien pu deviner de feint dans son air mutin et ses boucles folles.

— Quelqu'un devait distraire l'attention de la reine afin qu'elle oublie son idée de châtiment.

Lucy gagna la desserte, prit la carafe et se versa un verre de vin. Elle en avala une gorgée pour se donner du courage avant d'oser se retourner.

— J'ai essayé de vous protéger...

Il la fixa et se souvint de son affirmation péremptoire de l'autre nuit: *Je ne vous aime pas*... Ce souvenir lui serrait le cœur et mettait sa conscience à mal. Quel fou il avait été d'oser lui demander de devenir sa maîtresse! Comment avait-il imaginé un instant la posséder sans se donner tout entier?

— Lucy, à propos de ce que je vous ai demandé...

Elle secoua la tête.

— Ne me harcelez plus à ce sujet, l'interrompit-elle. Ma réponse n'a pas changé. Vous êtes un homme irrésistible. Quand vous m'embrassez, le monde chavire autour de moi. Mais je ne vous aime pas, et je ne serai jamais votre maîtresse. Vous ne me désirez pas vraiment, de toute façon! Je serais capable de vous ruiner par mes dépenses inconsidérées, et aussi de vous acculer à la folie par mes bavardages ridicules et mes mauvaises chansons. Alors, il vaut mieux pour nous deux...

Il traversa la pièce en deux enjambées, la fit taire d'un baiser brutal et ne la relâcha que quand il la sentit complètement vaincue.

— Je voulais m'excuser de ma conduite stupide, glissa-t-il à son oreille avant de la relâcher. C'est tout. Quant à vos chansons, elles charment mes oreilles.

— Pardon? fit-elle d'une voix stupéfaite.

— Oui, je veux m'excuser de vous avoir déshonorée par ma requête.

Sous son regard, il finit par se sentir mal à l'aise. Lucy prit le temps de vider son gobelet de vin puis reprit, avec toute la gravité nécessaire :

— Déshonorée ?

— J'ai parlé sans réfléchir. Dans le feu de l'action.

Elle posa son gobelet avec un soin exagéré.

— Vous ne comprenez pas, milord. Je refuse d'être votre maîtresse. Je ne veux pas être un ornement à votre bras. Je ne veux pas que vous me dédicaciez des vers ou des chansons.

Elle prit une profonde inspiration avant de reprendre :

— Mais je veux... je vous invite... je vous *implore* de me déshonorer.

Sa véhémence et sa candeur lui brisèrent le cœur.

— Vous ne savez pas ce que vous demandez, murmura-t-il.

Quittant la desserte, elle traversa la pièce à sa rencontre, ses jupons bruissant sur les dalles de pierre, et s'arrêta devant lui, assez près pour qu'il perçoive son léger parfum de soie et de grand air.

— Je sais exactement ce que je demande, déclara-t-elle d'une voix douce mais empreinte de conviction et d'un zeste de défi. Je veux les tourbillons et les feux de joie que les troubadours chantent dans les ballades. Je veux la folie qui me saisit quand vous me touchez.

Il eut besoin d'un effort exceptionnel pour garder les mains le long du corps.

— Vous venez de dire que vous ne m'aimiez pas...

— Et je vous demande de vous en souvenir, déclara-t-elle aussitôt. Cela n'a rien à voir avec l'amour.

— Alors, de quoi s'agit-il ?

Elle déglutit et se força à ne pas détourner les yeux.

— Cela s'appelle le besoin, milord. Le besoin d'une pauvre fille qui se rend à Londres sans autre soutien que ses rêves. D'une malheureuse comédienne ambulante de St. Paul qui déclenche les rires quand souvent elle ne désire que pleurer.

Son désespoir l'atteignait au plus profond de lui.

— Lucy...

— Non, laissez-moi finir. Je ne cherche pas votre

pitié. Je vous dis simplement ces choses pour que vous me compreniez. S'il vous plaît, ne m'interrompez pas !

Bien sûr qu'il comprenait sa détresse et l'espoir qu'elle risquait de mettre en lui. A tort. Sans y réfléchir, il acquiesça d'un signe de tête et murmura :

— Je vous écoute.

— Vous savez maintenant tout sur moi, sauf une chose.

— Qui est ? souffla-t-il, épuisé par le combat qu'il devait mener pour ne pas la prendre dans ses bras.

— Eh bien, personne ne m'a jamais touchée comme vous.

— Ce qui veut dire ? demanda-t-il, la bouche sèche.

— Vous me touchez comme si je comptais à vos yeux.

Ses résistances cédèrent, et il n'essaya même pas d'arrêter ses mains comme elles remontaient doucement le long des bras de Lucy, caressant ses poignets, se reposant sur ses épaules, se nichant enfin contre ses joues.

— C'est vrai, reconnut-il, vous comptez pour moi. Et c'est pour cela que je vous implore de ne pas me tenter. Accrochez-vous à votre honneur, Lucy.

Un sourire triste se dessina sur ses lèvres.

— Vous pensez que l'honneur compte pour moi ?

Elle ferma les yeux, et sa bouche se serra de souffrance. Puis elle ouvrit les paupières et le regarda.

— J'ai menti, triché et volé pour survivre. Pour un prix suffisant, j'aurais vendu mon corps, et vous me parlez de mon honneur !

Retirant les mains d'Aidan de ses joues, elle les prit entre les siennes. Un rire rauque lui échappa.

— L'amusant dans tout cela, c'est que l'idée de me payer n'est jamais venue à aucun homme. Certains ont tenté de se servir, mais j'avais assez de bon sens pour les repousser.

Elle se tut, et le silence tomba sur la pièce. Le soleil s'était couché. Il était temps d'aller dîner mais aucun d'eux ne bougea. Elle reprit la parole.

— Alors vous voyez, mon honneur… Comment pourriez-vous m'ôter une vertu que je n'ai jamais possédée ?

— Sapristi, Lucy! Mais vous avez plus d'honneur qu'une légion de ces nobliaux anglais.

— Ne jouez pas à ce jeu avec moi! Les mots ne servent à rien. Je vous veux, Aidan. Mais il ne me reste plus que ce soir, aussi vais-je mettre ce moment à profit.

Il libéra ses mains de son étreinte.

— Mais vous me demandez de vous faire souffrir!

Elle l'attrapa par le devant de sa tunique et enfonça les doigts dans la douceur de la soie.

— Vous ne m'avez donc pas entendue? C'est maintenant que je souffre, Aidan! Comment cela pourrait-il être pire?

Il la saisit dans ses bras, laissant échapper une plainte rauque, puis glissa une main sur ses reins et l'écrasa contre lui jusqu'à ce qu'elle pût sentir la force de son désir. Son autre main remonta jusqu'à la nuque, maintenant sa tête en arrière.

— C'est bien cela que vous voulez?

Avant qu'elle puisse répondre, la bouche d'Aidan avait fondu sur la sienne, goûtant sa saveur de vin, la forçant de sa langue.

Elle posa ses mains contre son torse. Il s'attendait qu'elle le repousse mais, au contraire, elle s'accrocha à lui, se mettant sur la pointe des pieds pour mieux s'offrir. Alors, elle le rendit fou. Sa brusquerie avait été dictée par le désir de la décourager, et c'était tout le contraire qui se produisait.

Quand elle s'arqua contre lui, éperdue de désir, il perdit littéralement la tête.

Toujours enlacés, ils tourbillonnèrent jusqu'à la porte de communication, la poussèrent et pénétrèrent dans la chambre à coucher.

La lueur du crépuscule entrait faiblement par les fenêtres à meneaux. Quelques braises rougeoyaient dans la cheminée.

Il la guida jusqu'au lit, où elle s'effondra avec un petit soupir. Il la suivit, fasciné par la manière dont ses boucles se répandaient autour de son visage comme des pétales de fleur.

— Retournez-vous, murmura-t-il.

Elle obéit sans poser de questions et Aidan lui retira son corset. La fine chemise qu'elle portait par-dessous ne cachait rien de la splendeur de sa poitrine.

Il se pencha vers elle et effleura ses lèvres des siennes puis, écartant la chemise, il pressa le visage contre ses seins qu'il embrassa doucement, tentant de comprimer la violence de son propre désir pour ne pas la brusquer.

Quand elle se mit à bouger fiévreusement, il releva sa jupe, dévoilant de longues jambes gainées de bas blancs. Il les retira délicatement, embrassant chaque parcelle de peau qu'il dévoilait, puis ses mains remontèrent le long de ses cuisses, traçant un sillon de feu jusqu'au point le plus secret de son intimité. Elle l'attendait, offerte, chaude et humide. Sa bouche suivit le chemin ouvert par ses mains.

Lucy commença par se raidir, comme sous le choc, puis elle saisit Aidan aux épaules et son souffle s'accéléra. Elle poussa alors une plainte rauque et, l'étreignant, elle l'attira vers elle.

Il sentit sa langue forcer sa bouche et, sans même s'en rendre compte, il défit son pantalon. Il fallait à tout prix qu'il s'enfouisse en elle pour faire cesser la douleur intolérable qui le broyait. Jamais il n'avait éprouvé un pareil désir. C'était comme si un brasier le consumait de l'intérieur. Puis la main de Lucy vint aider la sienne et sa bouche chuchota contre la sienne :

— Si cela est un déshonneur, quelle valeur peut bien avoir l'honneur ?

Elle l'embrassa, tout son corps tendu vers lui.

Quelle valeur peut bien avoir l'honneur ?

Dans les profondeurs de sa conscience, l'aiguillon de la culpabilité se réveilla. Il se força à se rappeler qui il était. Ce qu'il était. Un chef de clan. Un étranger. Un mari.

Cesser de faire l'amour à Lucy fut comme tenter d'arrêter les vagues avant qu'elles ne s'écrasent sur le rivage. S'il s'interrompit, ce fut davantage par loyauté envers sa partenaire que pour être en conformité avec ses promesses.

Il se força à mettre moins de passion dans ses baisers puis, tout doucement, s'écarta d'elle.

Elle ouvrit les yeux.

— Oh, Aidan, c'était... Nous... vous...

Il effleura sa joue, essayant d'oublier l'état de désir exacerbé et refoulé dans lequel il se trouvait.

— Je sais, ma mie, je sais.

Une minuscule ride plissa le front de Lucy.

— Comment pouvez-vous savoir ? C'est moi seule qui ai eu du plaisir.

Mon Dieu, mais comment faisait-elle pour lui arracher un sourire quand il souffrait tous les affres de l'enfer !

— Là, vous vous trompez.

— Vous voulez dire que...

Il repoussa une mèche de cheveux de sa tempe.

— Pour quelqu'un qui manifeste d'habitude tant de verve, vous semblez à court de mots. Moi aussi, j'ai éprouvé quelque chose de fort, murmura-t-il en remettant tendrement en place les vêtements de Lucy.

— Je crois que vous mentez, attaqua-t-elle en plissant les yeux.

— Et moi, je crois qu'il y a une chose que vous n'arrivez pas à comprendre. C'est que vous comptez pour moi. Votre plaisir a de l'importance pour moi. Et vous en donner est ma récompense.

— Qu'en est-il alors de ma récompense à moi ? s'enquit-elle en tendant la main vers lui.

Il l'écarta en riant.

— La gloutonnerie est un vilain défaut.

— J'ai dit que je voulais que vous me déshonoriez, insista-t-elle. Je ne me sens toujours pas déshonorée.

Ses mots le glacèrent en lui rappelant tout ce qu'il voulait oublier. La raison de sa présence à Londres. Sa mission. Pourquoi il n'avait pas le droit d'être ici avec Lucy.

Il se détacha d'elle et se leva.

— Vous avez tort, fit-il en passant une main lasse dans ses cheveux. Nous sommes tous les deux déshonorés.

Elle resta éveillée cette nuit-là, s'efforçant encore de croire qu'elle mourrait de douleur. Mais comme rien ne survenait, elle se prit à douter sérieusement du bien-fondé des ballades d'amour.

Elle avait beau repasser dans son esprit les caresses d'Aidan, se rappeler ses baisers, la manière dont il l'avait serrée contre lui, elle pleurait, mais elle n'en mourait pas.

Elle prit sa broche et en tâta le contour tout en réfléchissant à son plan pour retrouver sa famille. Quelle idée idiote d'imaginer qu'elle pourrait accomplir un tel exploit ! Comme Aidan, sa propre mère l'avait abandonnée.

Au petit matin, Lucy avait décidé de survivre. La seule question demeurait : comment ?

Elle se leva et se dirigea vers ses vêtements qui formaient un petit tas sur le plancher, repensant à leurs ébats. Qu'avait fait Aidan, après tout ? Lui avait-il fait l'amour ? Même pas. Il s'était montré cruel en entrouvrant dans son cœur une fenêtre qu'il s'était empressé de refermer avant qu'elle ne pût regarder à l'intérieur.

— Maudit soyez-vous, Aidan O'Donoghue ! marmonna-t-elle en passant ses jupons et sa jupe.

Ne pouvant s'empêcher de se rappeler comment il l'avait aidée à s'habiller le premier jour, elle attacha vivement son corset, puis alla se bassiner le visage d'eau fraîche à la cuvette.

Iago était dans la cour devant l'écurie quand elle descendit, et cela la rasséréna. Au fil des jours, il était devenu son ami.

En la voyant, il tira sur la longe pour arrêter son cheval.

— Que vous est-il arrivé ? demanda-t-il. Vous avez une mine affreuse.

— Merci ! fit-elle d'un air moqueur. Comme c'est aimable de le souligner !

Il attacha le cheval à un anneau dans le mur et constata :

— Vous étiez avec Aidan, la nuit dernière.

A Iago, elle ne pouvait rien cacher, aussi acquiesça-t-elle, avant d'ajouter :

— Mais... mais il n'est pas resté.

La bête fit un écart et il lui tapota doucement le chanfrein.

— Ah ! je craignais...

Il s'interrompit soudain, et parut s'absorber dans la contemplation du mors.

— Quoi ? insista-t-elle en appuyant ses coudes sur le mur et en lui jetant un regard furieux. Que craigniez-vous ?

Il prit son temps pour ajuster le mors, puis il la regarda avec une sereine mélancolie.

— Je craignais que la conscience d'Aidan et son sens du devoir n'aient le dessus. Il reste sourd à l'appel de son cœur.

— Je ne comprends pas.

— Ce n'est pas à moi de vous expliquer. Nous retournons bientôt en Irlande. Plus rien de tout cela n'aura alors d'importance.

Lucy avait toujours su qu'Aidan repartirait. Il n'était pas dans son élément à Londres. Sa seule erreur avait été de ramasser une malheureuse comédienne ambulante sur le parvis de St. Paul et de lui voler son cœur !

La jument frappa le sol de son sabot.

Lucy regarda Iago, étudiant son visage, ses yeux noirs, ses longues mains habiles.

— Après toutes ces années d'errance, reprit-elle d'une voix étonnamment dure, j'ai au moins appris une chose.

— Qui est, mon petit ?

— Partir d'abord. Afin de ne pas être abandonnée.

— Ce n'est peut-être pas une mauvaise idée, dit-il, et il lui toucha la main si tendrement qu'elle en fut bouleversée.

— Vous devriez tenter de m'y faire renoncer, non ?

— Cela ne ferait que retarder l'inévitable.

Elle prit une inspiration tremblante et tapota la main de Iago.

— Vous avez raison. Mais maintenant, la question est de savoir où aller.

Son sourire éclata comme un rayon de soleil.

— *Pequeña*, jamais je n'imaginais que vous poseriez cette question !

ANNALES D'INNISFALLEN

Je crains que le messager auquel il manque un doigt et qui s'embarque à Dingle Bay ne soit sur la voie de quelque méfait.

Du moins, cependant, j'ai quelques bonnes nouvelles à consigner. Le Mór O'Donoghue doit avoir désormais reçu ma lettre concernant son mariage et appris qu'il est un homme libre, bénédiction pour laquelle je ne louerai jamais assez tous les saints et les anges du ciel.

La question qui me tourmente à présent est de savoir si son pauvre cœur peut encore être guéri ?

Revelin d'Innisfallen

9

— Elle est partie ?

Aidan se trouvait avec Iago devant la verrerie de Crutched Friars où ils étaient venus chercher un cadeau pour la reine.

La nouvelle, qu'il avait apprise incidemment en réponse à une question banale, occupait à présent pleinement ses pensées.

Lucy n'avait manifestement pas paru depuis le dîner de la veille.

— Oui, milord, confirma Iago. Elle est partie.

Aidan s'arrêta devant la forge, accusant le coup plus rudement qu'il ne l'aurait imaginé. L'absence de Lucy laissait dans son cœur un vide béant.

Et dire qu'il venait juste de recevoir un message de Revelin lui annonçant qu'il n'avait plus d'engagements avec Felicity ! Nouvelle à prendre avec précaution cependant. Mieux valait en attendre confirmation pour la croire vraiment.

— J'aurais dû me douter qu'elle partirait ! Les femmes sont toutes inconstantes !

Comme il bougonnait ces mots, il se sentit foudroyé de douleur.

Il étouffa un juron, se détourna de Iago et, serrant les dents, pressa ses paumes contre le mur extérieur de la forge. Il était chaud, mais pas assez pour réchauffer le froid que laissait en lui le départ de Lucy.

Depuis quand l'aimait-il ? s'interrogea-t-il. Et comment avait-il fait pour s'en défendre si longtemps ?

— Mon Dieu ! chuchota-t-il en prenant une inspiration rauque. Elle est partie...

— Elle est allée à la Cour, annonça calmement Iago.

Aidan bloqua sa respiration un instant, puis sa poitrine se souleva tandis qu'il reprenait son souffle.

— A la Cour ?

— C'est mieux pour elle, non ? Elle sera mieux installée et plus en sécurité qu'à vivre de chapardages à St. Paul.

Aidan ferma les yeux et tenta de l'imaginer dans ce nouveau milieu, auquel elle s'habituerait très vite. Peut-être y rencontrerait-elle un autre homme qui, lui, serait libre ? Il repoussa cette pensée intolérable.

— Si quelqu'un peut réussir à la Cour, c'est bien Lucy ! se borna-t-il à dire.

— En effet. Et elle y retrouvera peut-être sa famille, comme tu l'as suggéré.

Aidan eut un rire sans joie.

— Je l'ai simplement suggéré pour la détourner de vivre au milieu de voleurs et d'entremetteurs.

— Je pense qu'elle t'a cru. Elle rêve de retrouver sa famille. Elle éprouve un tel besoin de se savoir aimée...

Aidan frissonna.

— Elle a besoin de moi, affirma-t-il à mi-voix.

Iago clappa de la langue.

— As-tu songé à l'avenir ? Pourras-tu lui donner la fidélité dont elle ne peut se passer ?

Un accès de colère saisit Aidan, et il s'écarta du mur pour foudroyer Iago du regard.

— Je ne peux pas et tu le sais bien, maugréa-t-il, sentant sa colère se transformer en désespoir. Crois-tu qu'on puisse toujours tourner simplement le dos à son passé ? Tout abandonner et s'en aller !

— Je l'ai fait, murmura Iago, l'amertume brillant dans son regard. A cette différence que moi, j'ai dû nager.

Aidan se força à sourire en même temps qu'il prenait une décision.

— Iago, va chercher le cadeau pour la reine, je t'en prie. Je dois m'habiller.

— *¡Diablo!* s'exclama Iago. Ne me dis pas que...
— Si, répliqua Aidan en retournant vers la maison. J'apporterai moi-même le cadeau à la Cour.

— ... et alors, disait Lucy avec un clin d'œil à la reine, la fille du brasseur n'avait plus qu'une solution : empoisonner le tonnelet !

La reine sourit d'un air ravi. Les autres auditeurs l'imitèrent et poussèrent des rires étouffés.

Lucy fit une révérence et relâcha subrepticement sa respiration. Sa Majesté était capricieuse. Les histoires qui l'amusaient un jour pouvaient le lendemain envoyer le conteur au pilori. Pour l'instant, Lucy avait eu de la chance.

Bien sûr, cela faisait seulement deux jours qu'elle était à la Cour. La reine n'avait pas encore pris de décision au sujet du Mór O'Donoghue, mais Lucy restait aux aguets.

— C'est bien vu, dit la reine. En vérité, l'innocence et la vertu ne triomphent pas toujours, n'est-ce pas ?
— Pas aussi souvent que l'âge et la ruse, madame, jeta Lucy qui se pétrifia aussitôt.

La reine l'observa un long moment. Son visage d'une incroyable blancheur sembla encore pâlir. Enfin, elle laissa échapper un rire tonitruant, et les courtisans se joignirent à elle.

— Vous êtes si vive ! déclara-t-elle. Je suis vraiment heureuse que vous ayez sollicité cette place à mes côtés. J'aime entretenir le talent. Et vous avez bien fait de vous débarrasser de cet Irlandais assommant.
— Madame, annonça Lucy en mettant un genou à terre, je vous suis humblement reconnaissante de votre bonté.
— Très bien, très bien ! acquiesça la souveraine avec quelque impatience. Levez-vous et laissez-moi vous regarder !

Le regard noir la dévisagea de la tête aux pieds.

— Cette robe m'est familière, annonça alors Elisabeth.

— J'ai entendu dire qu'elle appartenait à lady Cheyney, reconnut Lucy, sachant que dire la vérité valait mieux que d'être prise en flagrant délit de mensonge. Et j'ai pu constater, Madame, qu'elle n'influe en rien sur le comportement. Depuis deux jours que je la porte, je n'ai ressenti aucun besoin de me jeter à la tête du moindre gentilhomme.

La reine martela de l'index le bras de son siège.

— Votre fonction de « bouffon » n'a rien à voir avec cela. Cependant, vous devriez consulter le maître des divertissements au sujet de votre tenue. Ma sœur Mary faisait raser le crâne de son bouffon et l'habillait de vêtements rayés.

Lucy toucha les mèches à présent d'une longueur acceptable qui s'échappaient de sa coiffe.

— Il y a des choses bien pires, madame, que d'avoir le crâne rasé, fit-elle bravement, masquant son inquiétude.

— Ne craignez rien, je... commença la reine.

Elle tourna brusquement la tête vers la double porte, au fond de la salle d'audience.

— Oui ?

— Le Mór O'Donoghue, lord Castleross, annonça le majordome.

Elisabeth fit signe aux courtisans agglutinés autour de son trône de s'écarter. Lucy se retrouva à côté de la comtesse Rosaria Cerniglia, qu'elle appréciait particulièrement, se délectant de son esprit cynique et de son goût pour les indiscrétions.

Le cœur battant, Lucy observa la porte, figée.

Pourquoi Aidan était-il revenu ? Elle espérait que c'était pour elle, tout en craignant de ressentir de nouveau cruellement la morsure de son indifférence.

Avec la brutalité d'une tornade, il apparut sur le seuil, flanqué de Donal Og et de Iago. Comme des géants de légende, tous trois s'avancèrent rapidement vers le trône.

Aidan s'agenouilla devant la reine, imité par Iago et Donal Og. Puis ils se relevèrent d'un même mouvement.

— Nous sommes venus vous apporter des présents, madame, annonça Aidan en regardant droit devant lui, mais un sixième sens avertit Lucy qu'il avait deviné sa présence et elle sentit une onde brûlante l'envahir.

— Ah, voilà qu'il nous parle anglais, aujourd'hui! remarqua Elisabeth avec un humour forcé. Nous faisons des progrès!

Donal Og et Iago posèrent des cadeaux aux pieds de la souveraine.

Le premier était la plus extraordinaire salière que Lucy eût jamais vue. Elle ressemblait à un château, dotée de fines tourelles et d'un compartiment à sel orné de spirales de verre.

L'autre présent était un magnifique bracelet d'améthystes qui captait si bien la lumière qu'il semblait briller de l'intérieur. La vue du bijou, rappelant à Lucy qu'elle avait porté le collier assorti, lui fit monter les larmes aux yeux.

— C'est ravissant!

La reine tendit la main pour prendre l'objet.

— Les améthystes ont été extraites par des mains irlandaises des mines de Burren, dit Aidan.

— Vraiment, milord, je vous remercie du fond du cœur!

Pendant qu'elle parlait d'une voix aimable et affichait un sourire mielleux, elle poussait la salière de la pointe du pied. Lucy laissa échapper un petit cri au moment où la tour de verre se fracassa sur les dalles.

Le Mór O'Donoghue ne trahit aucune émotion. La reine fixa sur lui son regard de jais.

— Comme c'est dommage! Vous voyez, milord, quand un homme construit un château sans y être autorisé, ce genre d'incident se produit couramment.

La comtesse Cerniglia poussa un soupir et remonta l'ourlet de sa robe, montrant une cheville entaillée. Donal Og s'agenouilla immédiatement à ses pieds et posa le doigt sur le filet de sang qui filtrait à travers le bas, et le désagrément de la dame se transforma vite en intérêt. Elle se pencha vers son admirateur, ne lui laissant rien perdre de ses appas.

— C'est bien dommage que les accidents soient par définition imprévus et que, le plus souvent, ce soient des innocents qui en pâtissent, murmura Aidan avec un regard appuyé vers la comtesse.

— Parfois, ce sont aussi les forts.

La reine se leva et quitta la salle du trône, escortée de Leicester et de Hatton sur ces dernières paroles :

— Milord Castleross, j'espère que vous vous joindrez à nous pour le dîner et les divertissements, ce soir.

Non! Lucy essayait de le convaincre à distance de refuser. La reine jouait un jeu cruel avec lui. Il fallait qu'il parte tant qu'il en avait encore la possibilité.

Le Mór O'Donoghue s'inclina.

— Madame, j'en serai très honoré.

Des acrobates italiens avaient été engagés pour divertir l'assemblée, mais Aidan n'avait d'yeux que pour Lucy. Assise un peu à l'écart, à l'une des tables réservées aux hôtes de moindre importance, elle riait et maniait son couteau et sa fourchette aussi aisément que si elle avait fait cela toute sa vie. Elle était éblouissante et se trouvait au centre de l'intérêt général.

Bientôt, pourtant, Aidan remarqua le désespoir qui perçait sous son excitation fébrile. Tout en parlant et plaisantant, elle examinait attentivement tous les visages des convives.

Il savait ce qu'elle cherchait. Le père et la mère dont son souvenir gardait une image radieuse. Quand finirait-elle donc par comprendre que son espoir était vain ?

Dès que les danses commencèrent, il alla la rejoindre en contrebas de l'estrade des musiciens, où elle s'efforçait de convaincre la comtesse vénitienne et Donal Og de danser. Quand elle les eut poussés sur la piste, elle les couva d'un regard satisfait.

— En Irlande, remarqua doucement Aidan en s'avançant derrière elle, nous laissons les vieilles femmes arranger les mariages.

Elle se retourna, retint sa respiration et il s'arrêta, désireux d'enfermer son image pour toujours dans sa mémoire. Sa beauté avait quelque chose d'intemporel, avec son visage lisse, ses yeux pleins d'une surprise enfantine et cette couronne de boucles qui étincelait dans la lumière des lustres.

— Quel dommage pour la salière ! dit-elle enfin.

Il sourit.

— Revelin avait l'habitude de répéter : « Il faut une longue cuiller pour souper avec le diable. »

Elle rit et murmura quelque chose, mais ses mots furent étouffés par une bruyante sonnerie de trompettes.

— Venez avec moi !

Il la prit par le coude pour la conduire vers une porte latérale. Quelques minutes plus tard, après avoir suivi un passage étroit et bas de plafond, ils débouchaient dans un jardin qui dominait la rivière argentée par la lune. Aidan aspira l'air frais de la nuit à pleins poumons.

— On se sent mieux, ici, dit-il.

— Personne n'a le droit de partir avant que la reine n'en donne le signal, remarqua Lucy.

— Vraiment ? Je me demande comment j'ai osé.

— Cela doit être votre longue cuiller, Aidan...

— Lucy...

Ils parlèrent tous les deux en même temps et se mirent à rire ensemble.

— Je vous laisse la parole, offrit-il. Que vouliez-vous dire ?

Elle fit quelques pas dans l'allée, puis se retourna en s'appuyant sur la balustrade qui courait autour du jardin.

— Je voulais vous expliquer pourquoi j'étais partie.

— Sans un mot, lui rappela-t-il, fixant sa nuque délicate.

— C'est entièrement votre faute, déclara-t-elle. Vous m'avez laissée espérer que je pourrais découvrir à la Cour qui j'étais et d'où je venais. A moins que ce ne soit encore un de vos mensonges ?

Sa défiance lui fit mal.

— Je n'ai jamais...

— Si, protesta-t-elle avant qu'il ait pu finir. Ne m'avez-vous pas demandé d'être votre maîtresse, laissée vous supplier d'être mon amant pour ensuite me repousser? jeta-t-elle en le foudroyant du regard. Je dois vous avouer, milord, que j'ai été mieux traitée, même par les chiens de combat qui m'ont un jour attaquée!

— Vous avez été attaquée par des chiens féroces? s'enquit-il, au bord de la nausée.

— Non! soupira-t-elle. Mais si je l'avais été, j'en aurais moins souffert que de votre rejet.

Aidan jura en gaélique. Elle avait réussi à rallumer sa colère, et il en était heureux. C'était sa seule manière de refréner son désir.

— Vous êtes vraiment une bonne actrice! Dites-moi, la reine s'est-elle montrée aussi facile à duper que moi quand vous l'avez sollicitée? Si vous m'aviez prévenu que votre loyauté allait au plus offrant, je ne me serais pas tant inquiété pour vous.

— L'offre de la reine me tente beaucoup plus que la vôtre, répliqua-t-elle. Le prix de celle-ci aurait été un cœur brisé.

Si sa voix était restée ferme, il aurait pu supporter cette attaque, mais elle tremblait, trahissant son amertume.

— Ah, Lucy! Vous avez eu raison de me quitter. Je suis incapable de vous donner ce dont vous avez le plus besoin.

Elle ferma les yeux et il éprouva un violent besoin de l'embrasser. Mais il résista.

— Bon, nous n'allons pas nous disputer. Cela ne sert à rien.

Elle s'écarta de lui, et Aidan croisa les bras, luttant toujours pour ne pas la serrer contre lui.

— J'ai souvent rêvé d'une femme brune qui se penchait pour m'embrasser, reprit Lucy. «Attention à la broche de maman, disait-elle. Ne te pique pas le doigt.»

Elle arracha d'un rosier une fleur fanée.

— Est-ce mon imagination ou un vrai souvenir? Je l'ignore, mais la nuit dernière, j'ai refait ce rêve. Et j'ai aussi entendu le rire joyeux d'un homme, et une dame d'un certain âge qui me chantait une chanson dans une drôle de langue.

— Que chantait-elle? s'enquit-il. Vous rappelez-vous l'air?

— Je l'ai encore dans la tête, acquiesça-t-elle, et elle fredonna des mots si étranges qu'ils lui parurent complètement inintelligibles, mais elle semblait tout à fait sûre d'elle. Je les sens si proches ici, Aidan. Comme si j'allais soudain reconnaître leur visage dans la foule.

Il resta silencieux un long moment, incapable de parler. Que pouvait-on bien ressentir quand on ne connaissait pas sa famille? Aidan avait toujours su qui il était. Cela lui avait apporté peu de plaisir et beaucoup de peine. De nouveau, il souffrit pour elle. Ses chances de retrouver les siens étaient si ténues.

— Je comprends ce que vous ressentez, dit-il enfin. Je suis irlandais. Nous ne sous-estimons jamais le pouvoir des rêves.

— Merci de me dire cela, murmura-t-elle. Tout ce que je veux découvrir, c'est que quelqu'un m'a aimée. Et alors seulement, je pourrai croire qu'on peut m'aimer encore.

Quelqu'un veut vous aimer, a gradh, songea Aidan, se mordant la langue pour ne pas laisser échapper son secret.

Wimberleigh House, la magnifique demeure de Richard de Lacey, bourdonnait d'activité. Les portes qui donnaient sur le jardin étaient grandes ouvertes, et des serviteurs descendaient vers la rivière, chargés de paquets de toutes les tailles et de toutes les formes qu'ils empilaient sur une barge.

— Lord Castleross! s'exclama Richard, agitant la main en signe de bienvenue.

Aidan alla le rejoindre auprès du ponton où s'entassaient un monceau de caisses.

— Vous venez de manquer mes parents, annonça-t-il. Ils sont partis pour le Hertfordshire. Nous avons organisé une grande fête d'adieu. Tante Belinda a fait tirer un feu d'artifice. C'était un spectacle grandiose et...

— J'en suis sûr, le coupa Aidan qui ne voulait pas perdre de temps en bavardages futiles. Pourquoi ne m'avez-vous pas dit que vous étiez envoyé dans le Kerry ?

Richard rougit.

— En vérité, milord, je l'ignorais. Je m'attendais bien à un poste en Irlande, mais mon affectation sur votre domaine a été une surprise pour moi.

— Vous l'avez tout de même acceptée ? s'étonna Aidan d'une voix dure.

Pendant tout le temps de sa folle équipée à travers Londres, Aidan avait espéré que les ragots entendus la veille étaient mensongers. Mais Richard ne chercha pas à nier. Il se planta devant Aidan, les pieds écartés.

— La reine ne m'a pas donné le choix. Pas plus qu'elle ne vous en a laissé en vous convoquant à Londres.

— Ah, mais moi je ne suis pas venu égorger les habitants, voler leurs terres, violer leurs femmes et piller leurs troupeaux.

— Ce n'est pas non plus mon intention en Irlande ! protesta Richard, jetant son chapeau de velours à terre. On m'envoie pour maintenir la paix.

— Quelle riche idée ! s'exclama ironiquement Aidan. N'avez-vous jamais réfléchi, mon jeune lord, que si les Anglais étaient restés hors d'Irlande, la paix régnerait ?

— Si les Anglais n'étaient pas là, les Irlandais se déchireraient entre eux.

— Eh bien, donnez-nous cette liberté ! rugit Aidan. Laissez-nous nous détruire entre nous, sans votre aide !

Dans son agitation, il leva le bras et heurta un tableau soigneusement enveloppé qui tomba.

— Sapristi !

Richard se pencha et retira l'emballage, laissant apparaître le portrait d'une dame.

— Je suis désolé, s'excusa Aidan d'une voix rude. C'était un accident.

Puis son attention se porta sur le tableau. La femme représentée ne pouvait manquer d'éveiller l'intérêt, brune, sereine avec des yeux couleur de brume.

— Votre fiancée ? s'enquit-il en relevant la peinture

— Ma mère, la comtesse de Wimberleigh. Dieu sait quand je la reverrai !

Richard lança un appel dans une langue étrangère et le drôle de serviteur avec la moustache nommé Youri arriva en courant et prit le portrait.

— Attendez une minute !

Aidan tendit la main et regarda fixement la peinture. La comtesse portait une robe gris tourterelle très simple, ornée d'un seul bijou : une broche.

Quand il observa celle-ci de plus près, son cœur sauta dans sa poitrine. La broche, en forme de croix, comportait en son centre un énorme rubis entouré de douze perles.

Aidan déglutit avec peine.

— Quand ce portrait a-t-il été peint ?

Richard haussa les épaules d'un air ennuyé.

— Dans l'année qui a suivi le mariage de mes parents, il y a environ vingt-cinq ans.

— Votre mère porte-t-elle toujours cette broche ?

Le jeune homme fronça les sourcils et secoua la tête.

— Je ne la lui ai jamais vue.

Il échangea alors quelques mots avec le serviteur qui emporta la toile.

— Je prends la réparation à ma charge, bien entendu, fit Aidan.

— Mais non, cela n'a aucune importance, dit Richard. Je suis désolé que nous nous quittions ainsi, milord. J'aurais aimé que...

— Comment se fait-il que vous ayez des serviteurs russes ? le coupa Aidan, qui tentait d'assembler les pièces d'un étonnant puzzle.

— Ma famille entretient des liens avec le royaume de Moscovie. Mon grand-père Stephen, lord Lynley, a fondé là-bas la Compagnie commerciale de Moscovie. Lui et ma grand-mère vivent encore dans le Wiltshire.

— Votre grand-mère chantait-elle pour vous ?

Richard afficha une mine stupéfaite.

— Chanter ?

— Oui, des ballades, des berceuses en russe ?

— Je ne m'en souviens pas. Peut-être.

Aidan, s'apercevant qu'il éveillait la méfiance de Richard, changea de sujet et annonça :

— Je n'ai aucun reproche à vous faire pour l'instant, mais dès que vous aurez posé les pieds sur le sol irlandais, sachez que ce sera comme si notre brève amitié n'avait jamais existé.

Si Richard lui répondit, Aidan ne l'entendit pas. Il avait soudain une affaire urgente à régler à Whitehall avec le bouffon de la reine.

Lucy feignait d'être totalement absorbée dans la partie d'échecs qu'elle disputait avec Rosaria, alors que toute son attention était tendue vers le messager à l'air fatigué porteur, disait-il, de nouvelles urgentes d'Irlande. L'homme au visage hâve pressait ses mains l'une contre l'autre pour attirer l'attention, et Lucy remarqua qu'il lui manquait un doigt à la gauche.

— D'après vous, quel est son problème ? demanda Rosaria.

Lucy lui sourit au-dessus de l'échiquier.

— De qui parlez-vous, madame ?

Une moue incurva les lèvres de la comtesse.

— Vous savez très bien de qui je parle. Vous n'avez cessé de le fixer depuis qu'il est entré. Vous avez aussi triché, mais j'aime votre compagnie, aussi n'ai-je rien dit.

Lucy la regarda d'un air stupéfait. Personne ne l'avait jamais prise en flagrant délit de tricherie.

Rosaria laissa échapper un rire amusé.

— Je suis la fille de l'ambassadeur de Venise, rappela-t-elle à Lucy. Toute la vie de mon père est centrée sur l'observation de ses semblables, en particulier leurs mains et leurs yeux pour deviner leurs intentions. Il m'a transmis ses connaissances à ce sujet...

— Excusez-moi d'avoir triché, murmura Lucy. C'est une habitude chez moi.

— C'est sans importance ! Ainsi, les nouvelles d'Irlande vous intéressent, constata-t-elle avec un signe de tête vers le courrier, que Leicester et son beau-fils, Essex, ne tardèrent pas à venir retrouver.

— Certainement pas !

— Mais si, voyons ! jeta la comtesse en se levant. Les nouvelles risquent de concerner votre amant.

— Le Mór O'Donoghue n'est pas mon...

Lucy plaqua la main contre sa bouche, furieuse de s'être laissé piéger. Son amie lui tapota le bras.

— C'est ce que je pensais, annonça-t-elle d'un ton calme, avant d'entraîner Lucy à travers la salle bondée, échangeant au passage des compliments avec les courtisans. Et l'autre homme ? C'est son frère ?

— Non, Donal Og est un cousin d'Aidan.

— Donal Og, répéta Rosaria en souriant. Il est marié ?

— Non, il... commença Lucy. Vous êtes éprise de Donal Og ?

— Eprise est un mot trop chaste, *cara* ! se moqua la comtesse avec un clin d'œil.

Quand elles furent arrivées tout près du messager, Rosaria s'arrêta et se mit à s'éventer. Lucy était restée un peu en retrait.

— Ils vont nous voir, s'inquiéta-t-elle. Ils vont s'apercevoir que nous les espionnons.

— A la vérité, ma chère amie, murmura la comtesse avec un sourire, quand les hommes n'ont pas l'esprit à badiner, nous sommes invisibles à leurs yeux. Ils ne nous remarquerons même pas.

C'était exact. Le courrier parlait d'une voix basse et agitée à Leicester et à Essex et ne s'interrompit pas à l'approche des deux femmes.

— ... c'est urgent. Le danger est loin d'être maîtrisé, disait-il. Ils ont kidnappé six Anglais lors de leurs manœuvres. J'ai peur qu'ils n'aient l'intention de tuer les otages.

— Ont-ils posé des conditions ?

— Pas à ma connaissance. Je m'attends qu'ils contactent lord Castleross pour lui demander ses instructions. En fait, nous avons intercepté une lettre destinée à un prêtre ou un moine appelé Revelin, au port de Dingle.

Lucy sentit son sang se figer.

— Alors, vous savez ce qu'il vous reste à faire, conclut Essex.

— Ne penchez pas la tête ainsi, conseilla la comtesse, vous vous faites remarquer.

— Nous devons prendre des dispositions pour que le Mór O'Donoghue ne reçoive pas...

— Lucy ! s'exclama la comtesse.

Celle-ci, plus rapide qu'elle, se trouvait déjà à l'autre bout de la salle, passant entre les gardes qui flanquaient la porte, et, se frayant un passage au milieu de la foule qui avait envahi la galerie à cette heure de la journée, avec une seule idée en tête : informer Aidan à temps de ce qu'elle venait d'apprendre.

A mi-chemin, elle aperçut un homme de haute stature marchant à grands pas dans sa direction.

Aidan. C'était comme si un sixième sens l'avait averti ! songea-t-elle et, relevant ses jupes, elle se précipita vers lui.

— Milord !

Comme d'habitude, sa vue la troubla profondément.

— Mistress Lucy.

Aidan prit sa main et la porta à ses lèvres et elle se figea. Quand son regard bleu rencontra le sien, elle se rappela cependant l'urgence de la situation.

— Milord, je viens de découvrir...

Il posa un doigt sur ses lèvres. Peut-être était-ce son imagination mais il semblait la fixer intensément, s'imprégnant de ses traits. Lui aurait-elle manqué ?

— *A storin*, murmura-t-il. Une chose absolument incroyable vient de se produire.

— Attrapez-le ! Attrapez le rebelle O'Donoghue !

L'ordre provenait du seuil de la salle du trône.

Aidan releva brutalement la tête.

— Qu'est-ce que...

Lucy lui saisit le bras et le serra de toutes ses forces.

— Fuyez ! lui enjoignit-elle. Ils vont vous arrêter.

Au lieu de lui obéir, il se planta fermement sur le sol et toisa du regard ses assaillants.

— Fermez les portes ! Ne laissez pas échapper le lord rebelle !

Des mains puissantes saisirent Lucy et la traînèrent loin d'Aidan. Elle jura, mais les cris et le martèlement des pas couvrirent ses protestations. Elle se trouva rapidement maîtrisée et regarda Aidan.

Sa tête dépassait largement de la mêlée, et quand il tourna la tête vers elle, Lucy sentit son cœur se glacer. Les yeux du Mór O'Donoghue étaient emplis de haine.

Mon Dieu, il pensait qu'elle l'avait trahi !

Voilà donc la Tour de Londres, songea tristement Aidan. On l'avait installé à Beauchamp Tower, dans une pièce hexagonale dont les fenêtres étroites donnaient d'un côté sur la Tamise et de l'autre sur Tower Green, endroit charmant où l'on coupait le cou aux traîtres.

Il marchait de long en large comme un lion en cage. Cela faisait trois jours et trois nuits maintenant qu'il était enfermé. Il n'avait vu personne en dehors du gardien et ignorait toujours la raison de son arrestation.

Il continua à faire les cent pas, notant au passage la qualité de l'ameublement, digne d'un prisonnier de rang.

Jurant tout bas, il alla à la fenêtre et posa ses paumes contre le rebord. La fureur l'étreignait. Il ne savait pas à qui il en voulait le plus : à Revelin, qui lui avait conseillé de rester à Londres, à lui-même, qui avait suivi cet avis, ou à Lucy qui l'avait trahi. Bon sang, comment avait-il pu la croire sincère, lorsqu'il l'avait embrassée, à Whitehall !

Pour l'instant, tout ce qu'Aidan savait sur l'Irlande était l'incendie, par les rebelles, de la résidence des Browne à Killarney — un acte indigne et déshonorant.

Il leur avait immédiatement envoyé l'ordre de se replier et de l'attendre. Apparemment, soit Revelin n'avait pas reçu le message, soit il ne l'avait pas transmis. A moins que les rebelles n'aient ignoré ses consignes. En effet, ils venaient de prendre des otages anglais.

Un élan de panique le saisit. Aidan avait peur pour son peuple. Que se passerait-il si les Anglais décidaient de répliquer ? Aidan avait été témoin de leurs réactions impitoyables dans son pays : cruautés gratuites, tueries en masse, viols, tortures...

La paix paraissait plus improbable que jamais. Si des Anglais étaient prisonniers des rebelles, lui, Aidan, l'était des Anglais. Fragile équilibre, qui ne pouvait s'accommoder que d'un statu quo. Si la balance penchait d'un côté ou de l'autre...

Soudain, Aidan se détourna de la fenêtre et contempla la table sur laquelle reposait le plateau d'argent de son repas intact. Une idée venait de le frapper.

Dans une vague de fatalisme, il entrevit la solution au conflit actuel avec une aveuglante clarté.

La chose la plus utile qu'il pouvait faire pour son peuple était sans doute de mourir.

JOURNAL D'UNE DAME

Nous avons eu une visite tout à fait inattendue aujourd'hui : Rosaria, la comtesse Cerniglia. Je l'ai trouvée délicieuse et très libre d'esprit. A son âge, on m'avait fourré dans le crâne que les femmes devaient cacher leurs vraies opinions et leurs idées audacieuses. Heureusement que mon cher Oliver m'a fait comprendre l'inanité d'une telle éducation !

Mondaine (comme la plupart des Vénitiens), la comtesse a été fascinée par les serviteurs russes de Richard, et a même trouvé amusant d'essayer de déchiffrer des mots dans cet alphabet.

Richard ! Mon fils ! Sa seule pensée gâche le plaisir que me cause la visite de la comtesse.

Demain, il prend le bateau pour l'Irlande...

Lark de Lacey,
comtesse de Wimberleigh

10

Des détritus soulevés par un vent anormalement froid pour la saison tourbillonnaient dans les rues sous les pieds de Lucy. Elle serra son châle plus étroitement autour d'elle et, baissant la tête, accéléra sa course.

— Viens avec nous, mon chou ! cria une voix rude.

Deux soldats, une fiasque à la main, se dirigeaient vers elle.

— Allez, ma cocotte, viens ! Nous te tiendrons bien chaud !

Après les semaines passées auprès d'Aidan, elle avait perdu l'habitude de ce genre de rencontres, mais elle n'avait pas oublié comment on se débarrassait des fâcheux.

Comme elle l'avait fait des douzaines de fois auparavant, elle se mordit l'intérieur des lèvres jusqu'au sang, puis cracha devant les soldats.

— Vous voulez prendre ce risque, les gars ? leur demanda-t-elle.

Ils s'éloignèrent en l'insultant et s'engouffrèrent dans la plus proche taverne.

Quand Lucy atteignit les grilles de Lumley House, son cœur battait la chamade.

Mon Dieu, pourvu qu'ils soient là !

Mais personne ne l'accueillit à la grille. Elle rentra dans la cour intérieure et contourna la maison jusqu'au jardin devant la cuisine. Toujours personne. Elle s'appuya en tremblant contre le puits pour reprendre sa respiration.

Des feuilles et des pétales arrachés par la bourrasque

jonchaient l'allée, mais l'air embaumait la lavande et la menthe.

Elle sentit une boule se former dans sa gorge et déglutit avec difficulté à la vue de cette désolation. On aurait pu croire que la demeure n'avait jamais été habitée, qu'elle n'avait jamais retenti de rires et de conversations joyeuses.

Lucy écrasa une larme et, longeant le mur au fond du jardin, pénétra dans Crutched Friars. Seul signe de vie, un filet de fumée montait de la verrerie.

Elle entra dans l'atelier et attendit que ses yeux s'habituent à la pénombre. Un ouvrier travaillait tout seul devant la forge, chauffant la pâte de verre jusqu'à ce qu'elle forme une boule. Puis il souffla habilement, transformant la masse brûlante en gobelet.

— Bonjour, dit Lucy.

Lâchant le gobelet qui s'écrasa sur le sol, l'artisan laissa échapper un flot de jurons.

— Désolée de vous avoir effrayé !

L'homme posa ses pinces et retira ses gants.

— Ne vous en faites pas, fit-il. Je ne devrais pas travailler un jour férié. Mais je me suis mis en retard. Le comte de Bedford voulait ses gobelets hier.

La lumière triste de la forge éclaira son visage, et elle s'aperçut qu'elle avait affaire à un tout jeune homme, encore imberbe.

— Vous êtes apprenti ? s'enquit-elle.

Il acquiesça d'un signe de tête.

— Que sont devenus les hôtes de Lumley House ?

— Tous partis. Bon débarras !

Elle essaya de prendre un air détaché, soulagée qu'ils n'aient pas tous été arrêtés, ou même mis à mort.

— Savez-vous où ils sont allés ?

— Ils sont juste partis, comme ça, la nuit, sans tambour ni trompette, déclara-t-il. Etrange, hein ? Je crois que c'était son idée à elle, ajouta-t-il avec un sourire.

— A *elle* ?

— Une étrangère. Blonde. Avec des... des fossettes. Un petit bout de femme ! Mais à force de cris et de protestations, elle a fini par les tirer de leur lit et ils sont partis avec elle. On ne les a pas revus.

Lucy s'affaissa avec soulagement contre le chambranle de la porte. La comtesse ! Elle avait réussi à avertir Donal Og et Iago du danger qui pesait sur eux. Ils étaient quelque part en sécurité, peut-être en route pour l'Irlande.

Lucy remercia l'apprenti et s'engagea sur Wales Street en direction du fleuve. La Tour apparut bientôt, menaçante.

Aidan ! A peine songeait-elle à lui que ses genoux se dérobaient sous elle et qu'une chaleur insidieuse l'envahissait. Elle resta un moment devant le sinistre édifice à réfléchir tandis que la nuit tombait.

La cérémonie des clefs la tira de sa songerie. Un gardien, coiffé d'un bonnet à plume et vêtu d'un manteau rouge, sortit avec une escorte, une lanterne à la main et entreprit de faire le tour de l'édifice. Devant chaque grille, une sentinelle criait :

— Halte ! Qui va là ?

— Les clefs de la reine Elisabeth, répondait le gardien. Tout est en ordre.

A la fin de la cérémonie, les hommes retirèrent leurs imposants bonnets et lancèrent :

— Dieu préserve la reine Elisabeth !

Un coup de clairon ponctua leurs paroles.

Lucy eut envie de rire devant toute cette mise en scène, mais la pensée d'Aidan lui ôta toute allégresse. Elle devait à tout prix le faire sortir de là, ce qui impliquait auparavant de trouver un moyen d'entrer dans la Tour...

La reine était dans tous ses états. Elle n'avait pas touché à son plantureux souper, et les valets se bousculaient pour ramasser les morceaux de l'assiette de dragées qu'elle venait de renverser.

Du milieu du groupe des dames, Lucy la regarda avec surprise se lever brutalement et se mettre à faire les cent pas. La souveraine s'arrêta pour observer fixement sir Christopher Hatton, lequel s'avança pour lui offrir un gobelet de vin épicé.

— Hors d'ici, sir Mouton, siffla-t-elle. J'ai besoin d'un conseil avisé, non d'une boisson forte.

Le courtisan plongea en une profonde révérence et recula sans manifester la moindre émotion, certainement habitué à essuyer les colères de la reine.

— Le Mór O'Donoghue veut me couvrir de honte ! se lamenta celle-ci. Comment ose-t-il ?

Comment ose-t-il quoi ? aurait voulu hurler Lucy. Le gouverneur de la Tour était arrivé quelques instants auparavant et à peine avait-il terminé son rapport à la reine que Lucy en avait deviné l'importance.

Elle pressa ses mains l'une contre l'autre et ferma les yeux. *Mon Dieu, faites qu'il se soit échappé !* songea-t-elle de toutes ses forces. *Je vous en prie !*

— Il va me donner la réputation d'être plus sanguinaire que le tsar Ivan, tempêta-t-elle. Il faut que je lui fasse trancher le cou sur-le-champ.

— Madame, cela servirait admirablement ses projets, souligna William Cecil.

— Je le sais bien ! s'emporta-t-elle en jetant un regard noir sur ses dames qui, comme des chevaux bien dressés, restaient impassibles. Mais cet insolent étranger m'a mise suffisamment hors de moi pour que je ressente des envies de meurtre.

Lucy serra les dents pour les empêcher de claquer d'horreur.

— Dites-moi, sir, poursuivit Elisabeth en se retournant pour transpercer cette fois le gouverneur du regard, le Mór O'Donoghue a-t-il expliqué précisément pourquoi il se laissait mourir de faim ?

Lucy n'entendit pas la réponse, accablée qu'elle était d'apprendre cette nouvelle. Aidan était-il devenu fou ? Non ! comprit-elle, et son estomac se serra. Il y avait une logique terrible dans ce choix. Il avait décidé de mourir pendant qu'il était prisonnier de la Couronne, ce qui déshonorerait Elisabeth à la face du monde.

— Forcez-le à manger, siffla la reine. Je ne permettrai pas qu'on me reproche d'avoir laissé un lord irlandais mourir de faim. Je ne vais pas lâcher ma seule monnaie d'échange en face des rebelles du Kerry. S'il le faut, attachez-le et nourrissez-le de force !

L'image rendit Lucy malade.

— Madame ! lança-t-elle avant de perdre totalement son sang-froid, mettant un genou à terre.

— Qu'y a-t-il ?

— Avec tout le respect que je vous dois, peut-être existe-t-il un meilleur moyen que de le forcer à manger.

— Ah ? s'exclama la reine d'un ton sarcastique. Et j'imagine que vous savez lequel ! Si vous osez suggérer que je le relâche, je vous enferme vous aussi.

— Je sais comment le persuader de s'alimenter, annonça témérairement Lucy.

Le regard froid de la reine étincela.

— Depuis votre arrivée à la Cour, vous ne vous êtes pas encore fait remarquer par des conduites stupides. Ce serait un bien mauvais moment pour commencer.

— Je vous implore seulement de me laisser essayer, Votre Grâce. Si j'échoue, vous pourrez toujours me punir.

Un silence de mort était tombé sur l'assemblée. La reine s'était immobilisée, les traits figés.

— Vous vous sentez capable de forcer le Mór à se réalimenter ? dit-elle enfin.

— Oui, madame, déclara Lucy en s'empourprant.

— Votre succès signifierait beaucoup pour moi, reconnut Elisabeth de sa voix inflexible. Beaucoup, vraiment ! Si vous obteniez ce succès, je serais tentée de vous accorder la faveur dont nous avons discuté ce matin.

Le sol était froid et dur sous le genou de Lucy. Ce matin, la reine l'avait questionnée sur son passé et Lucy lui avait avoué combien elle serait heureuse de retrouver la trace de ses parents. D'un mot, Elisabeth pouvait convoquer le ban et l'arrière-ban de la noblesse. Les perspectives que cela ouvrait à la jeune fille lui donnaient le vertige.

— Oh, madame, déclara Lucy en se redressant

comme si seul cet espoir comptait. Je ne pourrais souhaiter plus grande faveur.

— Vous pourriez, remarqua sèchement la reine. Mais vous êtes assez sage pour ne pas le faire. Allez rendre visite au prisonnier et tentez de raisonner cette cervelle rebelle. Priez surtout pour ne pas échouer.

Chaque repas qu'on lui portait semblait plus succulent et plus abondant que le précédent. Du moins était-ce ainsi qu'Aidan le ressentait. Celui-ci, en tout cas, n'aurait pas déparé une table princière. Un bol d'olives noires et brillantes, une truite pochée, du fromage, de la viande. Le pain était presque blanc et semblait aussi léger qu'un nuage.

Encore plus tentante était la carafe de vin rouge posée devant un gobelet. Il avait besoin de toute sa volonté pour ne pas y goûter. Il imaginait le liquide corsé coulant entre ses lèvres, lui réchauffant la poitrine.

Il jura tout bas et alla s'effondrer sur le lit étroit et dur. Le courrier était terriblement long entre Londres et le lointain Kerry, et il se demandait combien de temps il devrait encore attendre.

Un sourire amer étira ses lèvres. Ce serait tout à fait fâcheux pour la reine Elisabeth d'être tenue pour responsable de sa mort. Cela pourrait la forcer à relâcher l'étau autour de l'Irlande. Dommage qu'il dût payer si cher cette victoire.

Aidan entendit soudain un bruit de pas et le bourdonnement d'une voix familière :

— ... et ne me servez pas vos habituelles inepties, car j'ai ici un papier sur lequel est écrit que Lucy Trueheart, c'est-à-dire moi, est autorisée à rendre visite au prisonnier.

Aidan se leva si brutalement qu'il manqua se cogner la tête.

— Où ? s'enquit la voix nasale de Smead, le gardien. Montrez-moi où cela est marqué.

— Ah, ah ! C'est une vieille ruse pour me faire croire que vous savez lire, jeta-t-elle en riant.

— Bien sûr que je... Dieu du ciel ! s'exclama-t-il,

et sa voix monta d'une octave. Que faites-vous avec ce couteau ?

Quelque chose vint heurter la porte de sa cellule, et Aidan aurait payé cher pour savoir ce qui se passait dans le couloir.

— Rien pour le moment, affirma Lucy. Mais quel dommage si votre peu d'empressement me désespérait au point de faire trembler ma main !

— Maintenant, écoutez...

— Non, c'est *vous* qui allez écouter !

Sa voix avait un timbre dur qu'il ne reconnut pas.

— C'est une lame très acérée, et elle me paraît dangereusement près de votre pourpoint. Ouvrez cette cellule immédiatement !

— Dieu du ciel ! glapit Smead derechef. Très bien, mais je rapporterai au gouverneur que vous m'avez contraint d'ouvrir.

— Quelle imagination ! Contraint d'ouvrir par une chétive jeune fille !

La clef grinça dans la serrure, et la porte pivota sur un malheureux Smead au visage défait. Lucy glissa un pied chaussé d'escarpin entre le montant et la porte, et tira légèrement sur sa jupe, découvrant un étui attaché à une jarretière, où elle glissa le petit poignard volé à Aidan le premier jour.

— Mistress ?

Le regard de Smead restait rivé à sa jambe.

— Oui ?

— Vous ne pouvez pas emporter cette arme dans...

— Smead ?

Elle se redressa et secoua sa robe.

— Oui, mistress ?

— Allez vous faire voir !

Sur ces mots, elle referma la porte d'un coup de pied et se trouva face à Aidan.

Ni l'un ni l'autre ne parlèrent. Aidan ne pouvait détacher le regard de l'immensité des yeux de Lucy, des boucles folles échappées de la coiffe, de ce visage d'ange qui hantait ses rêves. Il était sûrement en plein délire, songea-t-il, tandis qu'une incommensurable faim lui déchirait les entrailles — une faim de l'âme.

— Mon Dieu, souffla-t-il malgré lui, comme vous m'avez manqué !

Elle laissa échapper un son inarticulé, involontaire. Elle semblait si fragile qu'il craignit de la voir se briser en morceaux. Puis elle releva la tête et un changement total s'opéra en elle. Une lueur effrontée luisait dans ses yeux et elle posa hardiment les mains sur ses hanches.

— Est-ce vrai ? Eh bien, vous, vous ne m'avez pas manqué !

Il ne se laissa pas arrêter par sa bravade.

— Non, *a gradh*, chuchota-t-il en s'approchant et en lui caressant la joue. Vous ne voulez pas que je vous manque. C'est différent !

— Je ne suis pas venue pour argumenter avec vous, fit-elle d'un ton sec en s'écartant. Je voulais m'assurer que vous saviez que je n'ai rien à voir avec votre arrestation.

— Je le sais, maintenant. Quand on m'a emmené ici, j'ai craint le pire.

— J'ai essayé de vous avertir, expliqua-t-elle. (Elle toucha sa manche et ses doigts y restèrent perchés comme des oiseaux timides.) Si cela peut vous apporter quelque réconfort, j'ai des nouvelles de vos hommes.

Sa bouche s'assécha.

— Arrêtés ?

— Au contraire ! La comtesse les a aidés à quitter Londres. Quant à Donal Og et Iago, ils sont vraisemblablement à bord d'une galère vénitienne, donc intouchables.

Il détourna les yeux, la gorge serrée.

— *Cead mile buiochas*, souffla-t-il. Dieu soit loué !

Soulagé d'un immense poids, il ajouta :

— Soyez remerciée d'être venue me l'annoncer.

— Je vous le dois — et bien davantage encore.

Elle frissonna. Le maigre brasero qui chauffait la pièce était placé près du lit. Et comme il n'y avait aucun autre siège, Aidan l'y guida et l'y fit asseoir.

Durant un moment, son esprit battit la campagne. Au

fond, Lucy et lui se ressemblaient. Tous deux avaient des motifs de redouter le monde, même si ce n'étaient pas les mêmes, et ils partageaient une telle intimité que l'extérieur ne semblait pas devoir les atteindre lorsqu'ils se trouvaient ainsi tous les deux, aimantés l'un par l'autre.

Aidan chassa cette pensée. Le monde existait bel et bien, et il leur fallait l'affronter.

Il se rappela alors sa visite à Richard de Lacey. Les traits de la femme du portrait le hantaient. Comme elle était belle, cette comtesse de Wimberleigh, avec sa broche de perles et de rubis !

Son séjour en prison lui avait donné le temps de réfléchir. Peut-être la ressemblance de la broche avec celle de Lucy était-elle purement accidentelle ? Peut-être la dame avait-elle vendu ou perdu le bijou ?

Ou peut-être, lui chuchotait une petite voix, *Lucy est-elle apparentée à la comtesse de Wimberleigh.*

Il était sûr d'une chose : il ne dirait rien maintenant. Il ne voulait pas éveiller en elle de faux espoirs. Elle avait trop souvent été repoussée jusqu'à présent pour qu'il lui fasse courir le risque d'une nouvelle rebuffade.

A l'insu de Lucy, Aidan avait réussi à entrer en contact avec la comtesse Cerniglia. Il avait recopié depuis longtemps les inscriptions au dos de la broche et, deux jours auparavant, il avait soudoyé le garde pour qu'il transmette le message à la comtesse, laquelle avait promis de mener discrètement l'enquête.

— Vous avez l'air si lointain, remarqua Lucy en le faisant redescendre sur terre. Où étiez-vous parti ?

Il s'assit auprès d'elle et l'attira dans ses bras.

— J'étais plus proche de vous, ma mie, que vous ne pouvez l'imaginer.

Elle posa sa joue contre son épaule.

— Vous pensiez à moi ?

— En effet.

Elle glissa sa main dans la sienne. D'un geste qui lui parut aussi naturel que celui de respirer, il pencha la tête et posa doucement ses lèvres sur les siennes, en en savourant la douceur, avant de risquer la langue dans la douce moiteur de sa bouche. Lucy se pressa aussitôt contre lui et enfouit les mains dans sa tignasse brune. Leurs jambes se mêlèrent.

Aidan se recula avant qu'il ne soit trop tard, cherchant à ne pas voir la joie et le désir sur le visage tourné vers lui.

— C'est si dur de ne pas vous aimer ! déclara Lucy avec son habituelle franchise.

— Vous trouverez cela plus facile une fois que vous me connaîtrez, chuchota-t-il d'une voix enrouée.

Il ne devait pas la compromettre, pas maintenant, alors qu'il était incapable de la protéger. Si elle se retrouvait enceinte — d'un bâtard irlandais — la reine la bannirait.

Elle posa une main sur son visage, rendu râpeux par une barbe de plusieurs jours.

— Je vous connais bien, Aidan. C'est pourquoi je suis venue. Pourrions-nous... (Elle se mordit les lèvres.) Nous devons en parler.

— Parler de quoi ?

— Ne faites pas l'innocent.

— Le jeûne ?

— Oui. Vous êtes déjà si pâle, amaigri ! Vous devez y mettre fin.

Il la repoussa et se mit à faire les cent pas comme une bête dans sa tanière, sans s'occuper du vertige qui lui était maintenant familier.

— Vous ont-ils envoyée pour me dire cela ?

— Non !

Elle était délicieuse, avec ses cheveux ébouriffés et sa bouche gonflée encore humide de leur baiser.

— Mais ils vous enverront bientôt une armée de gardiens pour vous forcer à manger.

L'idée le glaça. Il ne douta pas un instant que ses ennemis en étaient capables, mais il était persuadé de pouvoir leur résister.

— Je vous en prie, mangez ! chuchota-t-elle d'une voix angoissée, et, devant ses grands yeux pleins de compassion, il sentit ses dernières forces le lâcher.

— Je ne peux pas. Ne me demandez pas de me soumettre. Ils m'ont déjà tout pris. Seules me restent mes convictions, et je mourrais plutôt que de les renier.

— Vous placez vos convictions très haut, remarqua Lucy. Pensez-vous un peu à votre peuple qui a besoin de vous ?

— Mourir est le plus grand service que je pourrai lui rendre.

— Assez ! cria la jeune femme en se levant d'un bond, avant de se jeter contre lui, martelant son torse de ses poings. Ne parlez pas de mourir. Je ne vous laisserai pas faire !

Il lui prit les mains. De grosses larmes jaillirent des yeux de Lucy et roulèrent sur ses joues.

— Vous ne devez pas mourir. Je vous tuerai si vous mourez.

— Voilà une idée originale ! s'écria-t-il avec un humour grinçant. Je sais comment fonctionne le monde. Je suis un otage utile pour le moment. Mais qu'adviendra-t-il si les rebelles irlandais tuent leurs prisonniers ? Si les Anglais se lancent dans des représailles et prennent mes terres ? Si le nom de Mór O'Donoghue ne signifie plus rien ? Alors, les Anglais n'auront plus besoin de moi et s'empresseront de m'éliminer, soit dans le secret, avec une coupe de poison, soit avec une jolie cérémonie et un bourreau devant une foule de Londoniens, pour que je serve d'exemple.

— Comment pouvez-vous parler de cela aussi calmement ?

— Parce que ma mort ne se passera pas comme ils l'ont décidée, murmura-t-il. Elle se produira de la manière dont je l'aurai décidée *moi*, et la honte en retombera sur la reine, ajouta-t-il après une profonde inspiration.

Lucy écouta son ultimatum dans l'attitude d'un promeneur imprudent se préparant à affronter un ouragan : la tête légèrement penchée, les épaules voûtées, les bras croisés. Puis elle releva la tête, et l'ouragan réel éclata.

— Vous êtes l'homme le plus idiot et le plus borné que j'aie jamais rencontré !

Aidan sourit malgré lui.
— Quelle admirable variété de registre !
— Vous êtes convaincu ?
— Non !
Elle souffla.
— Et si on vous libérait ?
— Qui parviendrait à me libérer alors qu'il a été si difficile aux gardes de m'enfermer ?
— Moi !
— Vous pourriez me faire sortir de la Tour de Londres ?
— Oui.
— Personne ne s'est évadé de la Tour de tout le siècle !
— Le siècle n'est pas encore terminé.
Si quelqu'un d'autre lui avait fait cette proposition, il l'aurait pris pour un fou. Mais Lucy était capable de tout.
— Très bien, acquiesça-t-il avec circonspection. Si vous arrivez à me faire sortir d'ici, j'avale un cochon rôti tout entier !
— Je savais que cette idée vous plairait !
Elle lui prit la main et le traîna vers la table.
— Maintenant, annonça-t-elle en saisissant la miche de pain, mangez !
— Non ! protesta-t-il en se dégageant vivement.
La colère et la peur brillèrent dans les yeux de Lucy.
— Il le faut ! Vous allez manquer de forces.
— J'ai encore assez de forces pour tenir un jour ou deux. Aussi, si vous voulez tenir votre promesse, mieux vaut vous dépêcher !
— Il faut vous réalimenter tout de suite ! implora-t-elle. Vous voyez...
— Non, je ne vois rien du tout, rugit-il avant de se souvenir qu'il valait mieux baisser le ton. Si je mange et que votre tentative échoue, je devrais tout recommencer, et entre-temps on m'aura pris pour un indécis.
— Je n'échouerai pas, promit-elle sans desserrer les dents.

— Aussi longtemps que je serai prisonnier de l'Angleterre, je ne toucherai pas une miette. Agissez vite, ou vous emporterez un cadavre.

— Il regrettera la mort quand je lui aurai réglé son compte, marmonna Lucy en se faufilant le long du mur visqueux de la Tour qui plongeait dans la Tamise.

Il faisait nuit noire, et elle se guidait de mémoire, se rappelant la saillie aperçue là dans le mur, l'ouverture protégée par une grille située juste à l'angle suivant, que des hommes utilisaient pour sortir les ordures et le fumier des écuries. L'endroit était sans doute dégoûtant et plein de rats, mais qu'importait ? Le Mór O'Donoghue voulait s'échapper et la chargeait du travail.

Il ne manquait pas de culot !

Elle prit une profonde inspiration, serra ses guenilles autour d'elle et se hissa dans le soupirail. Diable, que c'était étroit ! Egratignée par les pierres humides, elle parvint enfin jusqu'à la grille de fer.

Elle ne cessa de jurer tandis qu'elle creusait le mortier. Enfin elle réussit à desceller un barreau et se faufila par l'ouverture, à court de jurons et les mains sanguinolentes.

La barre de fer à la main, elle passa furtivement devant Devereux Tower. Un veilleur de nuit cria : « Neuf heures ! » et Lucy hâta le train. La cérémonie des clefs allait bientôt commencer.

Pourquoi Aidan ne s'était-il pas décidé à s'alimenter ? Elle serait passée pour une héroïne aux yeux de la reine. Et qui sait si, grâce à Elisabeth, elle n'aurait pas retrouvé sa famille ! Mais cet obstiné de lord de Castleross ne lui faisait pas confiance et ne voulait rien avaler avant d'être libre ! Bien qu'elle cherchât désespérément à lui en vouloir, Lucy était malade d'inquiétude à son sujet. Et s'il mourait ? S'il mourait, plus rien n'aurait d'importance pour elle, ni un éventuel triomphe à la Cour ni le fait de retrouver sa famille — de toute façon, elle n'aurait plus d'amour à lui donner.

Lucy aperçut le premier gardien. Il empestait la bière

et sifflotait avec un air vague tout près d'une torchère. Lorsqu'elle s'approcha, il s'arrêta de siffler et huma l'air comme un chien lancé sur une piste.

Sapristi, elle aurait dû se débarrasser de ses hardes !

Avant qu'elle ait pu reculer, il cligna des yeux vers elle.

— Qui êtes-vous ? Que...

— Bonsoir, sir !

Attrapant sa main dans les deux siennes, elle la tordit avec force, bénissant la troupe de jongleurs avec laquelle elle avait voyagé dans le Lincolnshire, qui lui avait appris comment envoyer au tapis n'importe quel agresseur, si costaud fût-il.

Un soupir rauque s'échappa brusquement de la poitrine de sa victime, et elle murmura :

— Surtout pas un mot et tout ira bien !

Il respirait péniblement tandis qu'elle le bâillonnait et l'attachait à un pilier. Maudit soit Aidan O'Donoghue qui lui faisait prendre des risques insensés !

Elle songea alors à Mort et à Dove, ses complices qui devaient faire le guet à Galley Key. Seraient-ils de parole ? Elle leur avait déjà abandonné une couronne d'or et leur en avait promis deux autres s'ils étaient toujours là sur le quai quand elle sortirait avec Aidan.

Elle débarrassa prestement le garde de sa courte épée et de son pantalon, saisit son manteau d'uniforme pendu à un clou sur la porte et alla prendre son poste sous le portail de Bloody Tower, l'abandonnant ficelé dans le noir.

Le long manteau rouge et le gigantesque bonnet flottaient sur elle, mais il fallait espérer que personne ne le remarquerait.

Balançant sa lanterne, le gardien chef allait de porte en porte, suivi par un sergent et trois autres sentinelles. Elle resta au garde-à-vous comme elle l'avait vu faire et entama le dialogue de routine d'une voix grave :

— Halte ! Qui va là ?

— Les clefs.

Lucy n'arrivait pas à se rappeler la formule suivante.

— Les clefs ? Quelles clefs ?

— Les clefs de la reine Elisabeth, répondit l'homme d'un ton de profond ennui.

— Donne les clefs ! Tout est en ordre.

Elle tendit la main priant de ne pas trembler.

Le gardien hésita.

— Serais-tu malade, Stokes ?

— Peut-être, sir, fit-elle en se raclant la gorge.

Quand l'autre lui passa les clefs, elle les remplaça habilement par celles qu'elle avait chapardées au boulanger de Whitehall. La cérémonie terminée, elle se dirigea vers la salle des gardes avec les autres et s'arrêta à la porte.

— Des problèmes, Stokes ? demanda quelqu'un.

Elle enfonça encore son bonnet.

— J'ai besoin d'aller pisser.

— Tu es bizarre ce soir, Stokes, remarqua son compagnon en attrapant une torchère fixée au mur.

Elle lui arracha le flambeau.

— Ce qui est étrange, c'est d'emprisonner des innocents !

Sur ces mots, elle lança le flambeau sur le toit de chaume et s'enfuit, tandis que les gardes se mettaient à hurler.

Elle courut jusqu'à Beauchamp Tower, grimpa quatre à quatre l'escalier en colimaçon et ouvrit la cellule d'Aidan.

— Ne croyez surtout pas, jeta-t-elle à la pièce plongée dans la pénombre, que j'ai oublié votre promesse au sujet du cochon.

Il lança une de ces exclamations celtiques qu'elle aimait tant puis la prit dans ses bras, la serrant si délicieusement qu'elle en perdit le souffle et lui murmurant quelques mots en gaélique.

— Qu'est-ce que cela veut dire ?

— Que vous êtes un petit miracle.

— Et aussi une idiote ! Une fichue idiote !

Lucy fut surprise de trouver Mortlock et Dove à leur poste, aussi fidèles que deux chiens de garde. Sortir de la Tour et atteindre la rivière avait pris toute la nuit à

Lucy et Aidan. Certes, la diversion provoquée par l'incendie leur avait fait gagner du temps, mais ils avaient échappé de justesse à une autre patrouille en se cachant dans un puits abandonné.

— Eh, te voilà enfin ! dit Dove. As-tu apporté le reste de notre paye ?

— Vous l'aurez dès que j'aurai vérifié que vous avez tenu vos promesses, répliqua Lucy.

Mort et Dove soumirent Aidan à une longue inspection.

— Qui est-ce, celui-là ? Ah, mais c'est lui qui t'a sauvée du pilori, hein ?

— Tu n'as pas besoin d'en savoir davantage.

Elle commençait à se sentir nerveuse. Ces deux-là n'avaient jamais été dignes de confiance, et elle n'aimait pas la façon dont ils observaient la fine baptiste de la chemise d'Aidan ni la qualité de ses bottes. Le Mór paraissait fatigué, ses joues étaient creuses. Elle avait profité de leur séjour dans le puits pour lui glisser un morceau de pain, mais il faudrait du temps avant qu'il retrouve ses forces.

— Avez-vous le bateau ? demanda-t-elle à Dove.

Mortlock roula de grands yeux.

— Pourquoi cette précipitation ?

Aidan fit un pas vers lui.

— Il me semble que cette dame vous a posé une question.

Mort fronça son nez crochu. C'était chez lui une manifestation de crainte que Lucy connaissait bien.

— C'est une dame, maintenant ? articula-t-il sur un ton de dérision alors même qu'il reculait prudemment.

— Ooh ! se moqua Dove en agitant un éventail imaginaire.

— Ignorez-les, insista Lucy en posant sa main sur le bras d'Aidan. Ils ont toujours été odieux.

— O-dieux, répéta Dove en détachant bien les syllabes.

Elle réprima son irritation.

— C'est vraiment dommage que vous ayez été incapables de vous procurer ce malheureux bateau ! remarqua-t-elle en se retenant de regarder la galère vénitienne amarrée au milieu de la rivière. Il va falloir que je trouve un passeur.

— Il est là! annonça Mort en indiquant du doigt l'amont de la rivière. Dans le hangar là-bas.

Elle leur remit l'argent. Ils mordirent dans les pièces mais ne partirent pas pour autant.

— Ecoutez, leur confia-t-elle, je n'ai rien d'autre!

Elle retira la veste volumineuse du gardien et la laissa glisser par terre.

— Bon! Eh bien, adieu, alors! ajouta-t-elle en prenant la direction du hangar tandis que Mort et Dove marmonnaient des paroles indistinctes avant d'être happés par l'ombre. Vous connaissez la suite des opérations, n'est-ce pas? s'assura-t-elle auprès d'Aidan une fois qu'ils eurent atteint la construction branlante.

— Passer à l'abordage de la galère vénitienne! répliqua-t-il, indiquant d'un signe le bateau à l'ancre dans la partie la plus profonde de la rivière.

L'aube commençait à poindre.

— La comtesse m'a assurée que vous y jouiriez de l'immunité diplomatique. Une fois que vous serez à bord, les Anglais ne pourront plus rien contre vous.

Une boule lui serrait la gorge, et elle avait du mal à parler.

— Comme c'est difficile de vous dire au revoir!

Il la serra contre lui.

— Je sais, ma mie. Même si je vis mille ans, je ne vous oublierai jamais.

Elle leva vers lui un visage inondé de larmes, et sa bouche fondit sur la sienne comme un oiseau de proie. Ils ne firent plus qu'un, partageant tout: cœur, larmes, respiration.

Elle réussit enfin à se détacher et recula.

— Même si je ne vous aime pas, chuchota-t-elle, vous me manquerez comme le soleil en hiver.

— Lucy...

— Attrapez-les! cria une voix dans l'obscurité. Attrapez les fugitifs!

Elle regarda la galère, et son cœur se brisa. En un

quart de seconde, elle comprit son erreur. Mort et Dove auraient dû faire le guet. Mais une fois payés, ils avaient préféré prendre la poudre d'escampette... jusqu'à la tour des gardes.

Un martèlement de pas retentit.

— On dirait que vos amis ont trouvé plus offrant ! remarqua Aidan d'une voix dégoûtée. Que fait-on maintenant ?

Elle l'attrapa par la main.

— Il ne nous reste plus qu'à fuir !

Ses bottes trop grandes l'empêchaient de courir. Elle s'appuya au bras d'Aidan pour les arracher et les jeta derrière elle.

Peu de gens — et certainement pas les gardes — connaissaient l'enchevêtrement des rues de Londres aussi bien que Lucy. Pourvu seulement que Mort et Dove ne se soient pas proposés comme guides !

— Ne me quittez pas d'une semelle ! glissa-t-elle à Aidan, en rentrant la tête pour passer sous une arche de brique qui conduisait dans l'East End.

Aidan était le compagnon de fuite idéal. Il était preste et ne perdait pas de temps à poser des questions. S'ils réussissaient à garder leurs distances et à rester dans l'ombre, ils n'auraient pas de mal à échapper aux gardes.

Elle tourna dans une ruelle étroite, arracha son baudrier tout en courant et le lança dans une conduite d'eaux usées. Ils émergèrent sur une petite place de marché qui commençait à s'éveiller. La tour de St. Dunstan se profilait contre le ciel que rosissait l'aube. A cette heure matinale, les marchands avaient déjà installé leurs étals et leurs baraques. Une joyeuse animation régnait sur le terre-plein.

— Voilà qui est parfait ! dit Aidan. Nous avons choisi le seul endroit où ils ne pourront que nous remarquer.

— Homme de peu de foi ! le semonça-t-elle. Retournons d'où nous venons.

Au moment où elle parlait, des cris excités s'élevèrent de la ruelle. Ils avaient trouvé le baudrier. L'angoisse serra la gorge de Lucy comme un étau. Où allaient-ils bien pouvoir se cacher? Au passage, elle donna un coup de coude machinal dans une des portes latérale de St. Dunstan et, à sa grande surprise, celle-ci s'ouvrit, dévoilant une volée de marches affaissées et humides.

— Ça ne sert à rien. On va se trouver coincés dans le clocher! protesta Aidan.

— Faites-moi confiance, répliqua Lucy. Ils n'iront jamais nous chercher ici.

Les marches craquaient sinistrement sous leur poids. Une odeur de moisi flottait dans l'air. Au sommet, une plate-forme donnait accès à la grosse cloche. Juste derrière, une porte basse s'ouvrait dans le mur.

Ils se précipitèrent pour l'ouvrir et débouchèrent sur un chemin de ronde cernant le clocher. D'une sorte de colombier dans un coin s'élevait un léger roucoulement régulier. Une corde à linge était tendue de l'autre côté, où des affaires séchaient.

— La chance nous sourit! s'exclama Aidan en s'emparant d'un justaucorps qu'il enfila par-dessus sa chemise. Voilà quelque chose pour vous! annonça-t-il à sa compagne en lui tendant une jupe marron élimée.

Lucy l'enfila et décrocha un carré de lin qu'elle noua sur ses cheveux.

— De quoi ai-je l'air?

— D'un ange! J'attends que vous vous envoliez d'un instant à l'autre.

— Très drôle!

Il lui caressa la joue.

— Je ne cherchais pas à être drôle. Je...

— Ils sont là! s'exclama une voix au-dessous d'eux, tandis que quatre hommes s'engouffrèrent dans l'escalier.

— C'est bien dommage que vous ne m'ayez dotée que d'ailes imaginaires!

Sans répondre, Aidan détacha un des deux bouts de la corde à linge et fit une boucle. Des jurons et des bruits sourds résonnaient dans l'escalier.

— Accrochez-vous à moi ! ordonna Aidan. Passez vos bras autour de mon cou.

Tomber du toit d'une église dans les bras du Mór O'Donoghue était bien la meilleure manière de mourir, décida-t-elle.

Brandissant des piques et des haches, les soldats émergèrent de l'escalier et se précipitèrent vers eux. Aidan leur tourna le dos pour offrir à Lucy la protection de son corps. Elle ferma les yeux et enfouit la tête contre sa poitrine.

Reculant d'un pas, il bascula dans le vide. La chute fut si rapide que la jeune fille sentit son estomac remonter dans sa gorge.

Soudain ils s'arrêtèrent et se mirent à tourbillonner, rebondissant contre le mur du clocher.

— Et maintenant, Votre Hauteur ? s'enquit Lucy, s'accrochant désespérément à lui en refermant les jambes autour de sa taille.

— Je me demande quelle hauteur nous sépare de la rue, dit-il.

Elle risqua un coup d'œil au-dessous d'eux.

— Trop pour sauter ! annonça-t-elle, risquant cette fois-ci un coup d'œil vers le haut. Holà !

— Que se passe-t-il ?

Muette de terreur, elle regardait le reflet argenté d'une hallebarde dangereusement proche. L'arme se balançait dans leur direction.

Lucy hurla et ils plongèrent. Persuadée qu'ils allaient se tuer, la jeune fille attendait le choc final quand ils heurtèrent soudain un obstacle et s'immobilisèrent.

Par miracle, ils avaient atterri sur une sorte de toile tendue, laquelle craqua sous l'impact. Mais seuls quelques mètres les séparaient du plancher des vaches... ou, pour mieux dire, du tas de fumier qui les accueillit sur une carriole.

Ils s'en extirpèrent sans grande difficulté, sous le regard amusé du fermier, puis se faufilèrent parmi les baraques des forains et les étals des colporteurs, reprenant peu à peu leur respiration. Lucy eut même la présence d'esprit de dérober un fromage.

— Mangez! ordonna-t-elle. Ce n'est pas un cochon rôti, mais mordez-moi là-dedans.

Aidan ne fit que trois bouchées du fromage. Lucy commençait à se détendre, mais au moment où ils passaient le coin de la place, deux soldats apparurent, marchant dans leur direction.

Aidan poussa un rire joyeux, prit Lucy dans ses bras et l'embrassa. Après un petit cri de surprise, elle se laissa aller. Il la serra contre lui jusqu'à ce qu'ils soient passés, sans les remarquer. S'écartant alors brusquement, il reprit sa course, la traînant dans son sillage.

Lucy trébuchait derrière lui, encore sous le choc du baiser qui ne semblait pas du tout l'avoir affecté, lui!

Des cris fusèrent du clocher. Des hommes d'armes gesticulaient sur le chemin de ronde.

Lucy et Aidan traversèrent Fowler Street et se hâtèrent de regagner Galley Key. Hélas! leur petit bateau avait disparu.

Malgré le brouillard épais qui montait de la rivière, ils s'évertuèrent à attirer l'attention de la galère vénitienne. Leurs efforts ne furent pas vains. Bientôt, une chaloupe glissa silencieusement vers eux.

Lucy frissonna.

— A nouveau, au revoir, milord.

Aidan ébaucha une moue.

— Je constate que notre séparation a lieu dans des conditions tout aussi périlleuses que notre première rencontre.

— Notre séparation... souffla-t-elle, refusant d'envisager son caractère irrévocable. Oh, Aidan! je ne vous oublierai jamais.

— Désolée d'interrompre de si poignants adieux, fit derrière eux une voix mélodieuse teintée d'accent étranger, mais vous aurez tout le loisir de continuer cette conversation pendant le voyage.

La silhouette de la comtesse enveloppée dans une cape de velours noir émergea de la brume.

— Vous êtes en retard! ajouta-t-elle. La marée remonte; nous avons failli partir sans vous.

Le canot tanguait doucement sur place. Aidan hésita.

— Une minute, madame...

— Vous n'avez pas une minute devant vous, et Lucy non plus, souffla la comtesse. Si vous êtes pris, je ne pourrai rien pour vous. Maintenant, montez tous les deux !

— Mais je ne veux pas aller en Irlande ! s'écria Lucy.

— Il n'y a pas d'autre solution.

— Madame, chuchota-t-elle, d'une voix enrouée par l'émotion, vous ne vous rendez pas compte de ce que vous exigez de moi. J'ai une place à la Cour maintenant, et la reine...

— Montez avant que je ne sois obligé de vous pousser, l'interrompit Aidan. La comtesse a raison. Si vous restez, vous risquez d'être arrêtée pour m'avoir aidé à m'échapper.

— Mais...

— Votre rôle dans l'évasion du Mór O'Donoghue ne restera pas longtemps secret, déclara-t-il. On vous a vue à mes côtés.

La comtesse tendit quelque chose à Aidan, tandis qu'il aidait Lucy à embarquer.

— Vous seriez considérée comme n'importe quel traître. Vous savez quel châtiment vous encourez ?

La comtesse fit le geste de se trancher la gorge. Lucy frissonna. Quelle imbécile elle avait été ! Elle avait acheté la liberté d'Aidan au prix de ses rêves.

En l'embrassant sur les joues, la comtesse lui murmura :

— Partez avec le Mór O'Donoghue. Il vaut mieux courir vers l'avenir que de s'accrocher au passé !

Lucy se tourna vers Aidan. Un pied encore à terre, l'autre déjà sur le canot, il lui tendait la main avec une expression énigmatique. Le soleil embrasa soudain le ciel derrière lui, l'auréolant de la même lumière dorée que les saints sur les fresques des églises.

— Venez avec moi, Lucy, dit-il enfin. Tout ira bien, je vous le promets. Accompagnez-moi en Irlande.

DEUXIEME PARTIE

JOURNAL D'UNE DAME

Ce n'est que maintenant, plusieurs jours plus tard, que je suis en état de sécher mes larmes et de prendre la plume. Certes, je souffre comme toutes les mères dont le fils est parti à la guerre, mais ce n'est pas la seule raison de mon désarroi et de celui d'Oliver.

Mon mari arpente comme un fou les couloirs de Blackrose Priory en accablant d'injures tous ceux qui ont la malchance de croiser son chemin.

Ni l'un ni l'autre n'arrivons à trouver le sommeil depuis que ce message est arrivé de Londres. Tour cruel ou compte rendu honnête, je l'ignore.

Je sais seulement que quelqu'un a recopié l'inscription figurant au dos de la broche des Romanov et me l'a fait parvenir. Ce curieux bijou m'a été donné par la belle-mère d'Oliver, Juliana, et je le croyais perdu pour toujours.

La dernière fois que je l'ai vu, c'était en l'épinglant au corsage de ma petite fille bien-aimée, lorsque je lui ai dit au revoir, ignorant alors que je ne la reverrais plus jamais.

Lark de Lacey,
comtesse de Wimberleigh

11

Aidan s'était réfugié dans une forteresse abandonnée au bord de la mer, Dunloe Castle, ancienne demeure jadis du Mór O'Sullivan, lequel avait comme beaucoup d'autres péri au cours de la grande guerre opposant l'Irlande aux Anglais.

Le grand hall venteux était aussi vide et froid qu'une tombe, depuis le passage des pillards, et Aidan avait peine à ne pas penser aux massacres dont cet endroit avait été le théâtre, tandis qu'il attendait des nouvelles de Ross Castle.

Un autre sujet accaparait son esprit : Lucy.

La jeune fille avait passé tout le voyage allongée sur une étroite couchette, anéantie par le mal de mer et la terreur. Il avait espéré qu'elle se ranimerait en retrouvant le plancher des vaches, mais elle semblait plus accablée encore.

En regardant le paysage, Aidan sentit une vague de bonheur déferler en lui. Des murs de pierre sèche sillonnaient les collines d'un vert intense où paissaient vaches et moutons, le tout sous une abondance de petits nuages légers qui paraissaient relier le ciel à la terre. L'Irlande joyeuse et exubérante, inconsciente de son triste sort. Oui, la situation était désespérée.

Des pas se firent entendre, et il se retourna. Iago et Donal Og pénétraient dans le hall.

— As-tu enfin des nouvelles ? demanda son cousin.

— Non, pas encore, répondit Aidan en retournant à la table pour leur verser de la bière. Si O'Mahoney n'est pas rentré au lever du jour, j'envoie quelqu'un à sa recherche.

— Où est notre invitée? s'enquit Iago. Est-elle remise?

— Elle est partie faire un tour dans la campagne, annonça Aidan en se passant un doigt sur l'arête du nez. Si seulement je pouvais soulager sa peine! soupira-t-il.

— Tu ne le peux pas!

— Oui et non.

Aidan sortit la lettre que la comtesse lui avait glissée dans la main en lui disant adieu.

— L'inscription au dos de la broche de Lucy est en russe. La comtesse a pu la faire traduire. Cela veut dire: « Sang, serments et honneur. »

Il frissonna en se rappelant le récit de la mort de la gitane.

Donal Og caressa sa barbe.

— Cela ressemble à une devise, non?

— C'est la devise de la famille Romanov. S'ils vivent bien loin au-delà des océans, ils sont apparentés à une famille que nous connaissons bien: les de Lacey.

Iago et Donal Og se regardèrent, ébahis.

— Richard de Lacey?

Aidan posa la chope qu'il venait de vider avant d'annoncer calmement:

— Il se peut qu'il soit son frère.

— *¡Diablo!* souffla Iago, et Donal Og émit un sifflement sourd.

Aidan avait réussi à reconstituer les faits à partir des informations réunies par la comtesse. Plusieurs années auparavant, la peste avait frappé la famille de Lacey, et l'on avait craint pour la vie d'Oliver. De peur que leur unique petite fille n'attrape la fièvre elle aussi, sa femme l'avait envoyée en Moscovie auprès d'un parent de sa grand-mère.

— Le bateau qui l'emportait a été porté disparu, poursuivit Aidan. On n'a retrouvé aucun survivant.

— Et tu penses qu'il y en avait un — ou plutôt une... dit Donal Og.

— ... et que son nom était Lucy, termina Iago à sa place.

Son estomac se noua.

— Lucile, rectifia Aidan. La petite fille qui a disparu s'appelait Lucile.

Iago se caressa le menton.

— C'est sûrement Lucy. Ce ne peut être qu'elle.

— Tu te rends compte ! s'exclama Donal Og en vidant sa bière d'un trait. Une gueuse qui a du sang noble ! Le lui as-tu dit ?

— Non ! jeta Aidan en se mettant à déambuler dans le hall, et je compte sur vous pour garder votre langue. Compris ?

— Mais c'est sa famille ! Et tu sais à quel point il lui tient à cœur de la retrouver. C'est très cruel de ta part, cousin, de lui dissimuler ce que tu as appris !

— Traite-moi de cruel tant que tu voudras, répliqua Aidan, mais je ne dirai rien tant que je n'en serai pas absolument certain.

— Tout concorde, souligna Iago. Elle ressemble à Richard — la blondeur des cheveux, ce sourire éclatant, ce manque de respect pour ses meilleurs...

— Tu n'avais rien remarqué jusqu'à ce que je te raconte toute l'histoire, dit Aidan. Tout ce que je veux c'est la protéger. Tu connais le snobisme de ces nobles anglais. Les de Lacey ont perdu leur fille il y a plus de vingt ans. Imaginez qu'ils aient peur de rouvrir cette blessure. Imaginez surtout qu'ils aient honte en apprenant comment Lucy a vécu jusqu'à maintenant...

Donal Og acquiesça et renchérit :

— Et s'ils l'accusent d'imposture et prétendent qu'elle a volé la broche ?

— Ou bien s'ils décident de la reconnaître, intervint Iago et découvrent qu'elle s'est mise hors la loi en aidant le Mór O'Donoghue à s'échapper de la Tour de Londres ?

Le regard d'Aïdan passa de l'un à l'autre.

— Maintenant, vous voyez pourquoi j'hésite.

Iago alla jusqu'à la fenêtre et s'assit dans l'embrasure.

— Ah ! Quels tourments pour un si petit bout de femme !

— Pouvons-nous y échapper? lui opposa Donal Og.

Iago se tourna et posa sa main sur le montant de la fenêtre.

— Bien sûr que oui!

Donal Og se frappa la poitrine d'un geste théâtral.

— Les îles des Caraïbes, déclara-t-il, en imitant le timbre chantant de Iago. Le paradis terrestre: le soleil brille sans cesse, la nourriture vous tombe des arbres droit dans le bec, la mer est toujours assez chaude pour y plonger une tête.

— Tout cela est exact, espèce de grande brute d'Irlandais. Certes, je suis le premier à admettre qu'il existe là-bas aussi quelques problèmes...

— L'esclavage, la maladie, l'Inquisition...

— Oui. Mais il existe des îles désertes par milliers. Un homme peut y vivre sa vie comme il l'entend. Et avec *qui* il veut!

— Ah, Serafina! s'exclama Donal Og, feignant de s'évanouir.

— Rien d'étonnant à ce que tu n'aies pas de femme, lui lança Iago avec une moue méprisante. Tu n'as guère plus d'esprit qu'un âne. Non, ce serait insulter cet animal. Disons plutôt que tu as autant de jugeote qu'une brique de tourbe.

Tandis que leur conversation virait à l'aigre, Aidan aperçut sur le versant qui descendait vers la mer un éclair doré, une envolée de jupes brunes. Parmi l'étendue infinie des collines et de l'Océan rugissant, Lucy semblait aussi vulnérable qu'une feuille d'automne ballottée par le vent.

Elle emprunta un sentier à moutons qui aboutissait à un piton rocheux en à-pic sur les brisants et, en un éclair, certains des propos rapportés par la comtesse au sujet d'Oliver de Lacey revinrent brutalement à la mémoire d'Aidan:

Dans sa jeunesse, Wimberleigh avait la réputation d'avoir de fréquentes sautes d'humeur. Certains — notamment ses demi-frères et sœurs — juraient qu'il était hanté par l'idée de suicide.

Iago et Donal Og étaient trop occupés par leur querelle pour remarquer avec quelle rapidité Aidan quitta le hall.

La mer exerçait sur Lucy une sombre fascination à présent que les affres du voyage étaient passés, et elle n'avait qu'une envie : assister à son déchaînement. Elle dégringola un sentier serpentant au milieu de gros rochers. Des fleurs sauvages croissaient un peu partout. Mon Dieu, que l'Irlande était belle ! songea-t-elle. Vigoureuse, sauvage et intransigeante — exactement comme Aidan O'Donoghue.

Le chemin s'arrêtait au bord d'une falaise, entre deux collines. Un bloc de pierre roula dans la mer. Elle se balança sur l'extrémité du promontoire, aspirant à pleins poumons l'air salé. Le grondement des vagues explosant contre les rochers en contrebas emplissait l'air. Des gouttelettes d'écume fouettaient son visage. En ce lieu magique, des souvenirs enfouis depuis des années lui revinrent d'un coup en mémoire.

Lucy montait, encore et encore, passant d'un pont à l'autre parmi les tourbillons d'eau glacée qui submergeaient le bateau. Cela faisait déjà un moment que sa nourrice avait disparu. Les marins paraissaient également s'être noyés et, en dehors du chien, elle était seule.

La fillette passa la tête par une écoutille et reçut en plein visage la gifle violente de la pluie. Des éclairs zébraient le ciel, rendant la nuit aussi lumineuse que le jour, et le tonnerre rythmait cette scène de chaos.

Elle s'accrocha à une échelle tandis que le chien titubait derrière elle. Le bateau, propulsé sur le flanc d'une vague aussi haute qu'une montagne, commença à s'incliner et à gémir. Ils montaient toujours plus haut, comme lorsqu'elle était sur sa balançoire dans le jardin. L'embarcation s'immobilisa un instant sur la crête d'une vague, avant de se laisser happer par les profondeurs vertigineuses.

Tout chancela. Les tonneaux tombaient avec fracas, roulant les uns sur les autres comme des quilles. A la lueur fugitive d'un éclair, l'enfant distingua une forme sur la mer, dans le lointain: une falaise, ou peut-être l'une des tours du palais où vivait sa marraine.

Elle tenta de se souvenir du nom de sa marraine, mais la seule chose qui lui venait à l'esprit était l'image d'une femme aux cheveux flamboyants et aux yeux noirs, à la voix forte et autoritaire que tout le monde appelait « Votre Majesté ».

Puis tout s'effaça. Un gros tonneau se détacha et se rua droit sur elle comme si quelqu'un l'avait poussé...

. Le souffle coupé, Lucy se sentit précipitée à terre. Aucun son ne sortit de sa gorge quand elle voulut appeler à l'aide. Au même moment, un grand corps la plaquait au sol.

Elle retrouva enfin sa voix.

— Dieu du ciel ! cria-t-elle. Qu'est-ce qui vous prend ?

Le Mór O'Donoghue la serrait si fort contre lui qu'elle pouvait sentir les battements de son cœur. Un sentiment de bonheur l'étreignit. S'il était aussi essoufflé, cela signifiait qu'il avait couru pour la rejoindre.

— Que se passe-t-il ? s'enquit-elle, feignant une contrariété qu'elle n'éprouvait pas, encore sous le choc de cette étrange... — qu'était-ce donc : une vision, un rêve éveillé, ou bien un souvenir ?

Peu à peu les images s'effacèrent.

Aidan se souleva sur ses deux bras plantés de chaque côté d'elle et Lucy éprouva un désir irrépressible d'enfouir ses mains dans la masse soyeuse de ses cheveux.

— Attaquez-vous souvent les malheureuses femmes sans défense ? demanda-t-elle. Serait-ce un de vos rituels irlandais ?

— Il m'a semblé que vous étiez trop près du bord. Je voulais vous retenir avant que vous ne tombiez.

— Ou que je ne saute ? se moqua-t-elle. Sur ma foi, Votre Altesse, pourquoi ferais-je une chose pareille ?

— Vous ne le feriez pas ?

— Ce ne pourrait être qu'un acte de folie ou de lâcheté. Pourquoi voudrais-je mourir ? La vie est dure, parfois, elle nous blesse, mais elle est si intéressante que je ne voudrais pour rien au monde en manquer un instant !

Il étouffa un rire, savourant l'intimité de leurs deux corps si proches. Lucy faisait toujours un effort surhumain pour ne pas l'enlacer.

— Etes-vous décidé à rester ainsi jusqu'à ce soir? demanda-t-elle.

— Je ne sais pas encore. Vous êtes si douce par endroits !

Il posa ses lèvres tout près de son oreille et lui murmura la chose la plus exquise qu'elle eût jamais entendue :

— C'est très rare pour un homme de se sentir aussi merveilleusement bien auprès d'une femme.

Elle feignit l'indignation :

— Oh ! je sais bien ce que vous avez derrière la tête.

— Vous embrasser ?

Sa bouche erra au-dessus de la sienne.

Elle eut besoin de toute sa volonté pour murmurer :

— Cela ne me semble pas une bonne idée.

Aidan s'inclina lentement vers elle puis, la laissant délibérément insatisfaite, il enfouit sa tête contre son cou.

— Et pourquoi donc ? chuchota-t-il.

— Vous essayez de me faire oublier combien je suis fâchée contre vous.

— Fâchée ? Pourquoi ?

Elle parut stupéfaite.

— Parce que, espèce d'individu prétentieux, vous ne m'avez pas laissé le choix. Vous croyez peut-être que je voulais venir ici ? Et que j'ai apprécié d'être ainsi traînée sur ce bateau pour un interminable voyage ?

Elle se dégagea et s'assit sur ses talons.

— Je croyais que vous vouliez m'aider, dit-il, comme je l'ai fait autrefois pour vous.

— C'était autrefois. Et tout ce que je voulais, c'était entrer dans les bonnes grâces de la reine ! ajouta-t-elle, honteuse d'entendre sa voix se briser. Elle seule pouvait m'aider à retrouver ma famille ! Et voilà qu'à cause de votre obstination à ne pas cesser votre grève de la faim, vous m'avez contrainte à vous faire évader de la Tour et contrainte ainsi à l'exil !

— Je devais rester ferme.
— Vous auriez pu renoncer juste le temps que la reine me récompense !
— Et si l'évasion avait échoué ?
Elle n'avait aucune réponse à cette question, aussi se borna-t-elle à le toiser.
— Lucy, souffla-t-il, si tout cela a tant d'importance pour vous, je peux faire semblant de vous garder en otage.
— Ce ne serait pas si éloigné de la vérité !
— Avec un peu de bonne volonté, nous arriverons certainement à vous faire délivrer par les Anglais.
L'idée d'être recueillie par des étrangers lui faisait horreur, mais elle ne le lui laissa pas voir. Elle se leva et jeta :
— Vous ne vous débarrasserez pas de moi aussi facilement, milord !

Aidan se rendit compte qu'elle était sur le point de s'effondrer et en fut bouleversé. Elle, Lucy, qui avait si vaillamment préservé sa vie et sa dignité dans les bas-fonds était à deux doigts de pleurer à cause de lui, qui tenait à elle par-dessus tout.
Aidan aurait voulu la serrer contre lui, mais c'était trop dangereux. Il n'était pas sûr de pouvoir refréner son désir une seconde fois.
— Parlez-moi donc de cette récompense, *a gradh*, dit-il en repoussant une mèche de son front.
— La reine m'a fait une proposition. Si je réussissais à vous convaincre de vous réalimenter, elle m'aiderait. Mais vous ne songiez qu'à votre jeûne et à votre honneur — votre stupide et précieux honneur.
Le sursaut de rage fut brutal et inattendu.
— Vous avez passé un marché avec la reine ? C'est pour cela que vous vouliez me faire manger ?
La colère d'Aidan s'évapora alors même qu'il prononçait ces mots. Elle avait fait un marché sur son dos. Et alors ? Etait-ce pire que ce qu'il lui avait fait en l'entraînant ici ?

— Sapristi ! s'exclama-t-il en l'attirant contre son torse. Je l'ignorais.

— Elle était prête à convoquer toutes les dames du royaume et à engager une armée de clercs pour fouiller les registres, fulmina-t-elle en s'accrochant à sa chemise. Pour vous, cela paraît dérisoire, je sais, mais c'était ma seule chance. Maintenant, c'est fichu !

— Vous auriez dû tout m'expliquer. Non, se reprit-il, cela n'aurait fait aucune différence ! Je n'aurais pas renié mes convictions même pour réaliser votre plus cher désir. Sinon, ce sont tous les habitants de cette région qui en auraient payé le prix.

Lucy soupira.

— Je n'aurais pas pu le supporter.

Aidan se mordit les lèvres pour s'empêcher de parler. Il sentait au plus profond de lui-même qu'elle était bien Lucile de Lacey. Mais il était tenu pour l'instant à la plus extrême prudence.

— Je suis désolé, chuchota-t-il dans ses cheveux. Je vous ramènerai en Angleterre d'une façon ou d'une autre. Et je ferai en sorte que personne ne puisse rien vous reprocher dans mon évasion, c'est promis !

Elle se recula pour le regarder.

— Si tous vos beaux discours valaient de l'or, je serais certainement la femme la plus riche du monde.

Il se leva et l'entraîna.

— Je vous avais prévenue que je risquais de vous attirer des ennuis.

La brise agitait ses boucles qui maintenant lui descendaient jusqu'aux épaules.

— Tout ce que vous avez fait pour moi a été merveilleux, n'ayez jamais le moindre doute là-dessus.

Il lui prit la main, et ils remontèrent ensemble la colline. Si on lui avait dit un jour que l'être qu'il chérirait le plus au monde serait une Anglaise, protestante de surcroît, il en aurait ri. Et voici que l'inimaginable s'était produit.

Au sommet, O'Mahoney les attendait. Assis à cru sur un petit cheval du Connemara, il avait une expression fatiguée.

— Quelles sont les nouvelles? s'enquit Aidan. As-tu poussé jusqu'à Ross Castle?

— Oui, acquiesça-t-il, puis, s'avisant de la présence de Lucy, il poursuivit en gaélique: Les nouvelles sont mauvaises. Le drapeau anglais flotte sur les remparts.

Lorsque la petite troupe atteignit enfin le territoire d'Aidan, Lucy ne cherchait même plus à protester. Ses protestations de terreur à l'idée de monter à cheval étaient tombées dans l'oreille de sourds.

L'odeur de bois et de pâturages l'avait à présent emporté sur celle de la mer. Les forêts allaient s'épaississant, leur barrant parfois le passage.

— Les Irlandais endommagent les sentiers de forêt pour ralentir l'avance des Anglais, expliqua Donal Og en indiquant un bouquet d'arbres abattus.

Elle frissonna. La guerre était bien réelle, ici on s'attendait à chaque instant à une escarmouche. Ce n'était pas une vague idée dont on débattait de manière abstraite, comme à la Cour.

Les arbres s'élançaient jusqu'à une hauteur vertigineuse, formant une véritable voûte. Une mousse épaisse recouvrait le sol, étouffant les bruits. La lumière diaphane qui traversait ce dais de feuillage donnait à ce lieu quelque chose de magique et de sacré, en faisant une gigantesque cathédrale.

— Autrefois, c'était l'endroit rêvé pour un jeune garçon, remarqua Donal Og, talonnant sa monture pour avancer à la hauteur de Lucy.

— C'était là que vous veniez jouer avec Aidan?

Cela lui paraissait si rassurant d'avoir ainsi des repères.

— Jouer? Non, tout cela était très sérieux. J'étais toujours le plus fort, mais lui restait le plus brave et le meilleur stratège. Mais si jamais vous le lui dites, je ne me priverai pas de vous traiter de menteuse!

— Votre secret sera bien gardé, jura-t-elle, les imaginant embusqués tous deux dans les fourrés. Ce n'est pas étonnant que Londres vous ait paru si étrange. Cet endroit est unique. Un monde sauvage et magique!

— Comme tout univers magique, il a ses dangers.

Donal Og éperonna son cheval et rejoignit Aidan.

Ils avaient atteint la lisière de la forêt et le tableau qui apparut à ses yeux arracha à Lucy un cri d'émerveillement. Eblouie, elle mit sa main en visière. Des collines entouraient une vallée embrumée qui présentait toutes les tonalités de vert et bleu et constituaient une sorte d'écrin dans lequel scintillaient une myriade de lacs.

Très loin, sur une saillie au milieu du plus grand d'entre eux, s'élevait un château, à la tour massive crénelée, et dorée par le soleil, aux murailles et aux remparts percés de meurtrières.

Au-dessus de la tour flottait la bannière anglaise.

— Ross Castle ! s'exclama-t-elle.

— En effet, confirma Aidan d'une voix fatiguée.

Ils poursuivirent leur route en silence. La centaine de soldats d'Aidan avaient déjà pris position sur les rives du lac et attendaient les ordres.

Vue de plus près, la tour principale semblait d'une blancheur d'albâtre et on remarquait que ses fondations étaient constituées par un ancien soulèvement rocheux. Une étroite bande de terre menait à une imposante grille dotée d'un corps de garde. Les dents d'acier de la herse levée donnaient à celle-ci l'aspect menaçant d'une bouche diabolique grimaçante.

Un garde les interpella :

— Halte là ! Je dois prévenir le maître.

Aidan le regarda à peine et passa la grille, laissant l'Anglais gesticuler comme un fou.

— C'est l'assaut ! hurlait-il. Branle-bas de combat ! Des hordes barbares nous attaquent !

Le poing de Donal Og s'abaissa comme un marteau sur la tête du garde. L'homme vacilla contre le parapet, puis s'y accrocha un instant avant de s'effondrer.

Deux visages s'encadrèrent alors timidement dans l'entrebâillement de la porte des écuries.

— Venez donc ! appela Aidan d'un ton exaspéré. Depuis quand craignez-vous le Mór O'Donoghue dans sa propre maison ?

Les deux garçons sortirent dans la cour, l'un derrière

l'autre. Aidan sauta à terre et jeta ses rênes au plus grand des deux, un échalas à la chevelure flamboyante.

— Comment vas-tu, Sorley Curran ?

Le garçon voûta les épaules et lâcha les rênes.

— Je vous demande pardon, milord, il paraît que nous devons servir un autre maître maintenant.

Le second garçon, selon toute apparence son frère, inclina frileusement la tête. Lucy retint sa respiration et observa Aidan, appréhendant sa réaction. La trahison d'un enfant était sans doute la pire de toutes.

Ils ne sauraient jamais tous les deux combien il en coûta à Aidan de leur sourire en leur tendant de nouveau les rênes, et en parlant en gaélique. Ils échangèrent un coup d'œil et lui répondirent d'une voix rassurée, puis finirent par prendre les chevaux.

— Par ici !

Aidan les conduisit vers l'escalier qui partait au pied du donjon, soudainement devenu un étranger pour Lucy, le visage fermé, le pas martial.

Comme ils grimpaient dans la tour, elle sentit une odeur de chou bouilli et de viande rôtie. Ils débouchèrent bientôt dans une immense salle voûtée, à l'autre bout de laquelle se trouvaient une gigantesque cheminée et une table. Les envahisseurs s'y étaient réunis pour déjeuner.

Tous quatre aperçurent en même temps le visage du nouveau maître du château et Lucy écarquilla les yeux de surprise en les reconnaissant.

Aidan, quant à lui, laissa échapper un grognement terrifiant. Puis il rejoignit la table à grandes enjambées et, de son énorme poigne, souleva l'un des usurpateurs de son banc.

— Content de votre séjour, milord ? s'enquit-il sur un ton que Lucy ne lui avait jamais entendu.

Même avec le visage rouge et les yeux exorbités, Richard de Lacey parvenait à ne rien perdre de son charme.

— Je... peux... tout expliquer, s'étrangla-t-il.

Quatre gardes se précipitèrent.

Richard leur fit un geste de la main, et ils s'immobilisèrent. Aidan relâcha légèrement son étreinte.

— Parlez ! aboya-t-il.

— C'est moi qui vais vous expliquer, annonça alors une voix féminine.

Une femme étonnante sortit de sous le dais, vêtue de noir de la tête aux pieds. L'absence totale d'ornements soulignait encore sa beauté. Elle avait un visage pâle à l'ovale parfait et des yeux expressifs, une bouche finement ciselée et de minuscules mains blanches. Un livre de prières suspendu à un chapelet pendait à sa taille.

— Felicity, déclara Aidan d'une voix glaciale, soyez brève dans vos explications ou le pauvre Richard risque de mourir étouffé.

Felicity ? Lucy se tourna vers Donal Og et Iago, espérant obtenir une indication, mais ils détournèrent tous les deux les yeux.

— C'est moi qui ai invité le lieutenant de Lacey à occuper Ross Castle, déclara la mystérieuse inconnue.

Aidan relâcha Richard qui retomba brutalement sur le banc et en profita pour ouvrir son col.

— Oh, mais c'est étonnant ! éclata alors Lucy, incapable de se contenir davantage. Comme ça, vous offrez la demeure du Mór O'Donoghue à des étrangers ?

Le silence tomba d'un coup, écrasant. Felicity lança à Lucy un regard si empli de pitié feinte et d'indulgence simulée que la jeune fille l'aurait volontiers étranglée.

D'un pas mesuré, Felicity alla se placer juste devant Aidan, et fixa le Mór bien que son discours s'adressât directement à Lucy.

Quelque part dans son esprit, Lucy sentit le coup venir et s'efforça de le parer.

— De quel droit ? Mais du mien, bien sûr, déclara la ravissante Felicity, je suis l'épouse d'Aidan.

ANNALES D'INNISFALLEN

Le jour où Aidan O'Donoghue a épousé Felicity Browne était un jour comme un autre — à une exception près.

Le père abbé n'aime pas la superstition, mais moi, Revelin d'Innisfallen, jure sur la tête de ma mère que j'ai bien entendu un mystérieux cor sonner ce matin-là.

Aidan était sûr qu'il n'avait pas le choix. Fortitude Browne, le père de Felicity, était un commerçant et avait ce que les Anglais appellent des ambitions. Il voulait que sa fille épouse un lord. Pour lui, même un lord irlandais faisait l'affaire.

Fortitude Browne avait présenté ce mariage à Ronan comme l'une des composantes du traité. Bien entendu, ce dernier avait refusé. Et quand Aidan avait manifesté son intérêt pour ce moyen d'établir la paix dans sa région, Ronan a été pris d'un accès de rage inimaginable.

Aidan est persuadé d'avoir tué son père de sa propre main. Pourtant, bien avant cela, il a épousé Felicity — toute protestante et puritaine qu'elle était —, comme il l'avait promis. Nul ne pouvait nier sa beauté — une beauté froide et inaccessible. Et c'est peut-être ce qui a induit Aidan en erreur. Sans doute pensait-il que pareille impassibilité pouvait cacher un cœur tendre.

C'est sans doute la seule fois où Aidan aurait dû écouter son père. Car pour une fois, Ronan O'Donoghue avait vu juste.

Revelin d'Innisfallen

12

Si Aidan avait pu tuer quelqu'un par la seule puissance de son regard, nul doute qu'il l'aurait fait avec bonheur. Il détestait si farouchement Felicity qu'il se demandait comment elle pouvait ne pas être atteinte par toute la haine qu'il dégageait.

— Que diable faites-vous ici ? lui demanda-t-il en aparté. Vous devriez être partie depuis longtemps.

— Vous croyiez que la demande d'annulation présentée par Revelin à l'évêque O'Brien allait suffire à me faire partir ?

La main de Felicity dans la sienne était glacée. Il se libéra et se tourna vers Lucy et put lire dans ses yeux tout l'amour qu'elle lui portait.

Ce qu'elle ne pouvait comprendre que comme une trahison de sa part l'avait atteinte au plus profond de son âme et il vit le moment où il allait la perdre.

— Sa femme ? répéta Lucy d'une petite voix claire. Vous êtes la femme du Mór O'Donoghue ?

Le sourire de Felicity était chaleureux, mais Aidan connaissait sa fourberie.

— Cela fera un an ce soir que nous sommes mariés. Et vous, qui êtes-vous ?

— Personne, déclara Lucy en reculant d'un pas. Absolument personne !

Et sur ces mots, elle pivota et s'enfuit.

Aidan poussa un juron et se précipita à ses trousses. Totalement ignorante de la configuration des lieux, Lucy escalada une volée de marches pour déboucher sur un palier étroit. Un coup d'épaule dans une porte basse, et elle se retrouva sur les remparts. Elle s'engagea sur le chemin de ronde et s'arrêta entre deux créneaux.

Aidan s'immobilisa, paralysé de peur. Encore quelques pouces, et elle faisait une chute vertigineuse dans le vide.

— Je ne vaux certainement pas la peine qu'on meure pour moi, assura-t-il doucement.

Blanche comme un linge, elle posa sur lui un regard hébété de douleur.

— Que si !

Il risqua quelques pas et s'appuya contre le mur.

— Vous voyez cette île, là-bas ? s'enquit-il en pointant le doigt vers la surface bleue glacée du lac.

— Innisfallen ?

— Précisément.

— J'aperçois le clocher d'une chapelle à travers les arbres. Pensez-vous que votre ami Revelin s'y trouve toujours ou croyez-vous que Richard de Lacey a aussi délogé les chanoines ?

Elle parlait d'une voix acerbe.

— J'imagine qu'ils sont toujours là. L'endroit n'a aucune importance stratégique.

— Cela m'intéresserait de rencontrer Revelin, déclara-t-elle. De rencontrer l'homme qui a été votre précepteur, qui pensait faire de vous un homme d'honneur. (Elle le fixa avec compassion.) Quelle déception vous avez dû être pour lui !

— Sans aucun doute, acquiesça-t-il, la mort dans l'âme, se forçant à la regarder en surmontant sa honte.

» Lucy, que puis-je vous dire ? reprit-il. Que je suis désolé ? Souhaitez-vous que je vous explique comment elle est devenue ma femme — ou plutôt pourquoi elle ne l'a jamais été ?

Une étincelle d'intérêt s'alluma dans le regard de Lucy.

— Me raconter tout cela n'explique rien ! Ni pourquoi vous m'avez trompée, ni pourquoi vous m'avez emmenée, couverte de cadeaux et traitée avec tant de gentillesse ! Ni pourquoi vous m'avez prise dans vos bras, embrassée et...

Elle se mordit la lèvre et se détourna.

— Acceptez de m'écouter, au moins ! implora-t-il.

Seule la plainte du vent lui répondit. Il retint sa respiration jusqu'à ce qu'elle se retourne.

— Pourquoi ? demanda-t-elle enfin.

— Parce que vous comptez pour moi, Lucy ! Dieu me pardonne, mais vous comptez pour moi depuis le tout début.

La brise faisait onduler la surface du lac. Elle le fixa, bouche bée, aussi fragile et émouvante qu'une fleur fraîchement éclose, et totalement incertaine de la conduite à tenir.

Enfin, après un long silence, elle donna un coup de talon contre le rempart.

— Pourquoi devrais-je vous croire ?

— Vous n'y êtes pas obligée. Mais vous devriez sentir à ma voix que je dis la vérité et avoir remarqué que le seul fait de vous toucher me rend fou, *a gradh*.

— C'est seulement du désir. Mensonge et lubricité, c'est tout ce que je vois en vous, jeta-t-elle. Je n'ai aucune raison de croire un seul mot de vos beaux discours.

— Eh bien, ne vous arrêtez pas aux mots ! Mais croyez ce que vous ressentez.

— Je ne sais pas ce que je ressens, souffla-t-elle. Je voudrais pouvoir vous agonir d'injures et vous bourrer de coups de poing, mais je n'arrive pas à réagir ; le choc a été trop brutal, avoua-t-elle en le fixant avec une expression de souffrance et d'étonnement. Pourquoi ne m'avez-vous rien dit ?

A cet instant, Aidan n'éprouva pour lui-même que dégoût et mépris.

— Au début, vous n'étiez qu'une étrangère pour moi, et je ne voyais aucune raison de vous raconter ma vie. Ensuite, j'ai cru que vous resteriez à la Cour de la reine Elisabeth et que je ne vous reverrais jamais, déclara-t-il, grimaçant en lisant dans ses yeux la peine qu'il lui infligeait. Mais ce n'est pas ainsi que les choses se sont passées. Vous avez fini par devenir tout pour moi. J'aurais fait n'importe quoi pour ne pas vous blesser, Lucy.

Aussi je me suis tu, sachant qu'un jour je devrais vous quitter. Egoïste comme je suis, je voulais que vous gardiez de la tendresse pour moi au fond de votre cœur. Quand j'ai compris que vous alliez m'accompagner en Irlande...

Il hésita et étudia les contours des Macgillycuddy's Reeks qui se découpaient au loin contre le ciel limpide.

— Eh bien, à ce moment-là, je n'ai tout simplement pas pu trouver les mots. Je pensais sincèrement ne jamais avoir à vous en parler car j'avais reçu à Londres une lettre de Revelin qui m'assurait que l'annulation ne tarderait pas à être prononcée. J'étais certain que Felicity était retournée chez son père. Cela dit, je suis impardonnable de ne pas vous avoir parlé d'elle.

— Eh bien, qu'attendez-vous ?

Il s'agenouilla et lui tendit la main.

— Je vous en prie, descendez !

Lucy hésita avant de le rejoindre, et cet instant de défiance le désespéra. Autrefois, elle se serait jetée dans ses bras.

— J'aimerais me trouver seul avec vous, loin de tout, murmura-t-il.

— Vous savez bien que c'est impossible. Le monde est là et il vous attend. Votre femme aussi.

Frissonnant, Lucy lâcha sa main et referma les bras sur sa poitrine. Aidan se leva et éclata d'un rire amer.

— Oui, elle est là ! On peut même dire qu'elle occupe le terrain, s'alliant à mon ennemi !

— C'est à cause d'elle que vous n'avez jamais voulu me faire l'amour, n'est-ce pas ?

Il acquiesça.

— Pour la pire des raisons : l'engagement que j'avais pris vis-à-vis d'elle en l'épousant.

Un petit sourire joua sur les lèvres de Lucy.

— Voilà au moins de quoi consoler ma vanité. Moi qui étais persuadée que quelque chose en moi vous répugnait !

Si elle n'avait pas été si grave, il aurait ri.

— C'est tout le contraire, *a stor*. Nulle femme au monde ne me paraît plus désirable que vous. Cela vous surprend ? N'ayez pas l'air si inquiète, mon amour. Dès notre première rencontre à St. Paul, je n'ai pu résister à votre charme. J'ai même aimé la façon dont vous chantiez dans votre bain. Ah, Lucy, vous vous démeniez tant pour que je vous garde en ignorant que c'était mon vœu le plus cher — mais malheureusement le seul irréalisable.

— Pourquoi l'avez-vous épousée ? s'enquit Lucy.

— Pour le salut de mon peuple, répondit-il avant de laisser échapper un rire amer. Comme cela sonne bien ! J'ai épousé Felicity pour resserrer nos liens avec le gouverneur anglais de Killarney. Mon père avait travaillé fiévreusement à mener à bien la construction de Ross Castle et, au moment où il allait aboutir, nos ennemis m'ont donné le choix entre épouser Felicity ou laisser détruire la forteresse inachevée.

— Cela me paraît assez courant, acquiesça Lucy avec une touchante crédulité. Dans l'aristocratie, on se marie en général pour des raisons de convenance, n'est-ce pas ?

— C'est ce que j'ai prétendu. Mais en vérité, j'ai épousé Felicity uniquement pour contrarier mon père.

Enfin après tout ce temps, il l'admettait ! Une intense émotion le submergea, comme chaque fois qu'il évoquait ce sujet sensible. Il ferma les yeux et laissa le vent caresser son visage.

Les souvenirs revenaient avec une incroyable clarté : le ricanement incrédule de son père, suivi par un hurlement de rage. Et puis les coups, deux gifles du plat de la main si violentes que sa tête avait suivi le mouvement. Puis il reçut une avalanche de coups qui l'envoyèrent à terre, le sang dégoulinant de sa lèvre fendue.

Ronan O'Donoghue aurait aussi bien pu le tuer, Aidan en était certain. Mais brusquement tandis que son père s'écartait en titubant et qu'Aidan s'asseyait sur ses mains, refrénant son envie de lui rendre ses coups, la vérité si longtemps refoulée éclata :

— Tu n'es pas mon fils, avait rugi Ronan, mais le rejeton d'un mercenaire anglais — un bâtard. Ta mère m'a fait croire que je t'avais engendré, mais elle a fini par tout m'avouer après quelques coups de bâton...

La nausée familière reprit possession d'Aidan. Son père disait-il vrai ? Après tout, la rumeur populaire disait bien que Máire O'Donoghue était morte de ses mains. En outre, Ronan n'avait jamais engendré d'autre descendant. Ce qu'il affirmait était donc possible.

— Le sang finit toujours par parler ! avait rugi Ronan. J'ai cru que je pourrais faire de toi un vrai guerrier, mais à peine ai-je eu le dos tourné que tu t'es jeté dans les bras des Anglais !

Coups et hurlements avaient repris de plus belle. La haine contenue s'accumulait et Aidan s'efforçait de la retenir, se sachant capable de tuer son père.

C'était finalement ce qui s'était passé. Ronan, arrêté au milieu d'une phrase, le bras levé pour frapper, avait roulé des yeux fous puis, le visage tordu de douleur, s'était effondré sur Aidan.

Lentement, Aidan avait réussi à s'extraire de sous la lourde carcasse et à se lever. Il se souvenait avoir regardé son père un long moment. Puis il avait descendu sans hâte excessive les marches de la tour et envoyé chercher le médecin.

— Aidan ? murmura la douce voix de Lucy, brisant le cercle infernal des souvenirs. Continuez !

Aidan se surprit lui-même. Pour la première fois de sa vie, il avouait à quelqu'un les détails les plus humiliants et les plus sordides de cette effroyable nuit.

— C'est parce que je l'ai défié que mon père est mort. En fait, sa fin était déjà écrite lorsque j'ai décidé d'épouser Felicity. Mais de l'avoir tué de mes mains m'a si fortement culpabilisé que j'ai fini de construire le château en suivant scrupuleusement ses plans.

Lucy l'écoutait sans le quitter des yeux, pâle comme un linceul, le regard vibrant de compassion.

— Et moi qui croyais qu'il suffisait d'avoir une famille pour être heureux ! ne put-elle s'empêcher de remarquer quand il eut terminé.

Il joignit les mains dans son dos et se mit à marcher de long en large le long du mur.

— Quelques heures seulement après avoir épousé Felicity, j'avais compris mon erreur.

— Quelques heures ? répéta-t-elle en rougissant. Vous voulez dire pendant la nuit de noces ?

Il s'immobilisa.

— Je me suis douté que quelque chose n'allait pas quand elle s'est refusée à moi. Et pour être sûre que j'avais bien compris, elle a ajouté qu'elle resterait vierge jusqu'à ce que je renonce, avec tous mes sujets, à la foi catholique.

— Elle donne beaucoup de prix à sa vertu !

Aidan ne put s'empêcher de rire à cette pointe d'humour.

— Le moins qu'on puisse dire, c'est que cet appât ne m'a pas le moins du monde alléché ! Je ne me voyais pas en briseur de statues et en ennemi du pape.

Son sourire s'évanouit.

— Enfin, ce qui ressort de tout cela, c'est que Felicity n'a jamais été ma femme. Ce qui ne m'empêche pas de me torturer à l'idée de vous avoir tant fait souffrir.

Lucy gémit faiblement et se recula, comme pour résister à la tentation de se jeter dans ses bras.

— Qu'avez-vous l'intention de faire à présent ?

Aidan était dévoré d'angoisse. Il s'autorisa à passer une main tremblante sur la joue de Lucy et déclara :

— Quand je l'ai épousée, j'étais à cent lieues de penser qu'une femme pouvait représenter pour un homme tout ce que vous représentez pour moi.

Il aurait voulu lui dire qu'il l'aimait, mais il ne s'en sentait pas le droit. Pas maintenant, alors qu'il n'avait rien de concret à lui offrir.

Aidan sentit soudain une larme chaude sous sa main, et cette larme fut plus forte que toutes ses résolutions. Il prit doucement Lucy dans ses bras et pressa les lèvres sur ses cheveux.

— C'est trop tard pour nous, n'est-ce pas ? murmura-t-elle.

— C'est ce que le bon sens voudrait me faire croire,

mais mon cœur me souffle que nous trouverons un moyen.

— Aidan...

— Nous n'avons pas encore été présentées, jeta Felicity depuis la porte du donjon.

Une haine froide brillait dans son regard bleu.

Aidan et Lucy se retournèrent d'un même mouvement.

Les mains sur ses hanches, la jeune fille lui fit face.

— Vous pouvez m'appeler mistress Trueheart.

— *Mistress?* siffla Felicity. Vous ne voulez pas plutôt dire putain?

Lucy resta éveillée toute la nuit enrageant contre Felicity. Sur les instances de Richard, on lui avait attribué la chambre réservée aux hôtes de marque, mais cela ne produisait sur elle aucun effet sédatif. Au fond d'elle-même, Lucy éprouvait une certaine admiration pour Felicity. Il fallait une grande force de caractère pour résister à Aidan.

— Je n'en serais pas capable, si j'étais son épouse, marmonna-t-elle en bourrant son oreiller de coups de poing. Au moins, cette garce a le courage de ses opinions.

Tandis qu'elle ruminait de la sorte, Aidan tentait de trouver un accord avec Richard, ce qui s'avérait particulièrement délicat, les hommes du Mór s'étant déclarés partisans de la guerre. Il fallait à Aidan tout son amour de son pays pour résister à leur pression.

Si Felicity n'était légalement plus sa femme, raisonnait Aidan, les termes de la reddition qu'elle avait signée en tant que lady Castleross deviendraient caducs, rouvrant les hostilités avec les Anglais. Etant donné la puissance du clan Browne, leur fureur de voir leur fille rejetée risquait fort de transformer la guerre qui s'ensuivrait en boucherie.

Debout devant la fenêtre de la chambre qu'il occupait déjà enfant, il sentit son cœur se serrer. Tout dépendait donc du sort de la jeune femme. D'après Revelin, Rome avait accepté l'annulation. Donc il était en droit de renvoyer Felicity à son père.

Il savait qu'elle ne supporterait pas cette honte mais après tout, n'était-ce pas elle qui la première avait renié ses vœux en lui refusant son lit ?

La perspective d'être libre le grisait. Enfin, il pourrait manifester à Lucy tout ce qu'il éprouvait pour elle, enfin, ils pourraient vivre leur passion !

Il décida d'en entretenir Felicity dès le lendemain matin. Si elle avait refusé d'entendre Revelin, lui ne se laisserait pas mettre des bâtons dans les roues.

La porte s'entrebâilla soudain en grinçant sur ses gonds. Instinctivement, Aidan se retourna pour attraper sa dague. Une silhouette encapuchonnée se faufila dans la pièce.

— Retenez votre main, milord ! murmura une voix féminine. Je vous en prie !

La femme tomba à genoux dans un rayon de lune et il la reconnut.

— Felicity ? Que faites-vous ici ?

Ecartant son manteau, elle apparut quasiment nue, vêtue seulement d'une chemise diaphane.

Aidan se figea. C'était la première fois qu'il la voyait les cheveux dénoués, flottant sur ses épaules. Il aperçut la pointe foncée de ses seins sous le fin tissu et la veine qui battait à la naissance de son cou.

Quand elle leva vers lui son visage parfait, il remarqua la flamme qui brûlait dans ses yeux. Elle prit une longue inspiration avant de se lancer :

— Je suis venue accomplir ce qui aurait dû l'être lors de notre nuit de noces. C'est alors que j'aurais dû me donner à vous. Mais le Seigneur m'a demandé d'attendre.

— Je vois ! Et maintenant, le Seigneur vous commande d'ouvrir vos jambes ?

Sa grossièreté lui arracha une grimace.

— Ce n'était pas bien de me refuser à vous. Je l'ai compris quand j'ai vu le démon de la convoitise vous pousser vers une autre femme.

— Non, Felicity. Ce qui réveille aussi soudainement

vos ardeurs conjugales, c'est de comprendre que votre traité avec les Anglais sera lettre morte quand vous aurez quitté ce château.

Felicity demeura parfaitement impassible, ce qu'Aidan admira, tout en subodorant quelque dangereuse menace sous cette apparente maîtrise.

— Ce n'est pas le traité qui me préoccupe, insista-t-elle. Ce sont avant tout nos âmes.

— Madame, répliqua-t-il, n'insistez pas ; je ne connais que trop vos talents de menteuse.

— Je suis sincère, protesta-t-elle en se relevant et en se dirigeant vers lui. Si vous saviez combien je vous désire, milord. Je vous ai aimé dès le premier regard. Imaginez quelle torture cela a été pour moi de me refuser à vous ! C'en serait une autre, à présent, si vous me rejetiez. Aidan, je vous en prie... je vous donnerai des enfants, je...

— Felicity ! l'interrompit-il d'une voix ferme, cessez ce combat perdu d'avance. La vie est courte, poursuivit-il sans lui laisser le temps de protester, et bien souvent, elle décide de nos destinées. Nous avons tous deux fait une erreur en tentant de contrôler ce qui était hors de notre portée.

La jeune femme se jeta sur lui et couvrit son visage de baisers. Surpris, il se recula.

— Felicity, je vous en prie ! Ne rendez pas les choses encore plus difficiles !

— Tout ira bien ! chuchota-t-elle d'une voix enrouée. Aidan, vous êtes mon mari !

Elle s'approcha et, pour l'éviter, il franchit la porte menant sur le chemin de ronde où elle le suivit, s'accrochant à lui, gémissant et essayant de l'embrasser.

— Vous n'avez jamais compris, susurra-t-elle d'une voix glacée. Je vous ai toujours aimé, milord.

— Non, Felicity, et moi non plus je ne vous ai jamais aimée, assura-t-il, tentant de se libérer de son étreinte. Il faut tourner la page à présent. Ce soir. Revelin a préparé les papiers.

— Je ne vous laisserai pas m'humilier ainsi !

D'abord, Aidan ne sentit rien ; puis une douleur brutale le traversa. Il s'arrêta brusquement comme pétrifié. La garce venait de le poignarder dans le dos!

Il la repoussa sans un mot, malgré la douleur qui commençait à l'élancer. Lorsqu'elle leva à nouveau sa petite dague et se jeta sur lui, il lui saisit les poignets. Sa tête s'alourdissait de seconde en seconde. Il comprit qu'il était au bord de l'évanouissement.

— Arrêtez, Felicity! Votre attitude est ridicule, tenta-t-il de la raisonner en maintenant son couteau à distance. C'est vous-même que vous détruisez, et non pas moi, les dents serrées, se retenant de lui tordre les poignets. Voyons, retournez dans votre famille et mettez-moi tout sur le dos! Dites-leur que je suis un monstre, que je vous battais, que je vous forçais à réciter le rosaire, que...

— Jamais! Espèce de sale papiste.

L'arme trembla dans sa main.

Il pressa le pouce contre son pouls. Elle lâcha le couteau et s'amollit contre lui. Le sang coulait dans le dos d'Aidan et il se sentait la tête étonnamment légère. Il devait s'asseoir et demander à Iago de panser sa blessure. Mais d'abord, il fallait en finir avec Felicity.

— C'est terminé, chuchota-t-il. Réglons les choses maintenant, avant d'aller trop loin.

Elle le fixa.

— Mais je vous aime! Et vous m'aimez!

Comprenait-elle le ridicule de ses paroles alors qu'elle venait d'essayer de le poignarder?

— C'est pour contrarier mon père et plaire au vôtre que j'ai accepté de vous épouser. Vous, vous vouliez poursuivre votre croisade en faveur de la Réforme, et c'est pour cela que vous étiez d'accord. Nous avions tort tous les deux. Mais c'est fini maintenant.

— Non! clama-t-elle en se reculant, se précipitant sur le parapet de pierre, le vent soulevant sa longue chevelure qui s'éparpilla autour de son visage pâle et tourmenté. Pas tout à fait, Aidan.

— Mon Dieu, Felicity! s'étrangla-t-il en s'avançant d'un pas chancelant. Que faites-vous? Descendez, je vous en prie!

Un son grinçant rompit le silence au-dessus d'eux. Un grincement de gonds, sans doute. Il n'y prêta pas attention et lui tendit la main.

— Je ne pensais rien de ce que j'ai dit, chérie, murmura-t-il d'une voix douce. Je vais vous faire l'amour ce soir, vous rendre heureuse.

— Vos mensonges arrivent trop tard.

Elle attrapa le devant de sa chemise et le déchira de haut en bas, puis griffa sa poitrine, y laissant de hideuses marques rouges.

— Vos mensonges ne nous sauveront ni l'un ni l'autre, maintenant. C'est en enfer qu'ils vont vous conduire. Dès demain, tout le monde saura que vous m'avez tuée.

Il tenta de la rattraper mais elle fut plus rapide. Elle bascula en arrière, son manteau se déployant comme un voile et formant un écrin autour de son visage pâle, avant que l'obscurité ne la happe.

Aidan s'accrocha au parapet et vomit. La sueur perlait à son front. Même morte, elle s'accrochait à lui. Elle avait eu raison : demain, tout le monde le traiterait de meurtrier.

La seule issue pour lui était de s'enfuir sans perdre un instant et de ne revenir qu'à la tête d'une armée.

Richard de Lacey tendit un mouchoir à Lucy. Elle sécha ses yeux avant de les lever sur lui.

— Combien en avez-vous ?

— Encore quatre, je crois.

Elle émit un long reniflement sinistre.

— Cela ne me suffira pas.

Une pluie fine martelait avec acharnement l'avancée du toit sous lequel était installé le petit bureau. C'est là qu'elle était assise, en compagnie de Richard et d'une dénommée Shannon MacSweeney.

Celle-ci était arrivée à l'aube pour vérifier si les rumeurs qui couraient à Killarney étaient exactes. Ses cheveux d'un roux flamboyant s'accordaient avec la pétulance de son caractère. Tout en fixant Richard de ses yeux verts, elle réconfortait Lucy par de petites tapes sur l'épaule.

— Alors, elle est bien morte ? insista Shannon.

— Indubitablement.

— Est-ce O'Donoghue qui l'a poussée par-dessus les remparts ? C'est ce que prétend le père de Felicity, et c'est aussi ce que son cousin a clamé dans le village.

— Ce n'est qu'un tissu de mensonges ! tempêta Richard. J'ai tout vu. En entendant une discussion animée sous mes fenêtres, je me suis penché et j'ai assisté à la scène. Felicity a d'abord poignardé Aidan, avant de se précipiter sur le parapet en déchirant sa robe et en lacérant sa poitrine pour simuler une attaque, poursuivit-il, d'un ton plein de grief. Il a essayé de la rattraper mais elle avait eu le temps de sauter.

Lucy écrasa le mouchoir contre ses yeux comme pour chasser les images que ces mots avaient fait naître.

— Pourquoi s'est-il enfui ? chuchota-t-elle. Cela ne fait que confirmer les soupçons qui pèsent sur lui.

— Il a eu raison de s'enfuir, intervint Shannon MacSweeney. Il aurait été pendu au petit matin s'il était resté.

— J'aurais pris sa défense, insista Richard.

Shannon eut un rire amer.

— Vous croyez que cela aurait servi à quelque chose ? Fortitude Browne cherche tous les moyens de se débarrasser d'Aidan O'Donoghue.

Empli d'une rage froide, le Mór O'Donoghue parcourait la péninsule d'Iveragh en rassemblant les rebelles sur son passage. Il était aisé de trouver des mécontents, prêts à le suivre pour reprendre Ross Castle. Les récentes pendaisons en représailles de la mort de Felicity avaient marqué le point de non-retour dans des esprits déjà exaspérés par toutes les violences précédentes. Au bout d'un mois, une armée gigantesque campait sur les rives du Lough Lane.

Lucy, qui avait passé la plus grande partie de ce temps à Innisfallen, auprès du chanoine Revelin, débarqua un beau soir au bivouac en canot. La première personne qu'elle vit fut Iago, qui s'exerçait au tir avec les archers.

— Où est Aidan ? demanda-t-elle.

Les yeux de son ami s'élargirent de surprise.

— Vous ne devriez pas être là !

— Répondez-moi, Iago.

— Elle ne devrait pas être là, répéta-t-il en apercevant Revelin qui l'accompagnait.

— C'est sûr, mais qui aurait pu l'en empêcher ? répondit celui-ci. Elle est plus têtue qu'un bélier et ne cessera que quand Aidan aura retrouvé la raison.

Iago eut un sourire.

— Je vois que vous connaissez bien notre Lucy !

— Alors ? intervint-elle brutalement pour cacher sa nervosité. Où est-il ?

— Ici, indiqua Iago du doigt, à la lisière des bois, près de la source. C'est là que se trouve le tombeau de sa mère, ajouta-t-il en lui donnant une petite tape sur l'épaule. Je crains qu'il n'ait beaucoup bu, *pequeña*.

— J'ai déjà vu des hommes ivres ! s'exclama Lucy en se mettant en route.

Malgré tout, l'anxiété lui serrait la poitrine tandis qu'elle traversait le camp au milieu d'un silence lourd. Les dernières semaines avaient été rudes pour les deux parties : les Anglais réclamaient justice pour la mort de Felicity tandis que les Irlandais défendaient passionnément l'innocence d'Aidan. Quant à Richard de Lacey, toujours retranché à Ross Castle, il demeurait étrangement silencieux. Sans doute se préparait-il à la guerre.

Lucy escalada un sentier boueux et parvint bientôt à l'endroit que lui avait indiqué Iago.

Aidan ne sembla pas l'entendre. Il était assis sur un rocher, le coude appuyé sur son genou, une gourde en peau à la main.

— Aidan, dit-elle doucement.

Il leva vers elle des yeux emplis de rage et de défiance. Brusquement Lucy comprit : il avait déjà renoncé à la vie et se préparait à se faire tuer sur le champ de bataille.

— Je vous en prie, implora-t-elle en s'avançant. Je

vous en prie, ne faites pas cela! Trouvez autre chose. Aidan, je vous en supplie!

— Trouver autre chose! répéta-t-il d'un ton dur et moqueur. Que me suggérez-vous? Epouser une Anglaise pour assurer la paix et l'assassiner quand elle sera devenue un fardeau?

— Ainsi donc, Revelin avait raison, fit-elle d'une voix tremblante, vous prenez tout sur votre dos!

— Revelin se trompe rarement.

Emue par sa détresse, Lucy se laissa glisser à genoux à côté d'Aidan, et puis elle prit la gourde et la porta à ses lèvres. Elle renversa la tête en arrière et but à longues gorgées. Le liquide mit son estomac en feu, mais elle demeura stoïque.

Lorsqu'elle reposa la gourde, Aidan s'enquit:

— Alors?

— C'est assez fort pour renverser un cheval de trait!

Il émit un rire bref, puis l'ombre happa de nouveau son visage.

— Ce n'était pas votre faute! insista Lucy. Ni la mort de votre père ni celle de Felicity. Tous les deux ont péri victimes de leur haine.

Aidan fixa la croix de pierre sculptée portant une inscription en gaélique.

— Dieu veuille vous croire! s'exclama-t-il.

Il avala une longue lampée à la gourde et s'essuya la bouche de sa manche. Il paraissait amer, désespéré.

Lucy ne l'avait jamais vu ainsi. Elle ne savait comment l'atteindre.

— Votre mère s'appelait Máire, dit-elle en retraçant du doigt les lettres inscrites sur la pierre. Est-ce son nom qui figure ici?

— Oui.

— Parlez-moi d'elle.

— Voilà encore un sujet réjouissant!

Il but de nouveau, puis lança la gourde dans l'herbe. L'alcool lui faisait briller les yeux.

— Mon père l'a accusée d'infidélité. Pour lui, j'étais le fruit d'une liaison avec un Anglais. Il l'a rouée de coups pour lui soutirer des aveux. Elle en est morte.

Lucy posa tout doucement la main sur son avant-bras.

— D'après Revelin, Ronan était vraiment une brute qui ne méritait ni confiance ni respect.

Lucy inspira à pleins poumons avant d'aborder le sujet qui lui tenait à cœur.

Enfin, elle se lança :

— Si vous entraînez ces hommes à l'assaut du château, vous vous conduirez exactement comme lui. Est-ce vraiment votre désir ?

Il repoussa sa main et la foudroya du regard.

— Vous ne savez pas de quoi vous parlez.

Lucy se força à rester immobile.

— Oh, si, milord. D'autant mieux que c'est vous-même qui m'avez exposé les faits. Ronan O'Donoghue n'avait aucun scrupule à tuer. Les veuves et les orphelins lui importaient peu. Il est certain qu'en l'imitant, vous aurez toutes les raisons de vous sentir réellement coupable.

Aidan la saisit brutalement aux épaules et la mit sur ses pieds.

— Assez, grommela-t-il. Je refuse d'en entendre davantage. Vous n'avez rien à voir dans tout cela. Allez-vous-en, maintenant, laissez-moi accomplir mon devoir.

Lucy fixa les doigts plantés dans sa chair.

— Vous prétendez tenir à moi. Est-ce votre manière de me le montrer ?

Il murmura quelque chose en gaélique, puis la relâcha.

— Lucy... commença-t-il, de la voix d'un homme revenu de tout.

Elle se détourna brusquement et s'enfuit.

Le Mór avait décidé de prendre le château à l'aube. Richard de Lacey devait maintenant avoir appris qu'une armée le menaçait, mais il n'avait sans doute pas encore reçu de renforts.

On prétendait Ross Castle inexpugnable. Mais pas pour Aidan, qui avait lui-même élaboré le système de défense de la forteresse. Avec un peu de chance, ses hommes et lui auraient le temps de traverser l'étroite levée et d'atteindre au moins la salle des gardes avant d'être découverts.

La brume du petit matin le glaçait jusqu'aux os et la voix de Lucy ne cessait de le hanter : *Voulez-vous tellement ressembler à votre père ?*

Ne voyait-elle pas qu'il n'avait pas le choix ?

Il se tourna vers les hommes qui attendaient en silence derrière lui. Vêtus de leurs traditionnelles tuniques de peaux de bête, pieds nus et armés, ils exhalaient une colère aiguisée par des générations d'asservissement. Ils étaient prêts au combat. Plus que prêts.

Iago et Donal Og le consultèrent du regard puis donnèrent le signal aux troupes.

— Dieu soit avec nous ! jeta Aidan en gaélique.

Donal Og grimaça.

— Puissions-nous tous atteindre le paradis avant que le diable apprenne notre mort !

Des rires nerveux parcoururent l'assemblée. Aidan prit la tête de son armée et ils entreprirent de traverser la forêt entourant le château. A sa grande surprise, ils n'y rencontrèrent pas âme qui vive.

Toujours personne au-delà de la levée naturelle qui enjambait une partie du lac.

Quand il trouva la herse levée, Aidan commença à éprouver une certaine inquiétude.

— C'est un piège, souffla-t-il en se tournant vers Donal Og.

Celui-ci acquiesça d'un air sombre :

— C'est trop beau pour être vrai ! Nous continuons ?

— Oui.

Les troupes irlandaises traversèrent la cour intérieure jusqu'à la salle des gardes, où, dans la pénombre, on distinguait six silhouettes se profilant derrière les fenêtres. Tandis qu'Aidan se préparait au combat, il subodora que quelque chose d'étrange se passait.

Faisant signe à ses compagnons de s'arrêter, il entra tout seul dans la salle des gardes. Dieu du ciel ! Etaient-ils donc tous morts ?

Un ronflement régulier frappa son oreille. La peur le

cloua un instant au sol, puis il comprit ce qui se passait et poussa un soupir de soulagement.

— Désarmez-les ! ordonna-t-il à ses hommes.

— Milord ! s'exclama l'un d'eux avec incrédulité. Mais ils le sont déjà !

— Ils ont les pieds et les mains liés, remarqua Iago.

Les Irlandais entreprirent alors de gravir l'escalier. Ils trouvèrent un soldat endormi sur chaque palier. L'atmosphère était étrange et déroutante. On aurait cru qu'un *sidhe* avait jeté un sort sur toute la maisonnée...

Quand ils eurent atteint le grand hall, Aidan se dit que l'affaire était dans le sac. Mais bientôt, il perçut le murmure d'une conversation et il tendit l'oreille.

— Très bien ! acquiesçait une voix féminine. Et celui-ci, alors ?

Le rire très reconnaissable de Revelin emplit l'air brumeux.

— Non, mon enfant. Je crois que cette fois vous êtes battue.

— Sapristi, vous...

Elle s'interrompit comme Aidan entrait dans la pièce, suivi de Donal Og, de Iago et d'un premier contingent de combattants. Se levant, elle l'accueillit d'un sourire.

— Bienvenue, Votre Eminence !

Aidan marcha jusqu'à la table où était disposé un jeu d'échecs.

— Que diable se passe-t-il donc ici ?

Revelin caressa sa longue barbe blanche.

— Eh bien, milord, on dirait bien que la jeune dame est en train de perdre.

— Ne faites pas l'innocent. Je veux parler de ça ! tempêta-t-il en désignant d'un geste exaspéré les hommes qui ronflaient un peu partout.

— Ah, eux ? déclara Revelin en hochant la tête. Nous les avons drogués.

— C'est exact, confirma Lucy, indiquant du doigt le tas d'épées et de dagues reposant dans un coin. Nous avons posé leurs armes ici. Cela vous convient ?

— Nous avons aussi fait porter le coffre-fort de Ross Castle sur la côte pour plus de sécurité, intervint Shannon MacSweeney, sagement installée sur un siège, en train de broder. J'ai dû leur parler des pièces d'or pour leur donner du courage, Aidan, poursuivit-elle. J'espère que tu ne m'en voudras pas.

Elle caressa les cheveux dorés de Richard de Lacey, étendu sur un coussin derrière elle.

— J'espère que lui non plus ne m'en voudra pas.

Pendant un moment, Aidan fut incapable de parler.

— Vous les avez drogués ? parvint-il enfin à articuler.

— C'est bien ce que nous vous avons dit, fit Lucy.

— Un soupçon d'une potion très spéciale dans le whisky, expliqua Revelin. Enfin, peut-être un peu plus qu'un soupçon, admit-il en se concentrant de nouveau sur l'échiquier.

— Et aussi dans le porridge et la bière, ajouta Lucy. Et j'ai peur d'en avoir mis aussi dans le vin pour être certaine. Mais vous feriez mieux de vous dépêcher de vaquer à vos occupations habituelles d'assaillants de châteaux avant qu'ils ne se réveillent. Je crains qu'ils ne soient alors de très mauvaise compagnie.

Aidan se campa devant elle et s'absorba dans la contemplation de son visage. Si longuement qu'elle finit par rougir.

— Vous devriez vraiment vous hâter, milord.

— Certainement, approuva-t-il, et, pour la première fois depuis plus d'un mois, un sourire monta à ses lèvres. Mais il y a autre chose que je dois faire d'abord.

— Laquelle ?

— Celle-ci.

Il glissa ses bras autour d'elle et se pencha pour plaquer un long baiser sur sa bouche.

— Si tu as l'intention de me remercier de la même manière, remarqua Revelin, je te signale que je n'apprécierai pas du tout.

Aidan se redressa sans quitter Lucy des yeux.

— Je lui réserve mes baisers, si cela ne vous dérange pas.

Un éclat de rire général salua sa déclaration, dissipant la tension de la troupe. Donal Og se battit la poitrine comme les guerriers d'autrefois.

— Venez, les garçons ! clama-t-il. Allons nous occuper des prisonniers avant qu'ils ne se réveillent et ne nous fassent gagner la victoire à la sueur de notre front.

JOURNAL D'UNE DAME

Nous avons reçu de Richard un rapport des plus inquiétants. On dirait qu'il a été contraint d'abandonner Ross Castle avec ses troupes et de se retrancher à Killarney. Plus surprenant encore, il nous est revenu aux oreilles qu'il était épris d'une jeune Irlandaise. J'ai du mal à imaginer mon Richard marié !

J'ai peur que ses devoirs envers l'Angleterre viennent assombrir son bonheur. Il a demandé des renforts. Oliver pense qu'il ne les obtiendra pas, car la reine manque de troupes. Mais mon mari, lui, peut parfaitement lever une armée, étant donné les bénéfices qu'il réalise grâce à la Muscovy Company créée par son père.

Peut-être un voyage en Irlande nous permettrait-il d'y voir plus clair dans tout cela.

Pour l'instant, je vais mettre mes soucis de côté. La charmante comtesse est de nouveau ici, à Blackrose Priory, avec ses cancans plus délicieusement choquants les uns que les autres. J'ai hâte de l'entendre !

Lark de Lacey,
comtesse de Wimberleigh

13

— Voulez-vous m'épouser ?

Aidan leva les yeux des documents qu'il étudiait. La stupéfaction qu'elle lut sur son visage fendit le cœur de Lucy, mais elle se força à attendre la réponse sans rien manifester, bien droite au milieu du bureau.

Il lui adressa un sourire distrait.

— Je suis désolé. Je n'ai pas bien entendu. J'ai cru comprendre que vous me demandiez de vous épouser ?

— Effectivement.

Il haussa les sourcils.

— Vraiment ?

— Vraiment.

Ses sourcils se plissèrent.

— Oh !

Aidan tripotait nerveusement la lettre posée sur son bureau. Il en corna un angle, puis retourna la feuille. Un silence embarrassé s'installa entre eux tandis que le soleil qui entrait par l'étroite fenêtre dessinait sur le sol ses motifs changeants.

Quelle imbécile elle était ! Elle qui avait toujours vécu dans la terreur d'être rejetée, voilà qu'elle s'offrait à la pire des rebuffades !

Maintenant qu'il était trop tard pour faire marche arrière, elle se réfugia dans une pose effrontée, les mains sur les hanches, le menton fièrement levé.

— Alors ? Vous voulez bien ?

— Si je veux bien vous épouser ?

Il était follement séduisant, cet après-midi-là. Trois semaines après le traité de reddition signé avec Richard de Lacey, le Mór O'Donoghue avait recouvré vigueur et assurance, en même temps qu'il s'était réinstallé dans son domaine.

Il s'assit, l'air toujours surpris, et posa les coudes sur la table, le bout des doigts joint.

— Excusez-moi, mais d'habitude n'est-ce pas l'homme qui fait la demande ?

— Je ne connais pas les usages, répondit-elle en relevant la tête d'un air méprisant. Je sais bien sûr que le mariage est une affaire sérieuse, et qu'un chef de clan ne se lie pas, en général, avec une étrangère, mais...

— Comment savez-vous cela ?

— Revelin me l'a dit.

— Ah, Revelin le sage ! Que vous a-t-il dit d'autre ?

— Que vous accepteriez.

Elle était si embarrassée qu'elle eut de la peine à articuler sa phrase.

Il se leva lentement et contourna sa table de travail.

— Revelin s'est trompé.

Grâce à un sursaut de volonté, elle réussit à ne pas s'évanouir de honte. Elle se força à lui adresser un clin d'œil, comme si tout cela n'était qu'une plaisanterie.

— Bien entendu, acquiesça-t-elle vivement. Cette idée est absurde. Vous avez tout à fait raison de refuser...

— Je vous aime de tout mon cœur... reprit-il.

Lucy laissa échapper un soupir. Une onde de chaleur l'envahit, et elle se sentit délicieusement rougir.

— ... mais je ne peux pas vous épouser, poursuivit-il. Pas maintenant. Peut-être jamais.

Elle eut l'impression d'avoir une pierre dans sa poitrine, saisie soudain par la sensation d'abandon qu'elle ne connaissait que trop. Elle réussit tout juste à marmonner :

— Je vois, essayant de s'esquiver avant qu'Aidan remarque sa douleur.

Il fut plus prompt. Il s'avança pour lui couper la route, il lui prit les mains.

— Non, mon amour, vous ne voyez pas ! Venez par ici !

Il lui fit franchir un passage voûté, remonter une volée de marches jusqu'à une porte basse, et ils débouchèrent sur la partie ouest du chemin de ronde. C'était une journée magnifique ; le ciel se reflétait sur la surface sans rides du lac.

— Regardez bien toute cette beauté, déclara-t-il, debout derrière elle. Qui sait quand vous la reverrez. C'est trop beau, trop pénétrant pour durer.

— Pourquoi dites-vous cela ?

— Parce qu'on ne nous laissera pas vivre ici et nous aimer, avoir des enfants, mener l'existence banale et paisible de tous les couples ordinaires.

Les espoirs de Lucy sombrèrent d'un coup.

— Vous voulez dire que Richard peut revenir ?

Elle le sentit se crisper.

— Si c'est le cas, il aura des renforts. Et il ne se contentera pas de faire main basse sur Ross Castle, il me prendra en otage.

— Ne pourriez-vous vous arranger à l'amiable avec lui ? Pourquoi donc voudrait-il vous faire prisonnier ?

— S'il s'agissait juste de Richard, je ne m'inquiéterais pas trop, il s'est conduit avec honneur. C'est la famille de Felicity qui représente une menace.

Lucy frissonna et s'accrocha à lui.

— Browne persiste à vous charger du meurtre de sa fille, n'est-ce pas ?

Aidan acquiesça d'un signe de tête et revit mentalement la lettre posée sur son bureau.

— Il n'aura pas de repos tant qu'il n'aura pas eu ma peau.

Un poignard traversa le cœur de Lucy. Rien n'aurait pu chasser la sensation de terreur qui l'assaillit alors.

Aidan avait raison. Cet homme avait perdu sa fille et il n'aurait de cesse de se venger.

— Je ne renonce pas à vous épouser, chuchota-t-elle.

Aidan sourit tristement et posa ses lèvres sur son front.

— Aujourd'hui, peut-être ?

— Je crois qu'au fond je l'ai désiré dès que je vous ai vu, alors n'essayez pas de me faire changer d'avis ; vous perdriez votre temps.

Il semblait lutter pour ne pas la serrer contre lui.

— Si seulement vous éprouviez un millième de ce

que j'éprouve pour vous, force me serait de prendre votre désir au sérieux.

— Ce n'est pas seulement du désir, insista-t-elle. C'est plus fort encore que la volonté de retrouver ma famille. Maintenant que je vous ai, tant pis si je ne la revois jamais. D'ailleurs, j'ai probablement perdu toute possibilité de découvrir la vérité.

— Et si vous veniez à la découvrir quand même ? s'enquit-il d'une voix tendue.

— Sans doute éprouverais-je de la curiosité à l'égard des miens, mais cela n'est plus aussi important pour moi. Je me suis faite à l'idée de ne pas les retrouver.

Aidan ferma les yeux. Une expression tourmentée assombrit son visage. Quand il rouvrit les paupières, pourtant, il souriait.

— Ma mie, murmura-t-il en couvrant ses lèvres des siennes. Avez-vous autre chose à me dire ?

— Je ne crois pas, souffla-t-elle, frissonnant comme il introduisait sa langue entre ses lèvres.

Son baiser se fit plus violent, et le désir se mit à couler dans les veines de Lucy comme un flot brûlant. Elle tremblait quand il l'écarta doucement.

— Vous savez, murmura-t-elle. Je suis sûre qu'il existe mille raisons encore plus mauvaises de se marier que le seul désir.

— Je vous approuve entièrement, confirma-t-il, sa voix vibrant d'un rire contenu.

Remarquant l'expression grave du visage levé vers lui, Aidan redevint sérieux.

— Lucy, vous avez besoin d'un mari sur lequel vous puissiez vous appuyer, non d'un homme qui d'ici peu risque de se balancer au bout d'une corde.

Elle lui martela le torse de ses poings.

— Je vous interdis de parler ainsi !

— Mais si le gouverneur Browne parvient à ses fins ? insista-t-il. Que deviendriez-vous ?

Lucy se força à rire.

— Je suppose, milord, que je deviendrais une veuve plutôt riche.

Il rit lui aussi, et pencha la tête pour l'embrasser.

Juste avant que leurs lèvres se joignent, elle crut apercevoir une lueur de désespoir dans ses yeux. Mais quand sa bouche prit la sienne, elle oublia tout de leur macabre conversation.

Je suppose, milord, que je deviendrais une veuve plutôt riche. Cette réplique, destinée à l'amuser, avait fait son chemin dans l'esprit d'Aidan.

La nuit précédente, alors que tout le monde dormait, il était monté tout en haut de Ross Castle, là d'où la vue embrassait le lac illuminé par la lune et les collines avoisinantes.

Comme la vie était simple autrefois ! avait-il songé. En Irlande, les chefs de clan régnaient depuis des siècles sur leurs terres, dans la paix et la prospérité.

Mais les Anglais étaient survenus et avaient envahi le pays, ne respectant aucune des anciennes valeurs, et bien plus que son existence, c'était son identité que le peuple irlandais risquait de perdre dans la guerre qui s'annonçait. Plusieurs vaillants guerriers avaient déjà dû renoncer au combat devant la puissance de l'occupant.

Aidan songea à toutes les lettres, menaces et admonestations qu'il avait reçues depuis qu'il avait signé la paix avec Richard. Combien de temps pourrait-il encore échapper à la vengeance du gouverneur Browne ? Un mois ? Six mois ?

Même morte, Felicity avait gagné. Elle l'avait contraint à la défaite.

Sauf sur un point.

Un sourire monta à ses lèvres. Elle n'avait pas réussi à détruire son amour pour Lucy.

Aidan frappa de ses poings fermés le sommet du mur sans éprouver aucune douleur, seulement une profonde exultation à l'idée de la décision qu'il venait de prendre. Oui, il allait épouser Lucy et préparer secrètement son avenir…

Je suppose, milord, que je deviendrais une veuve plutôt riche.

— Oui, ma bien-aimée, il en sera ainsi, chuchota-t-il à la nuit étoilée. Il en sera ainsi.

Ce fut Revelin d'Innisfallen qui les maria. Le chanoine rayonnait. Sa voix monta dans un crescendo triomphal quand il bénit l'alliance ouvragée du Mór.

Durant la messe qui suivit, Lucy découvrit avec étonnement les rites de l'Eglise catholique. Elle se demandait bien pourquoi la Réforme haïssait tant le latin, les cantiques et les nuages d'encens. La petite chapelle pleine de courants d'air de Ross Castle était loin de briller par ses richesses, mais la piété simple qui s'y manifestait aurait certainement converti plus d'un réformé.

Peut-être pas tous. Felicity Browne n'avait-elle voué sa vie à la conversion des catholiques ? *Et après tout, quelle importance ?* songea Lucy. Dieu était Dieu, quel que fût le culte qu'on lui rendît.

La pensée de Felicity avait suffi à la faire frissonner. Elle jeta un coup d'œil vers Aidan, dont l'expression déterminée et la beauté la firent chavirer en même temps qu'une angoisse terrible l'étreignait. Que faisait-elle là, elle, la pauvre fille sans foyer, à épouser un chef de clan irlandais ? C'était de la folie ! *De la folie !*

Elle avait dû laisser échapper une plainte ou un geste de détresse sans s'en rendre compte, car il prit sa main dans les siennes et capta son regard.

— *Pax vobiscum,* dit-il, répétant les paroles consacrées.

Elle ferma les yeux et se rapprocha de lui. Oui, la paix... Elle l'enveloppait maintenant comme un grand manteau. Toute sa vie, elle avait espéré connaître la sérénité du cœur, et Aidan la lui offrait. Une larme de gratitude perla à ses cils.

Lorsque le Mór lui pressa le bras avec douceur, elle ouvrit les yeux, et l'amour qu'elle lut dans son regard lui coupa le souffle.

— J'espère que ce sont des larmes de bonheur, chuchota-t-il.

— Espérons-le, sinon la nuit sera longue, soufflat-elle d'un ton moqueur pour s'empêcher de renifler bruyamment. Mais je suis votre femme. Que pourrais-je désirer de plus ?

Le sourire d'Aidan contenait tant de promesses qu'elle frémit de la tête aux pieds.

— Vous allez vérifier d'ici peu qu'effectivement, vous ne pouvez rien souhaiter de mieux, murmura-t-il en lui embrassant le lobe de l'oreille.

Les servantes parlaient rapidement et s'exprimaient en gaélique, mais leurs grands sourires étaient chaleureux. Elles semblaient tout excitées à l'idée de préparer une jeune épousée pour son mari.

Avec maints petits cris et soupirs, elles la baignèrent dans de l'eau de source chaude dans laquelle avaient infusé des herbes odorantes. Lucy fondait devant tant d'attentions, si inhabituelles pour elle. Sidheal, la sage-femme locale, une robuste campagnarde qui avait mis au monde le Mór O'Donoghue décrivit avec force détails les plaisirs qui l'attendaient.

Quand Sidheal l'aida à sortir du tub, la sécha et la peigna, de vagues réminiscences remontèrent à l'esprit de Lucy. La sensation s'évapora immédiatement, mais la jeune femme sentit sa respiration s'accélérer en découvrant qu'elle s'était presque souvenue de sa mère.

Les deux servantes la massèrent avec de l'huile de rose et lui enfilèrent une chemise diaphane si échancrée qu'elle glissait sur ses épaules.

Sidheal remonta le vêtement à deux mains et fit claquer sa langue.

— Il nous faudrait un bijou pour l'attacher.

— J'ai exactement ce qu'il faut ! s'exclama Lucy.

Elle alla chercher son sac, qui semblait encore plus sale et usé dans ce cadre luxueux, et en sortit la broche en or.

— Cela fera l'affaire.

Quand Sidheal l'épingla sur son épaule, Lucy lui adressa un sourire reconnaissant, heureuse de porter pour sa nuit de noces cet unique symbole de son passé.

Après lui avoir donné un dernier coup de brosse et

avoir planté une marguerite dans ses cheveux, les deux jeunes servantes s'inclinèrent et sortirent à reculons.

Sidheal la conduisit alors dans la chambre d'honneur au-dessus du grand hall. Une branche d'aubépine en ornait la porte et des guirlandes de fleurs sauvages avaient été disposées un peu partout dans la pièce dominée par un immense lit de chêne sculpté, drapé de rideaux de lin blanc, entre les draps duquel les femmes avaient glissé des sachets d'herbes et de pétales séchés pour apporter la prospérité au nouveau couple.

Après le départ de Sidheal, Lucy resta immobile au milieu de la pièce, fascinée.

— Décidément, la nuit de noces a l'air d'être une affaire bien sérieuse ! murmura-t-elle.

— Elle l'est, mon enfant !

Ses larges manches flottant comme deux ailes brisées, Revelin entrait dans la pièce, suivi de deux religieux nu-pieds.

Le premier fit le tour de la pièce en agitant son encensoir, tandis que l'autre tendait à Revelin une cuvette d'eau bénite. Revelin y plongea une branche de sorbier et en aspergea le lit pour appeler sur ses occupants la bénédiction divine.

— Toi qui es notre secours, Seigneur, Toi qui as fait le ciel et la terre, psalmodia-t-il, bénis ce lit. Que ceux qui vont y reposer connaissent Ta paix. Préserve-les tout au long de leurs jours et accorde-leur une longue vie, amen.

Avec un air penaud, il se tourna vers Lucy.

— La branche de sorbier est, je le crains, une survivance de quelque mythe païen.

— Toutes les bénédictions seront les bienvenues ! soupira la jeune femme.

Revelin s'approcha d'elle et déclara solennellement :

— Ma chère petite, ma fonction m'a privé de la joie d'être père mais je puis vous assurer que si j'avais eu une fille, j'aurais prié le Seigneur qu'elle vous ressemble.

Lucy, profondément touchée, se mit sur la pointe des pieds et lui plaqua un baiser sur la joue.

— Je n'ai jamais connu mon vrai père, confessa-t-elle, mais maintenant, je peux dire que j'en ai un. Merci, Revelin.

Il posa la paume de sa main sur son front et murmura quelque chose en gaélique avant de disparaître, la laissant seule au milieu de la pièce.

Deux chandelles brûlaient à la tête du lit et quelques braises rougeoyaient dans la cheminée. Tout était calme et serein, exactement comme elle l'avait rêvé. Tout, sauf un petit détail.

Elle n'avait jamais imaginé qu'elle aurait peur.

Elle avait peur ; il le devina tout de suite.

Aidan s'était immobilisé sur le seuil et dévorait Lucy des yeux — du moins ce qu'il pouvait voir d'elle. Le dos tourné, la tête légèrement penchée, elle s'attardait près de la fenêtre.

— Vous avez quitté la fête très tôt, fit-il d'une voix enrouée. La harpe a encore joué une bonne heure après votre départ.

Pieux mensonge ! Lui aussi avait quitté le grand hall très rapidement et, enfermé dans son bureau avec Donal Og et Revelin, avait établi avec eux le document qui régirait l'avenir de Lucy après sa mort. Aidan lui laissait le trésor de Ross Castle et un sauf-conduit pour Blackrose Priory dans le Hertfordshire, la demeure d'Oliver et de Lark de Lacey.

— Aidan ? jeta Lucy, le rappelant à la réalité.

Il sentit son désir pour elle décupler, mais remarqua en même temps combien elle paraissait tendue.

— Tout va bien, *a gradh*, murmura-t-il.

Il traversa la pièce et s'arrêta derrière elle.

— Vous pouvez vous retourner. Ce n'est que moi, Aidan.

Elle resta encore un moment figée par une force incontrôlée avant de lui faire face.

— Ce n'est *que* vous ? répéta-t-elle. C'est-à-dire seulement le Mór O'Donoghue, lord Castleross, de lignée royale. Je dois avoir perdu la tête ! Ma place n'est pas ici.

Malgré l'appel sous-jacent qu'elle lui lançait, Aidan fut incapable de lui répondre, plongé dans la contemplation de sa beauté. Une beauté chaleureuse, vibrante, ensorcelante, irrésistible, avec ses lèvres pleines et ses grands yeux incrédules.

— Milord ? s'enquit-elle en croisant les bras sur sa poitrine comme pour se protéger. Pourquoi me regardez-vous ainsi ?

Il se laissa glisser sur un genou.

— Vous êtes si belle ! Vous ressemblez à une fée, ainsi parée de blanc et d'or.

Lucy se mordit la lèvre et posa sur lui un regard inquiet.

— Est-ce ainsi que vous me mettez à l'aise ?

Il rit et se remit sur ses pieds.

— J'étais juste honnête, mon amour. Vous produisez sur moi le même effet qu'un vin enivrant.

— Jusqu'à ce que je vous rencontre, personne ne m'avait trouvée belle, fit-elle avec un petit sourire timide.

Aidan devait se faire violence pour ne pas la prendre dans ses bras, mais il ne voulait pas l'effrayer davantage. C'est pourquoi il s'enquit avec douceur :

— Et maintenant, puis-je vous toucher, milady Castleross, ou allez-vous me laisser souffrir ?

Lucy passa du sourire désenchanté à la moue espiègle.

— Ai-je le choix ?

Il inclina la tête, se demandant où il trouvait la force de résister à la violence de son désir.

— J'ai le droit de vous jeter sur le dos et de faire de vous ce que bon me semble sans tenir compte de vos préférences, déclara-t-il. Cependant, vous faites surgir en moi des sentiments que j'ignorais jusqu'alors.

— Vraiment ?

— Sincèrement, je ne ferai rien qui puisse vous blesser. Je ne vous toucherai que si vous le permettez et m'arrêterai dès que vous l'ordonnerez.

Elle prit une profonde inspiration et s'approcha du lit, s'immobilisant dans le halo des chandelles.

— Pourquoi ferais-je une chose aussi stupide que de vous arrêter ?

Il déglutit douloureusement.

— Ce sera votre prérogative. Et mon défi sera d'obéir, quoi qu'il m'en coûte.

Une des chandelles à la tête du lit grésilla et sa flamme s'allongea soudain, illuminant la pièce. La fine chemise révélait des seins dont Aidan apercevait la rondeur et la fermeté. Le drapé soulignait ses hanches, ne cachant rien de sa féminité.

Il poussa une plainte.

— Lucy, pour l'amour du ciel, dites-moi que je peux vous toucher ! Vous me rendez fou.

Elle vint se placer devant lui, pressa ses paumes contre son torse et ouvrit de grands yeux en s'apercevant que son cœur battait la chamade.

— J'ai toujours été sensible à la franchise.

— Je suis incapable de cacher le désir que vous m'inspirez, reconnut-il, à la torture. Alors ? insista-t-il d'une voix qui grinçait comme un ressort rouillé.

Elle gardait ses mains posées contre lui, et leur seul contact lui brûlait.

— Je ne veux pas que vous me touchiez... commença-t-elle, lui arrachant un gémissement de frustration. Non, cela ne me suffirait pas, avoua-t-elle. Je vous veux autour de moi, à l'intérieur de moi, partout. Vous comprenez ?

Il aurait été fou de ne pas saisir sa chance. Sans répondre à sa question, il l'attira dans ses bras et, continuant à prendre sur lui, il suivit le contour de sa joue du doigt et s'arrêta sous son menton pour tourner sa bouche vers lui.

Lorsqu'elle s'ouvrit doucement, semblable à une fleur à peine éclose, il dévora ses lèvres comme un fruit mûr, s'enivrant de leur douceur et de leur parfum.

Lucy se pressa plus étroitement contre lui, laissant échapper un cri de surprise devant l'évidence de son désir. Il glissa une main le long de son dos et l'immobilisa puis, après un long moment, fit descendre sa bouche le long de sa gorge. Elle se cambra pour s'ouvrir davantage et referma une de ses jambes autour des siennes. En dehors de leurs vêtements, rien ne les séparait plus.

— Ah, chuchota-t-elle. Aidan...

— Tout va bien ?

Elle se redressa et ébouriffa les cheveux d'Aidan.

— Je ne savais pas qu'un homme était...

Elle rougit et détourna les yeux.

— Etait quoi ? murmura-t-il en lui embrassant l'oreille. Finissez votre phrase.

— Euh... Eh bien, j'ai bien sûr entendu des plaisanteries grivoises à ce sujet, mais je n'avais tout simplement pas idée que votre... euh... vous savez...

Bien que dans son état cela le mît au supplice, il eut un rire étouffé.

— Vous n'êtes pas très claire, ma mie.

Elle inspira profondément.

— J'étais juste étonnée de découvrir qu'une partie apparemment aussi négligeable puisse se transformer en un aussi intéressant... euh... outil.

Il s'écarta, secoué par un gigantesque fou rire.

— Un outil ! répéta-t-il.

Elle leva le menton.

— Je l'ai entendu appeler de façon bien plus ridicule. Il y a même des hommes qui le baptisent...

— C'est parce que nous n'aimons pas voir un total étranger décider à notre place.

Ce fut au tour de Lucy de s'esclaffer, chassant ainsi ses dernières bribes de gêne et de crainte, au grand soulagement d'Aidan.

Touchant l'horrible broche en or agrafée à son épaule, il passa aux choses sérieuses.

— Vous permettez ? demanda-t-il.

— Bien sûr.

La signification de la broche le mit un instant mal à l'aise, mais il refoula cette impression et ôta le bijou. Le vêtement glissa à terre.

— Vous pouvez me trouver intéressant, mais cela n'a aucune commune mesure avec mon émerveillement à vous découvrir.

— C'est certainement le bain ou l'eau de rose.

— Non, ma bien-aimée, c'est tout simplement vous, murmura-t-il d'une voix mal assurée qui le surprit lui-même.

Il enleva sa propre chemise avec des mains tremblantes, puis s'immobilisa tandis qu'ils échangeaient un long regard dans un silence lourd de désir.

— Et maintenant ? souffla-t-elle au bout d'un moment en effleurant des yeux ses cicatrices. Pourquoi hésitez-vous ?

— Parce que je ne sais pas ce qu'il faut faire avec une femme comme vous, dit-il en prenant son menton dans sa main. Vous avez dominé votre peur, et maintenant, c'est moi qui tremble !

— Vous avez peur ?

— Oui. Je veux que cette nuit soit parfaite.

Lucy retint sa respiration, et il fut bouleversé de sentir une larme chaude contre ses doigts.

— De quoi vous inquiétez-vous ? chuchota-t-elle. Tout est déjà parfait !

Une plainte s'échappa de sa gorge comme il refermait les bras autour d'elle. Il se noya dans la chaleur délicieuse de son corps offert et enfouit le visage dans ses cheveux.

— Vous rendez tout si simple, *a gradh* ! soupira-t-il en la poussant doucement vers le lit.

Elle le regarda enlever ses bottes et son pantalon dans la lumière dorée des chandelles, et il lut dans ses yeux tout l'amour qu'elle lui portait.

Alors, pourquoi avait-il peur ?

La réponse jaillit comme une étincelle dans son esprit au moment où il s'étendait contre elle. Il connaissait maintenant la vérité à son sujet et il n'osait pas la lui dire, de crainte de la perdre.

Mais Lucy glissa le bras derrière son cou, et l'étincelle s'évanouit, ne laissant place qu'au désir de la rendre heureuse. Il s'appuya sur le coude et posa sa bouche sur la sienne, sa main effleurant doucement ses seins et son ventre, dessinant la courbe de ses hanches, remontant jusqu'en haut de ses jambes. Quand celles-ci s'ouvrirent timidement, il étouffa une plainte.

Quelque chose en Lucy éveillait sa tendresse et lui donnait la force de ne pas précipiter le mouvement. Sa langue se mit à écrire des mots d'amour sur tout son corps, éveillant chaque fois des tremblements et des gémissements de plaisir.

— Ah, mon cœur ! murmura-t-il. J'ai si peur de vous blesser.

Elle s'accrocha à lui et l'enferma dans ses jambes, aussitôt il la recouvrit de son grand corps.

— C'est le désir qui fait souffrir.

— Vous êtes délicieusement naïve, souffla-t-il en lui mordillant le lobe de l'oreille, avant d'ajouter en gaélique : J'ai bien l'intention d'en profiter !

— Cela ne saurait durer ; vous êtes un très bon professeur, répliqua-t-elle, ajoutant, elle aussi en gaélique : Et j'apprends vite.

D'abord stupéfait, il rit doucement contre son oreille.

— Petit démon ! Depuis combien de temps parlez-vous le gaélique ?

Elle baissa la tête et fit courir sa langue sur une rangée de cicatrices. Il eut l'impression que sa bouche le marquait au fer rouge.

— Je vous le laisse deviner.

— Alors, je vous laisserai aussi imaginer...

Il passa de nouveau en gaélique, utilisant des termes qu'elle ne pouvait sûrement pas connaître et qui décrivaient par le menu ce qu'il se proposait de faire.

— Là, je ne comprends rien, reconnut-elle en laissant ses mains glisser vers ses hanches. Cela dit, je voudrais bien que vous vous dépêchiez.

— Nous avons toute la nuit devant nous !

— Mais...

— Chut ! Faites-moi confiance.

— Je voulais juste...

Il appuya un doigt contre ses lèvres.

— Vous n'avez pas cessé de parler durant notre premier baiser. Cela a failli tout gâcher. Ne serait-ce pas mieux si vous vous taisiez ?

Elle resta bouche bée.

— Je n'arrive pas à croire que vous vous souveniez de notre premier baiser !

— Comment l'aurais-je oublié ? Il a changé ma vie.

— La mienne aussi ! s'exclama-t-elle et, avec un cri de bonheur, elle jeta ses bras autour de son cou. Oh, Aidan, je vous aime tant !

Il n'éprouva pas de surprise à le lui entendre enfin avouer. Il le savait depuis longtemps et il avait compris pourquoi elle s'était tue jusqu'à maintenant : elle craignait qu'il ne l'abandonne.

Elle souleva ses hanches contre lui et se mit à les bouger inconsciemment à un rythme de plus en plus cadencé, lui rendant impossible toute pensée cohérente.

Sentant qu'elle était prête, Aidan s'étendit sur elle, rendu fou de désir par la douceur de sa poitrine et la spontanéité avec laquelle elle ouvrait les jambes pour l'accueillir. Il se souleva légèrement puis s'immobilisa, emprisonnant ses yeux, préfigurant avec sa langue ce qu'il comptait faire avec son corps. Elle gémit et resserra ses jambes, l'attirant encore plus près. Du feu se mit à couler dans ses veines.

— Encore, murmura-t-elle entre ses baisers, puis elle lui mordilla la langue, manquant lui faire perdre tout contrôle. Encore, répéta-t-elle. Je veux tout, tout de suite.

Il se rapprocha, toujours hésitant, dans sa peur de lui faire mal. Elle avait allumé un brasier dans la nuit noire de son cœur et, par chacun de ses gestes, il voulait lui montrer combien il tenait à elle. Il hésita encore un instant, noyé dans l'ardeur de son regard innocent, puis il n'y tint plus et s'immergea dans la chaleur offerte avec un cri d'abandon. Elle ouvrit les yeux tout grands, et une plainte s'échappa de sa gorge, mais ce son inarticulé n'avait rien de douloureux, c'était plutôt la reconnaissance d'un moment unique qui liait leurs cœurs pour toujours.

Il s'aventura à bouger avec une lenteur qui mettait son emprise sur lui à rude épreuve. Ecoutant son instinct, elle se renversa en arrière et il la guida doucement.

Ses doigts glissaient sur elle, éveillant des réactions brutales chaque fois qu'ils s'attardaient. Secouée de spasmes, elle enfonça les ongles dans son dos. Son ardeur aurait ému une pierre, et Aidan n'avait guère besoin de stimulation. Il prit ses hanches entre ses grandes mains et, se laissant aller au désir qui bouillait en lui, il s'enfouit au plus profond d'elle. Aussitôt, il se sentit emporté par un plaisir si violent qu'il se crut déjà au paradis. Une lumière intense l'aveugla et mille étoiles tournèrent dans sa tête jusqu'à ce qu'il reprenne conscience entre les bras de Lucy qui le serrait très fort contre elle.

Il se détendit, attendant de retrouver sa respiration. Mais, bizarrement, il se sentait toujours aussi fébrile.

— Hum, hum! murmura-t-il après avoir repoussé une mèche humide de son oreille. Vous vous sentez bien, mon amour?

— Non! fit-elle d'une toute petite voix.

Il souleva la tête et la fixa.

— Vous avez mal? Voulez-vous que j'appelle vos servantes, ou...

— Aidan, calmez-vous! protesta-t-elle en caressant sa joue d'une main tremblante. J'ai seulement besoin de vous.

Inquiet à l'idée de l'avoir blessée, il s'étendit prudemment auprès d'elle et remonta attentivement les couvertures. Ecartant alors ses cheveux de son visage, il découvrit avec surprise que celui-ci était mouillé de larmes.

— Dites-moi ce qui se passe, je vous en prie.

— Vraiment, je n'imaginais pas qu'un jour vous me supplieriez de parler, déclara-t-elle avec un petit sourire tremblant.

— J'adore vous entendre parler. J'apprécie même quand vous chantez.

— Vous êtes si bon pour moi, soupira-t-elle. Si bon! Surtout, ne soyez pas inquiet de mes larmes. Je nage dans le bonheur. Il ne s'agit ni de douleur ni de peine, mais jamais je n'avais supposé que c'était aussi merveilleux de s'aimer.

Il pressa ses lèvres contre ses tempes.

— Vous me soulagez d'un grand poids!

Elle enfouit ses doigts dans ses cheveux.

— Si je l'avais su plus tôt, j'aurais décuplé mes efforts pour vous séduire.

— Alors, il va nous falloir rattraper le temps perdu.

— Je suis tout à fait d'accord, Votre Eminence.

Quel bonheur elle lui apportait, alors même qu'il traversait des moments aussi pénibles! Elle avait même réussi à lui faire momentanément oublier l'avenir. Oui, il avait agi pour le mieux. Elle le comprendrait le moment venu.

Elle le caressa effrontément, et sa réaction instantanée le stupéfia.

— Encore? dit-il dans un chuchotement incrédule. Tout de suite?

— Tout de suite! approuva-t-elle. Montrez-moi que la première fois n'a pas été un accident. Et qu'il en sera toujours ainsi pour nous.

— Mais il n'en sera pas toujours ainsi, *a stor*.

— Non? fit-elle avec une expression assombrie.

— Non.

Il redessina des mains la ligne de son corps.

— Je trouverai autant de façons de vous faire l'amour qu'il y a d'étoiles dans le ciel.

Et tandis que le joueur de harpe faisait encore chanter son instrument, en bas, dans le hall, Aidan souffla les chandelles et s'empressa de commencer à tenir sa promesse.

ANNALES D'INNISFALLEN

Que le Tout-Puissant me foudroie si j'ai mal agi.

Je connais Aidan depuis le jour de sa naissance, béni entre tous.

Quand je l'ai pu, aux moments où Ronan O'Donoghue était pris par d'autres préoccupations, j'ai donné à ce garçon tout l'amour dont son père le privait. Et bien que je ne lui aie jamais posé de questions, je me suis toujours senti responsable de son bonheur.

Peut-être ai-je dépassé les limites de mes attributions, mais cela fait bien longtemps que je ne peux plus considérer Aidan du regard froid du chroniqueur impartial.

Ainsi ils sont mariés. Est-ce un si grand crime s'ils peuvent arracher quelques bribes de bonheur à l'existence tourmentée qui les attend?

Revelin d'Innisfallen

14

Lucy se refusait à compter les jours ou même les heures passées auprès d'Aidan à Ross Castle. Une petite voix lui soufflait de ne pas tenter le sort en comptabilisant trop clairement son bonheur.

Elle refusait de considérer l'avenir, de s'arrêter sur le fait que les forces de Richard s'étaient manifestement repliées sur Killarney pour se regrouper et attendre des renforts.

Elle vivait chaque journée dans une sorte de rêve, essayant d'accomplir avec une bonne volonté touchante ses devoirs de maîtresse du château.

Hélas ! ses mains, si habiles à jongler, n'arrivaient pas à maîtriser les subtilités de la couture ni l'art de filer. Aussi Sidheal avait-elle fini par lui suggérer de superviser seulement le travail, lui disant que cela serait bien plus efficace.

Des commentaires joyeux fusèrent à cette remarque, et Lucy agita les bras d'un air soulagé dans la bonne humeur générale.

C'est précisément ce moment qu'Aidan choisit pour lui rendre visite.

— Mais que se passe-t-il donc ici ? demanda-t-il d'une voix forte pour dominer le tumulte.

Les femmes s'immobilisèrent, le fixant avec de grands yeux. Il attrapa Lucy par la taille.

— Je ne croyais plus jamais entendre le doux son de rires féminins dans ma maison ! remarqua-t-il.

Les suivantes gloussèrent derechef tandis que Lucy se sentait près d'éclater de bonheur.

— Sidheal vient de commenter mon adresse aux travaux d'aiguille.

— Si celle-ci égale vos dons pour le chant, elle a toute ma sympathie.

— Vous êtes bien cruel, Aidan O'Donoghue, déclara-t-elle en imitant son accent, s'écartant en feignant la fureur.

— C'est vrai ? Alors c'est bien dommage, milady, car dans ce cas, je devrai garder votre surprise.

Elle s'accrocha au-devant de sa tunique.

— Une surprise ! Allons, allons, vous savez bien que ma langue s'agite à tort et à travers. Vous êtes le plus merveilleux des maris !

Il répondit par un pied de nez, à la grande joie des servantes et l'attira contre lui.

— Ah, mon amour, susurra-t-il, depuis que vous êtes ici, c'est comme si le printemps venait tirer ces lieux d'un pénible hiver !

— Venez, milord, le pressa-t-elle, émue par sa sincérité, en le précédant hors du hall. Vous m'avez promis une surprise, n'est-ce pas ?

— En effet, confirma-t-il.

Lucy n'avait jamais éprouvé autant de sensations délicieuses à la fois. Comme ils traversaient la cour ensemble, elle serra la main d'Aidan et murmura :

— A vrai dire, je n'ai aucun besoin de surprise, Aidan ! Je n'imagine rien qui puisse me rendre plus heureuse que je le suis maintenant... Oh !

Elle s'immobilisa. Juste devant l'écurie, un palefrenier tenait les rênes d'un cheval sellé, prêt à être monté.

— C'est une jument du Connemara, ma mie, annonça Aidan. Elle est à vous.

Lucy s'approcha de l'animal, une magnifique jument louvette, avec un harnachement noir.

— Alors ? s'enquit-il avec un tendre empressement. Qu'en pensez-vous ?

— C'est le plus beau cheval que j'aie jamais vu. Mais vous savez quelle mauvaise cavalière je suis.

— Vous n'êtes pas une mauvaise cavalière, protesta-t-il, l'entraînant vers la jument et nouant ses mains autour de sa taille. Vous manquez juste d'expérience.

Avant qu'elle comprenne ce qui lui arrivait, il la souleva et la plaça sur la selle d'amazone et, à peine installée, elle fut surprise de se sentir aussi bien que dans un fauteuil. Seule la hauteur l'inquiétait un peu, et elle s'accrocha à la crinière de l'animal. Un palefrenier amena un autre cheval, et Aidan sauta à son tour en selle en lui souriant.

— Shelagh a été dressée pour être montée par une dame. Je crois qu'elle va vous plaire.

— Où allons-nous ?

Il ne répondit pas, mais son regard rapide lui donna une indication.

Toute à sa joie, Lucy refusait de voir les armées anglaises stationnées autour de Killarney ou de remarquer l'expression inquiète avec laquelle Revelin l'avait accueillie la dernière fois qu'elle lui avait rendu visite à Innisfallen.

Elle songea avec un sentiment de culpabilité à la lettre arrivée la veille de Dublin. O'Mahoney avait l'air si grave quand il l'avait remise à Aidan en lui expliquant que le lord député avait appris qu'un voleur détournait les revenus de la Couronne dans le Kerry, ce dont on tiendrait sans aucun doute Aidan pour responsable.

Bah, décida Lucy, elle s'inquiéterait de cela plus tard. Le regard d'Aidan contenait tant de promesses ; elle n'allait pas gâcher ce précieux moment de bonheur pur.

Pur ? Non, avoua une petite voix dans sa tête. Ce n'était pas si simple. Lucy n'était toujours pas totalement convaincue que l'amour qu'Aidan lui portait était sincère.

Si une partie d'elle-même lui affirmait que c'était le cas, ce que confirmaient ses attentions et sa tendresse constantes, la jeune femme était consciente qu'elle ne connaissait rien à l'amour. Après tout, nul ne l'avait jamais aimée. Toute sa vie, elle avait été abandonnée. Comment être certaine qu'Aidan était différent ?

Contente-toi des liens du mariage pour le moment, se semonça-t-elle. *C'est déjà beaucoup.*

Ils longeaient les berges du Lough Lane. C'était le plein été, et les bois avaient revêtu leur parure de feuilles vertes, de mousse, de fougères et de lichen. L'odeur d'humus emplissait l'air, et les eaux du lac reflétaient le bleu du ciel.

— Tant de beauté ! murmura-t-elle. Cela dépasse presque l'entendement.

— Oui, répondit-il, et ce n'était pas la nature qu'il regardait mais son visage.

Ils grimpèrent un sentier sinueux et, au bout d'un moment, ils auraient pu se croire seuls sur terre. Les sabots des chevaux résonnaient dans un silence parfait. Ils suivirent un ruisseau qui se faufilait entre des blocs de pierre et, bientôt, ils entendirent un grondement dans le lointain. Lucy redressa la tête, intriguée, mais Aidan poussa son cheval en avant et lui fit signe de le suivre.

Le changement de paysage fut si brutal que la jeune femme en eut le souffle coupé. De chaque côté du sentier, la mousse drapait maintenant les arbres qui se dressaient vers le ciel comme des piliers et dont les branches les plus hautes formaient une voûte. Devant eux, la forêt s'éclaircit peu à peu et, soudain, Lucy perçut, se détachant sur le ciel bleu, l'arc blanc d'une cascade.

— Voilà Torc Falls, annonça Aidan en sautant de cheval et en l'aidant à mettre pied à terre. Certains vous diront que c'est un endroit magique.

— Je n'en doute pas un instant.

Il rit en attachant les chevaux à une branche.

— Une Anglaise qui croit à la magie ?

— Absolument.

Elle courut se jeter dans ses bras et leva son visage vers lui.

— N'est-ce pas l'effet d'une puissante magie ?

— En effet ! approuva-t-il en l'embrassant tendrement. Et, en vérité, ma mie, vous êtes devenue ma forme favorite d'enchantement.

— Aidan !

Elle se mit sur la pointe des pieds pour l'embrasser.

— Je vous aime au-delà de toute expression.

— Ah, c'est bien la première fois que les mots vous manquent ! N'est-ce point vous la gamine délurée qui prétendait ne pas m'aimer ?

Elle renifla.

— Si vous le préférez ainsi. Alors non, je ne vous aime pas, déclara-t-elle en glissant ses mains à l'intérieur de sa cape et en les posant sur son torse. Est-ce clair, milord ?

Il prit une inspiration profonde.

— Parfaitement. Et j'avoue que j'apprécie votre façon si particulière de ne pas m'aimer.

— Attendez de voir ce dont je suis capable quand j'aime ! répliqua-t-elle en lui retirant sa cape avant d'enlever la sienne et de les étendre toutes deux sur le sol dans un rayon de soleil. Venez ici, que je vous en montre.

Grisée par la pureté de l'air, elle se sentait libre et effrontée, comme un oiseau prenant son envol. Elle lui retira ses vêtements en riant de sa stupéfaction, puis elle lui demanda de faire de même pour elle.

Ils éprouvaient un sentiment de joie primitive à se trouver ainsi nus dans la nature, enveloppés par les rayons du soleil et la vapeur d'eau.

Ils se tenaient face à face, et elle devina que lui aussi était sensible aux extraordinaires forces invisibles qui les entouraient.

— Aidan, murmura-t-elle d'une voix enrouée d'émotion en posant sa main sur sa poitrine et en suivant l'entrelacs des cicatrices. Vous ne m'avez jamais raconté leur histoire.

Un demi-sourire plissa le coin de sa bouche.

— Je croyais que Iago l'avait fait.

— C'est vrai qu'il porte le même dessin sur la poitrine.

— C'est un rite de passage à l'âge adulte qu'on accomplit dans sa tribu. J'ai trouvé ses cicatrices très intéressantes quand je l'ai rencontré.

Elle laissa sa main courir sur son torse et ressentit un violent désir.

— Je crois que je comprends.

Il ponctua sa remarque d'un long rire grave.

— Pour vous expliquer en deux mots, mes cicatrices sont le fruit d'un ennuyeux voyage, d'une bonne flasque de whisky et d'un excès de vanité masculine.

Elle s'approcha d'un pas.

— Cela a dû vous faire très mal.

— Pas autant que la raclée de mon père quand il m'a vu.

Elle sentait la rancœur percer sous le ton badin.

— Vous êtes comme moi, au fond, remarqua-t-elle. Vous êtes aussi, d'une certaine manière, un enfant abandonné.

— Avec cette seule différence que celui qui m'avait abandonné restait dans les parages pour me faire sentir chaque jour son déplaisir à me voir.

— C'est un miracle que tous deux soyons capables d'aimer !

— Vous rendez tout facile.

Lucy se pencha et embrassa les marques qui couraient sur son torse, puis les effleura de sa langue. Il se raidit et, enhardie, elle fit courir ses mains sur lui, caressant chaque parcelle de peau. Ses doigts, gagnant en audace, poursuivirent leur course toujours plus bas, arrachant à Aidan un gémissement quand la bouche de Lucy les rejoignit, à l'endroit le plus intime de son corps. Une plainte rauque s'étrangla au fond de sa gorge. Il la souleva de terre et la dévora de baisers, puis il se laissa tomber par terre en la serrant contre lui. Elle trouva instantanément le rythme, et pendant qu'il l'enflammait tout entière par ses caresses, elle l'emporta dans une cadence régulière, bientôt possédée par le sentiment de se dissoudre en lui.

Elle hurla son amour comme le torrent déchaîné

surgi du cœur de la montagne qui explosait en un millier de gouttelettes multicolores.

Quand il vibra contre elle un instant plus tard, elle s'effondra sur son torse et écouta les battements déchaînés de son cœur.

Puis, avec la douceur qu'elle aimait tant chez lui, il la fit basculer à côté de lui et l'enferma dans ses bras.

— Vous êtes absolument merveilleuse, dit-il tout bas.

Elle eut un rire tremblant.

— Je me laisse guider par mon instinct. Dieu merci, vous êtes un homme patient !

Elle sourit comme les derniers frémissements du plaisir la parcouraient. Elle sentait la chaleur et la passion courir dans ses veines, tout au fond d'elle-même. Au plus profond de son bonheur surgit une pensée déconcertante, et elle leva la tête pour le regarder.

— Je me demande si nous avons déjà fait un bébé.

Sa réaction fut surprenante. Bien qu'il continuât à la tenir dans ses bras, elle le sentit se reculer imperceptiblement.

— J'imagine que nous ne serons pas fixés avant quelques semaines.

Elle l'embrassa sur le menton.

— J'ai tellement envie d'avoir un enfant, murmura-t-elle. Ah, si j'en avais un, jamais, jamais je ne l'abandonnerais ! Je le tiendrais si près de mon cœur qu'il ne pourrait même pas avoir cette crainte.

— Lucy ! s'exclama-t-il en lui caressant la joue. Avez-vous toujours ce désir ?

Elle se retourna et posa le menton sur ses mains.

— Eh bien, ce n'est plus tant un désir qu'une prévision, annonça-t-elle en rougissant. Après tout, nous sommes tous les deux en bonne santé et nous avons… enfin… chaque nuit…

— Et chaque jour, lui rappela-t-il.

— Oui, nous avons chrétiennement accompli notre devoir…

Sa voix se brisa dans un rire cristallin.

— Vous savez exactement ce que je veux dire, Aidan

O'Donoghue, aussi ne poursuivrai-je pas cette conversation embarrassante. Nous aurons des bébés, et ils grandiront et seront heureux...

Elle s'interrompit de nouveau. C'était si imperceptible qu'elle avait failli ne pas s'en apercevoir; pourtant, les yeux d'Aidan s'étaient voilés.

— Aidan? murmura-t-elle, soudain transie.

— Oui, ma bien-aimée.

— Vous êtes persuadé que cela ne va pas durer, c'est bien ça?

Il s'immobilisa et l'étudia un long moment. Les chutes rugissaient dans le silence qui s'était établi entre eux. Puis il finit par se relever.

— Nous ferions mieux de rentrer.

Il l'aida tendrement à remettre ses vêtements avant de passer son pantalon.

Elle s'assit sur ses talons et étreignit sa main.

— Votre refus de me répondre m'effraie plus que tout, Aidan.

Il s'assit en face d'elle. Avec les signes mystérieux qui marquaient son torse nu et ses cheveux flottant sur ses épaules, il ressemblait à un dieu païen.

Elle réussit à emprisonner ses yeux et elle comprit enfin.

— Maudit soyez-vous! jeta-t-elle.

— Lucy...

Elle lui arracha sa main.

— Vous m'avez trompée. De nouveau!

— Ah, ma mie, je...

— Vous ne me parlez jamais de vos soucis. Et moi, imbécile que je suis, je n'ose rien vous demander. Vous m'avez fait croire que tout irait bien.

Sa diatribe fit naître un sourire las sur les lèvres d'Aidan.

— N'est-ce pas le rôle d'un mari? Lucy, écoutez-moi! Vous êtes si vive et intelligente! Avec vous, je me sens toujours gauche et stupide. Mon cœur voudrait vous protéger. Est-ce mal?

— Oui. Quand quelque chose vous dévore de l'intérieur, vous n'avez pas le droit de me le cacher. Je vous ai épousé pour partager vos chagrins aussi bien que vos joies. Tout le reste est inacceptable. C'est me considérer comme une enfant — une enfant ignorante et gâtée.

Il posa les mains sur ses épaules.

— Alors que dois-je faire, Lucy ? Que voulez-vous savoir ? Vous voulez partager mes craintes, c'est cela ?

Elle le regarda droit dans les yeux et acquiesça.

— J'ai essayé de vous expliquer cela quand vous avez évoqué l'idée du mariage. Notre victoire sur Ross Castle est seulement temporaire. Les Anglais le reprendront. Fortitude Browne me tient pour responsable de la mort de Felicity, et qui pourra lui prouver que je ne suis pas coupable ?

— Elle s'est suicidée ! protesta Lucy avec désespoir.

— A cause de moi. Cela, je ne peux pas l'oublier. Et le gouverneur Browne non plus.

— Vous ne pouvez pas en être sûr. Peut-être...

— Ah, repoussez cette idée ! la coupa-t-il. Vous avez insisté. Vous vouliez savoir.

Elle se détourna comme si elle avait reçu un coup. Il se leva et finit de s'habiller. Quand ils furent tous les deux prêts, il la remit en selle. Sa colère s'était envolée, mais la magie avait quitté la clairière.

Il lui adressa un sourire lugubre.

— Vous voyez pourquoi je garde mes peurs pour moi ?

Elle l'embrassa.

— Vous n'auriez pas dû. Ces nouvelles n'atténuent pas mon amour pour vous. Au contraire. Ne pouvez-vous pas le comprendre ?

Il porta sa main à ses lèvres et l'embrassa.

— Alors, nous ne parlerons plus de cela.

Un matin d'automne, les nouvelles, précisément, atteignirent Aidan avec la brutalité d'un direct à l'estomac.

Il se trouvait avec Lucy, dans le bureau, lui montrant comment estimer les provisions nécessaires pour l'hiver, toujours en prévision de ce qui pouvait lui arriver.

Cependant, quand Donal Og s'approcha, il ressentit un frisson glacé. Son cousin avançait à grandes enjambées, le dos raide et les épaules voûtées.

Aidan se pencha pour embrasser sa femme et suivit Donal Og dans la salle des gardes. Ils s'arrêtèrent et échangèrent un long regard. Aidan lut clairement un sentiment de défaite dans les yeux de son cousin.

— Quelles sont les nouvelles de Killarney ? demanda-t-il, se jetant à l'eau.

Donal Og s'appuya contre un mur.

— Mauvaises. Fortitude Browne a frappé les villageois d'une lourde amende. Un acte destiné à punir l'insurrection du printemps dernier. Et il a interdit qu'on célèbre la messe pendant sept semaines.

Aidan jura.

— Le porc ! La foi est tout ce qui reste à ces pauvres gens !

Donal Og jeta un coup d'œil dans le bureau et entraîna son cousin dans le passage menant directement du donjon aux rives du lac.

— Alors, cela empire ? reprit Aidan une fois qu'ils furent dehors.

Donal Og, l'homme le plus grand, le plus fort et le plus courageux du Kerry, se laissa tomber à terre et enfouit son visage dans ses mains.

— C'est fini, Aidan. Quelque résistance que nous leur opposions, ils nous briseront. Ils sont trop nombreux.

Le cœur d'Aidan devint de plomb. Jamais il n'avait vu son cousin aussi défait.

— Je crois que tu ferais mieux de commencer par le début. Quels sont leurs plans ?

— De nous écraser comme des fourmis sous leurs bottes. Les renforts sont arrivés. Une flotte de huit bateaux !

— Ajouté aux forces de Richard de Lacey, cela leur donne une armée cinq fois plus importante que la nôtre.

Donal Og ramassa un caillou, se leva et le lança si loin dans le lac qu'Aidan ne vit pas où il s'enfonçait.

— Il est clair qu'ils veulent une reddition sans résistance.

Aidan se leva. Le sang battait furieusement à ses tempes. Brusquement, son monde s'effondrait et, surtout, il risquait de perdre Lucy. A l'idée de ne plus jamais entendre son rire, il se sentit défaillir.

— Une reddition sans résistance ?

Il leva des yeux sombres sur Donal Og.

— Voilà qui n'est pas habituel chez les Anglais, non ?

Donal Og acquiesça d'un signe de tête.

— Par le passé, ils prenaient beaucoup de plaisir à passer les Irlandais au fil de l'épée. Je me demande ce que signifie cette soudaine pitié ?

— Je crains que cela ne confirme tes pires craintes. Tout est terminé. Les Anglais s'installeront, que nous nous rendions ou que nous nous battions. Tout ce qui nous reste à espérer, c'est qu'ils traiteront les vaincus comme des hommes, et non comme des esclaves.

Tandis qu'Aidan prononçait ces mots, l'image de Richard de Lacey s'imposa à son esprit. Tout anglais qu'il était, il n'en était pas moins demeuré humain. Et la nouvelle qu'il avait épousé une Irlandaise était encore plus réconfortante. Shannon MacSweeney était une femme volontaire et résolue, tout à fait capable d'influencer son mari.

Iago rejoignit Aidan et Donal Og sur la rive.

— Il y a des jours où je suis tenté de m'embarquer sur un *curragh* et de m'élancer vers l'horizon, déclara-t-il sombrement.

— C'est une idée, mon ami. Lever les voiles et laisser le vent nous emporter où bon lui semble.

— J'aurais une préférence pour San Juan. Ma Séraphina m'attend.

— Après tout ce temps ? ricana Donal Og.

Iago le fusilla du regard.

— Le cœur ne compte pas les années.

— Cela dépend de ce que la dame a en tête.

— Quelles sont les nouvelles ? s'enquit Aidan avec impatience.

— Un messager des nouvelles forces anglaises est arrivé et attend dans le hall, annonça Iago, soudain dégrisé.

Empli d'un calme glacé, Aidan se précipita vers le donjon.

Sa surprise fut grande lorsqu'il découvrit une femme, de dos. Il s'arrêta et la fixa avec incrédulité. Enfin, elle se retourna lentement, aussi sereine que les madones des tableaux florentins.

— Milady ! s'exclama-t-il en s'inclinant sur sa main tendue. C'est un honneur de vous accueillir ici.

La comtesse Cerniglia poussa un soupir résigné.

— Je sais que c'est inhabituel. Mais je voulais être la première à vous l'annoncer. Lucy est ici ?

— Oui, ma femme est dans le bureau.

— En voilà une nouvelle ! s'exclama la comtesse avec un sourire. J'imagine qu'elle rayonne de bonheur.

— Pour le moment, acquiesça-t-il en baissant les yeux sur le parchemin roulé qu'elle tenait entre les mains. Il lui avança une chaise et offrit à la comtesse une coupe d'hydromel avant de l'écouter. Rien dans ses propos ne le surprit. Les Anglais exigeaient une reddition totale. Qu'il résiste ou non, Ross Castle tomberait entre les mains des envahisseurs et sa seule alternative demeurerait de partir ou bien de gouverner en vassal.

— Je n'ai donc le choix qu'entre résister ou capituler ?

— Cela reviendra au même, dit-elle avec une compassion véritable. Mais si vous vous rendez, tout le monde aura la vie sauve.

Sauf moi, songea-t-il, avant de demander :

— Comment puis-je avoir confiance dans les promesses des Anglais ?

Elle prit une longue gorgée d'hydromel, puis posa soigneusement son gobelet.

— A cause de l'homme qui conduit leurs troupes.

— Oh ? Et qui est-ce ? Sûrement pas cette marionnette fardée d'Essex ?

— Non. C'est le comte de Wimberleigh. Oliver de Lacey.

Quand Lucy fut endormie, Aidan se glissa hors du lit en silence.

Il enfila sa tunique et son pantalon dans le noir, emporta ses bottes et les mit sur le palier. Un lévrier grogna lorsqu'il traversa la cour. Il le rassura dans un murmure.

Puis Aidan monta dans une barque et rama jusqu'à Innisfallen. Là, tandis que le vent rugissait derrière les vitraux de la chapelle, il tomba à genoux devant l'autel et essaya de prier. Mais au lieu de supplier le Tout-Puissant, il ne cessait de retourner dans son esprit ce qu'il venait d'apprendre.

Lucy ignorait toujours ce qu'il savait sur ses origines, et le moment était venu de l'en informer. La venue d'Oliver de Lacey accompagné de sa femme confirmait ce qu'Aidan avait soupçonné en découvrant le portrait de Lark. En fait, il attendait ce moment depuis qu'il leur avait envoyé la nouvelle que leur fille était vivante. Les parents de Lucile de Lacey étaient venus la chercher.

Mais c'était à lui de décider des termes de la reddition.

La reddition ! Un mot si ordinaire, qui maintenant englobait aussi bien ses devoirs de Mór O'Donoghue, que ceux d'époux de lady Lucile de Lacey...

Il récapitula ce qu'il avait appris sur les Lacey, une famille de haut lignage, respectée unanimement. D'après ce que lui avait dit la comtesse, lord Oliver était un homme juste et équitable. Quant à son épouse, elle était très aimée.

— Ah, Seigneur !

Il écrasa ses poings sur la balustrade devant l'autel.

— Voilà une prière éloquente ! murmura une voix étonnée derrière lui.

Aidan se leva et se retourna vers la nef. La lumière pâle de l'aube découpait une silhouette haute et mince.

— Ne dormez-vous jamais, Revelin ?
— Je n'aime pas manquer les événements importants.
Revelin inclina la tête, si bien que sa longue barbe blanche vint caresser sa poitrine.
— Quand j'ai appris le nom de l'homme qui conduit les renforts, déclara-t-il, j'ai compris qu'il était la dernière pièce du puzzle. Avez-vous décidé de ce que vous ferez ?
Aidan regarda la croix dressée dans l'ombre au-dessus de l'autel. Quel soulagement de s'être confié à Revelin !
— Presque.
— Voilà la question que vous devriez vous poser, déclara celui-ci. Qu'est-ce que les Lacey peuvent lui apporter de plus que vous ?
— Une sécurité qu'elle n'a jamais connue. Ils pourront la choyer et la dorloter. Et puis, elle peut fort bien se passer de moi. Ce ne seront pas les prétendants anglais de noble extraction qui manqueront ! Au moins, avec l'un d'eux, elle aura l'assurance d'une vie paisible.
— Vous avez donc décidé de ne pas rester à Ross Castle ?
— Pour devenir un chien de salon, prêt à faire le beau pour un sucre ?
Revelin hésita, puis se racla la gorge.
— Ce serait au moins un moyen de garder Lucy.
Aidan serra les dents.
— Qui vous dit qu'elle voudrait encore de moi dans ces conditions ?
Revelin posa une main sur son épaule.
— Parfois, le vrai courage est de savoir quand il faut se rendre.
Aidan se libéra doucement et passa à grands pas devant Revelin. Regagnant son embarcation, il rama avec l'énergie du désespoir jusqu'au donjon. Grimpant les marches quatre à quatre, il déboucha sur le chemin de ronde juste au moment où le soleil se levait.
Ce château était la gloire du clan O'Donoghue. Il

aurait dû représenter son apogée. Son père l'avait érigé comme une provocation aux ennemis anglais.

— Vous m'avez laissé la haine en héritage ! grinça-t-il entre ses dents.

Il sauta entre deux merlons et admira le paysage. L'aube était sanglante. Les nuages, enflés et sombres, filaient au-dessus des collines, annonciateurs de tempête. De ce poste d'observation, il pouvait déjà constater les méfaits des lords anglais sur son pays. Les champs, qui s'étendaient autrefois à l'infini, étaient à présent découpés en parcelles. Mais il y avait aussi ce qu'il savait sans le voir : les églises désertées, les images saintes détruites, les prêtres passés au fil de l'épée ou exilés dans des îles reculées.

Puis Aidan revit le visage de Felicity, que les Anglais s'apprêtaient à venger. Qu'avait-elle ressenti pendant la durée de sa chute vers la mort ? Probablement ce que lui-même éprouvait en ce moment même : l'impression de courir vers un destin si inéluctable qu'il semblait prédéterminé. Il jeta un dernier regard à l'aube rougeoyante et comprit qu'il n'avait pas le choix.

Lucy sourit dans son sommeil quand les bras d'Aidan se refermèrent autour d'elle. Sans ouvrir les yeux, elle respira à pleins poumons. L'odeur du lac imprégnait encore ses cheveux. Elle battit des paupières.

— Où êtes-vous allé ? s'enquit-elle.

— Sur le chemin de ronde. J'ai médité en regardant le paysage.

Il attrapa un verre d'eau posé sur une table près du lit et le lui tendit. Elle le but avec reconnaissance. Avertie par un sixième sens, elle le sentait au bord du désespoir. Elle posa le verre et pressa la joue contre son torse.

— Je vous aime, Aidan ! chuchota-t-elle.

Il enfouit les doigts dans ses cheveux et lui releva le visage, l'embrassant avec violence. Quelques instants plus tard, ils faisaient l'amour avec une passion qui éveilla en elle un curieux mélange de panique et de joie.

Aidan était déchaîné, comme les vagues se brisant sur les rochers au bord de l'océan. Il exprimait une émotion brute, violente, d'une beauté sauvage. L'aube derrière la fenêtre embrasait le ciel d'un feu rougeoyant, et Aidan aussi était en feu, un feu qu'il lui communiquait par ses caresses expertes. Ses mains semblaient être partout à la fois. Sa bouche et sa langue exploraient frénétiquement chaque parcelle de son corps.

Quand il l'emprisonna sous lui, le soleil était monté à l'horizon et une lumière dorée découpait sa silhouette, soulignant les ombres de son visage et le pli désespéré de sa bouche.

— Maintenant, oui! Maintenant! cria-t-elle en se soulevant à sa rencontre, totalement aspirée dans le tourbillon de sa passion.

Le rythme éternel des amants les emporta l'un vers l'autre, puis les sépara comme des ennemis dont le seul salut est dans la reddition totale et inconditionnelle.

Chaque fois qu'ils s'unissaient, Lucy se sentait tournoyer comme une feuille au gré du vent, persuadée qu'il ne pourrait pas l'entraîner plus haut que lors de leurs précédentes étreintes. Mais le miracle se reproduisait à l'infini et, loin de tomber, elle s'élevait encore et encore.

Bientôt plus rien n'eut d'importance qu'Aidan. Elle plongea son regard dans le sien, et comme elle y lisait sa passion, toutes ses craintes s'envolèrent.

Elle cria son nom et n'offrit plus aucune résistance au tourbillon qui l'emportait, se terminant dans une étrange pénombre cramoisie qui, se rendit-elle compte plus tard, était le voile de ses paupières closes.

— Ah, Aidan!

Le son de sa voix lui parut étrange.

— Oui, ma bien-aimée.

— Je croyais que, après toutes ces fois où nous nous sommes aimés, vous n'aviez plus rien à me faire découvrir.

— Et? s'enquit-il d'un ton amusé.

— J'avais tort. Vous vous renouvelez toujours. Mais cette fois-ci, vous vous êtes surpassé.

Il l'embrassa avec une infinie tendresse.

— Cela vous a-t-il perturbée ?

— Non, murmura-t-elle, sans pouvoir nier cependant qu'elle avait perçu quelque chose qui l'inquiétait.

— Alors, qu'y a-t-il, ma mie ?

— C'est ridicule. Peu importe !

— Dites-le-moi quand même, insista-t-il.

Elle hésita, essayant de chasser la pensée importune. Puis elle confessa :

— J'ai eu l'impression que vous m'avez fait l'amour comme si c'était la dernière fois.

JOURNAL D'UNE DAME

Je n'avais jamais imaginé un endroit aussi beau que l'Irlande. A Londres, on ne nous a jamais parlé que de champs brûlés, de combattants affublés de peintures de guerre, de populaces affamées, acculées à la violence.

Peut-être est-ce un heureux hasard, mais nous n'avons vu que camaïeux de bleu et de vert, collines à perte de vue, lacs de saphir et montagnes d'émeraude. L'Irlande semble une terre de miracles. Aussi, je suis heureuse que ce soit là que nous devions affronter une douloureuse vérité.

C'est moi qui ai insisté pour accompagner Oliver, et j'avoue que la comtesse m'a considérablement aidée, durant tout le voyage, à me préparer à cette rencontre.

Oui, elle m'a beaucoup aidée.

Mais peut-on vraiment préparer une mère à rencontrer, face à face, une fille qu'elle croyait morte depuis vingt-quatre ans ?

Lark de Lacey,
comtesse de Wimberleigh

15

— Ce que je dois vous annoncer n'est pas facile, déclara Aidan après le petit déjeuner.

Il avait emmené Lucy dans l'endroit le plus merveilleux de Ross Castle, un jardin aménagé sur la rive du lac, planté de roseaux, parcouru par les allées et venues des hirondelles de mer et des canards.

Elle leva les yeux vers lui avec le sourire bienheureux d'une femme comblée par l'amour, heureuse d'avoir été éveillée avant l'aube par un baiser.

Le sourire plein de confiance d'une épouse qui ignore encore qu'elle a été dupée.

— De quoi s'agit-il donc, mon amour ?

Elle se pencha, arracha une fleur et la glissa derrière son oreille.

Il hésita et la regarda avec une intensité douloureuse. Une fois qu'il aurait parlé, jamais plus il ne lirait la même adoration dans ses yeux.

— Aidan ? fit-elle en inclinant la tête sur le côté. Pourquoi me regardez-vous ainsi ?

— J'ai des nouvelles concernant votre famille.

Elle lui adressa un sourire attendrissant.

— *Vous* êtes ma famille.

— Je parle de la famille que vous avez recherchée.

Une étrange détresse noya son regard.

— Je n'ai besoin que de vous, reprit Lucy.

— N'oubliez pas que c'est la recherche de vos origines qui nous a rapprochés. Vous m'avez demandé il y a longtemps de vous aider à découvrir ce qui s'était passé lorsque vous étiez encore si petite.

— Qu'avez-vous appris? s'enquit-elle, soudain très pâle.

— D'après mes recherches, vous êtes lady Lucile de Lacey, la fille d'Oliver et de Lark de Lacey, le comte et la comtesse de Wimberleigh.

La jeune femme resta figée pendant si longtemps qu'il craignit qu'elle n'ait pas entendu. Quand elle prit enfin la parole, ce fut d'une voix triste et morne.

— Lucile de Lacey?

— Oui, mon amour.

— Mes parents sont le comte et la comtesse de Wimberleigh?

— Oui.

— Et Richard?

— C'est votre frère cadet.

Maintenant qu'il connaissait la vérité, Aidan se demandait comment il n'avait pas remarqué la ressemblance plus tôt. Donal Og avait raison. Lucy était l'exacte réplique féminine de Richard.

— Comment l'avez-vous découvert?

— Grâce à votre broche. Après que vous me l'avez montrée, j'ai recopié les inscriptions qui figuraient au dos. Avec l'aide de la comtesse, je me suis aperçu qu'il s'agissait d'une devise écrite en russe: «Sang, serments, honneur.»

Il passa une main dans ses cheveux. Tant de temps s'était écoulé depuis cette découverte.

— C'est impossible!

— Ne sont-ce pas les mêmes mots que ceux qu'a prononcés la bohémienne?

— Comment avez-vous deviné qu'il s'agissait de la devise de la famille de Lacey? s'informa-t-elle, sa voix montant dans les aigus.

— J'ai remarqué cette broche sur un portrait de lady Lark, peint il y a vingt-cinq ans. Une broche comportant un rubis en son centre, entouré de douze perles, exactement ce que vous m'aviez décrit.

Il aurait voulu marcher mais il se força à rester immobile et poursuivit:

— La comtesse Cerniglia, qui m'a beaucoup aidé, a appris que lord et lady Wimberleigh avaient perdu une fille — leur premier enfant — dans une tempête.

— Quand l'avez-vous su ?

— Je jour où j'ai été arrêté et emmené à la Tour.

— Vous le saviez depuis tout ce temps ! Mais c'était monstrueux de ne rien me dire !

Elle pressa ses deux mains sur son estomac.

— Lucy...

— Evidemment, vous ne pouviez rien me dire, poursuivit-elle d'une voix étouffée. Tout comme vous ne pouviez rien me dire sur votre vie. Vous aviez besoin de moi pour vous faire sortir de la Tour. Il fallait que vous me mainteniez dans un état de dévouement servile afin que je demeure à vos ordres.

Chaque mot lui perçait le cœur comme un poignard.

— Je mérite votre courroux. Mais sincèrement, je me faisais du souci pour vous. Je voulais avoir une certitude totale pour ne pas éveiller en vous de faux espoirs. Je voulais aussi être sûr que les Lacey ne vous accuseraient pas de mensonge. Et après notre arrivée ici, il m'a semblé inutile de vous informer. Pour autant que je le sache, vous n'aviez plus aucune chance de rencontrer votre père et votre mère.

— Parce que ma participation à votre évasion m'avait bannie à tout jamais d'Angleterre.

— C'est vrai.

— Vous avez fait de moi une proscrite.

— C'est encore vrai. Lucy...

— Non ! protesta-t-elle, criant pour la première fois, je ne veux plus d'excuses. Vous aviez trouvé la clef de mes rêves et vous me l'avez cachée !

— Je suis désolé, ma bien-aimée. Je voulais vous protéger.

Lucy laissa échapper un rire amer.

— Voilà qui est étrange ! En vérité, je n'ai jamais souffert autant que depuis notre rencontre. Dites-moi, pourquoi avez-vous décidé subitement de tout me révéler ?

Juste au moment où elle parlait, un nuage cacha le soleil, plongeant le ciel dans la grisaille.

— Vos parents sont à Killarney et attendent de vous rencontrer, annonça-t-il, espérant qu'Oliver et Lark étaient aussi merveilleux que le prétendait la comtesse.

Elle frissonna.

— Mes parents sont venus pour moi ?

— Oui, mon amour.

— Ils m'ont tenue pour morte, et maintenant ils veulent me rencontrer ! Pour voir si je suis digne d'eux ?

Il s'avança pour la réconforter. Mais à peine ses mains s'étaient-elles posées sur ses épaules qu'elle se libéra en étouffant une plainte. Il avait eu raison de penser que cette révélation détruirait leur amour. Il ne lui restait plus qu'un pas à franchir pour couper définitivement tout lien avec elle.

— Je crois que vous devriez les rejoindre.

Sa tête se redressa, et elle tressaillit. C'était le coup de grâce. Il lui sembla que l'amour qu'elle lui vouait agonisait sous ses yeux.

— Mon cœur, dit-il doucement, Oliver de Lacey est à la tête d'une armée assez importante pour passer au fil de l'épée toute la population du Kerry. Je suis forcé de négocier avec lui.

— Et je constitue l'une des clauses du traité ?

— Il est trop fin pour formuler les choses en ces termes.

— Voulez-vous faire quelque chose pour moi ? demanda-t-elle d'une toute petite voix glacée.

— Oui, mon amour.

— Voudriez-vous bien me laisser ? Pourriez-vous disparaître à tout jamais de ma vue ?

Sa contenance lui faisait penser à celle d'un guerrier encore sous le choc de la bataille et si abattu qu'il est incapable de ressentir la moindre émotion.

Il l'observa encore un moment. C'était toujours sa bien-aimée Lucy, mais quelque chose avait disparu.

L'étincelle qui animait son âme était morte. Elle paraissait absente à elle-même.

— Au revoir, mon amour, articula-t-il péniblement avant de tourner les talons.

— Je finis par être vraiment persuadée qu'on ne meurt pas d'un cœur brisé.

Plus tard dans la journée Lucy, perturbée par ce qu'elle avait appris, avait ramé jusqu'à Innisfallen pour y chercher le réconfort et la sagesse auprès de Revelin. Celui-ci lui tendit un nouveau carré de lin pour s'essuyer les yeux et se moucher le nez. Une douzaine jonchait déjà le sol, à ses pieds, dans le jardin.

— Qu'est-ce qui vous fait dire ça, ma fille ? demanda-t-il.

— J'ai plusieurs fois essayé de mourir d'un cœur brisé, et je n'ai jamais réussi.

— Alors, sans aucun doute, vous n'étiez pas destinée à périr. Vous deviez guérir et continuer à vivre.

— Comme cela semble simple !

— Les mots sont tellement plus simples que les actes !

Un coup de vent rabattit son capuchon en arrière, révélant sa tonsure. Elle se força à sourire.

— Vous êtes si bon ! Je n'ai pas le droit d'attendre que vous preniez la décision à ma place. Et puis, je n'ai pas le choix ? Je dois rencontrer les Lacey.

— Vu comme les choses se présentent, je suis certain qu'ils ne vous rejetteront pas.

Des larmes mouillèrent ses paupières, et elle tenta à plusieurs reprises d'en contenir le flot.

— Non, ils n'auraient pas fait tout ce chemin pour rien. C'est Aidan qui me rejette, ajouta-t-elle amèrement.

— Croyez-vous que c'est son désir profond ?

— Il s'est débrouillé pour que nous n'ayons le choix ni l'un ni l'autre.

— Comme vous l'avez dit, il n'y a pas de choix, répondit le vieux chanoine. La seule inconnue réside dans votre attitude. Soit vous déciderez d'être confiante, soit vous demeurerez sur votre réserve.

Ayant dit cela, il la laissa seule dans le jardin sous le ciel plombé. Consciente de chacun de ses gestes, Lucy se leva et gagna la rive. Là, elle sauta dans la barque et défit l'amarre, puis s'assit et referma ses mains sur les rames.

Elle se laissa dériver, perdue dans ses pensées, peu pressée d'arriver où que ce soit. Soudain son regard tomba sur le sac qui ne l'avait pas quittée. Elle y prit la broche d'une main tremblante et l'accrocha à son épaule.

Combien de fois avait-elle imaginé ce jour, le jour où elle rencontrerait sa famille ! Comme elle l'avait attendu ! Les choses étaient si différentes aujourd'hui ! Elle dut respirer à fond pour se calmer.

Allons, doucement, pense à une chose à la fois. Pense à Richard, se morigéna-t-elle.

Les liens de famille expliquaient sans doute bien des choses — pourquoi elle se sentait si bien en sa compagnie, pourquoi il lui semblait connaître sa maison sur la Tamise...

Laissant ainsi dériver ses pensées, elle s'aperçut soudain avec stupéfaction que la dame rousse qui hantait sa mémoire — sa marraine — n'était autre que la reine Elisabeth.

Et Richard de Lacey, le plus bel homme de la terre, était son frère ! Quelle désolation qu'il soit son ennemi ! songea-t-elle, le cœur serré. Si elle décidait de rejoindre les Lacey à Killarney, cela signifierait-il qu'elle embrasserait la cause des Anglais ?

Non, Lucy se sentirait toujours comme ce bateau, entraînée par le flot des événements. Mais peut-être quelque chose de positif sortirait-il de tout cela, si elle parvenait à rallier les puissants Lacey à la cause irlandaise. Avec détermination, elle saisit les avirons et se mit à ramer, continuant à réfléchir.

Il ne fallait pas aller trop vite. Les Lacey étaient pour le moment des étrangers pour elle. Qui lui prouvait qu'elle était bien Lucile de Lacey ? Les preuves, réunies par Aidan, étaient-elles suffisantes ?

De grosses gouttes de pluie s'abattirent soudain. Le temps se mettait à l'unisson de son cœur, s'avisa-t-elle. Les semaines qui avaient suivi son mariage n'avaient-elles pas été baignées de soleil ?

Brusquement, le vent se leva, faisant moutonner la surface du lac, puis un éclair zébra le ciel. La pluie tombait maintenant en rafales glacées qui couchaient l'embarcation sur le côté.

— Non ! Ô mon Dieu, non ! S'il vous plaît... sainte Marie... réussit-elle à articuler entre ses dents serrées avant de plonger dans le chaos.

Sainte Marie... Les mots de sa gouvernante résonnèrent en elle longtemps après que celle-ci eut disparu, emportée par les flots. Le chien continuait à aboyer, à geindre et à tituber, et elle s'accrochait à son cou. Avec elle, c'était le seul être encore vivant à bord.

Le bateau dansait sur l'eau, telle une coquille de noix. Mais au bout d'un moment, un terrible craquement se fit entendre comme le jour où le vieux chêne était tombé dans le jardin de grand-père Stephen.

Quand un nouvel éclair zébra le ciel, Lucy comprit d'où il provenait. Un rocher, aussi grand que le clocher d'une église, venait de percer sa coque. Elle s'accrocha à un cordage jusqu'à l'arrivée de la vague, aussi gigantesque qu'une montagne.

Le vaisseau fut soulevé à une hauteur inouïe, puis replongea profondément. D'innombrables barils se détachèrent, roulant sur elle à travers le pont. Quelque chose — le vent ? une vague ? — l'enleva dans les airs et la rejeta à la mer. Elle heurta durement la surface de l'eau...

Un hurlement monta dans la poitrine de Lucy comme les eaux du lac submergeaient le canot. Elle distinguait à peine la berge noyée de brume. L'embarcation s'enfonça lentement avant de couler.

Elle cessa de crier en entendant le faible aboiement d'un chien. Puis le vent rugit à ses oreilles et elle glissa dans l'onde en s'accrochant à une rame.

Son cœur se serra en pensant aux Lacey qui avaient fait tout ce chemin pour la voir. Puis elle n'éprouva plus rien. Le flot se referma sur elle, et le silence tomba.

Au plus fort de la tempête, deux cavaliers se retrouvèrent devant une cabane de berger abandonnée qui surplombait le lac. Aidan sauta à terre et conduisit son cheval à l'abri, imité par Fortitude Browne.

Aidan ne doutait pas qu'une troupe de soldats anglais attendait au pied de la colline. S'il était venu seul jusqu'ici, c'était pour remplir la première condition posée par Fortitude.

Les deux hommes se mesurèrent du regard, sans parler. Même à la faible lumière de cette fin de journée, Aidan pouvait lire la haine sur le visage émacié de Browne. Un pli cruel tordait sa bouche. Il gardait la main sur son épée, mais Aidan ne pensait pas qu'il l'utiliserait.

— Vous ne voudrez pas me croire, commença le Mór, mais la mort de Felicity m'a navré.

— Vous auriez dû y penser quand vous l'avez assassinée !

Aidan s'attendait à l'accusation.

— Je puis vous jurer, sir, que je ne l'ai pas tuée. Mais d'une certaine façon, ma culpabilité est plus lointaine encore. Felicity serait en vie si je ne l'avais jamais épousée.

Browne laissa échapper un son étranglé et se détourna. Appuyant son bras sur le linteau affaissé de la porte, il regarda l'orage.

— Vous vouliez épouser cette pouilleuse. C'est pour cela que vous avez acculé Felicity à la mort.

Aidan aspira une bouffée d'air, les dents serrées.

— Milord, nous savons tous les deux qu'elle a perdu la raison. Elle s'est suicidée. Un témoin assistait à la scène, un Anglais, comme vous.

Une légère buée montait des murs de la hutte.

— Peut-être, continua Aidan, suis-je coupable de ne pas m'être aperçu de sa folie.

— C'est vous qui l'avez rendue folle, assassin! Tout est votre faute.

Aidan ne ressentait aucune colère, seulement une profonde lassitude.

— Avez-vous jamais réfléchi à l'état d'esprit dans lequel elle se trouvait quand vous la forciez à s'agenouiller sur des cailloux ou à réciter les Ecritures des nuits entières?

Un silence suivit. Le rideau de pluie était désormais si épais qu'il obscurcissait la surface du lac. Lucy détestait les tempêtes, et maintenant qu'il connaissait son passé, il comprenait pourquoi. Il se réjouissait qu'elle soit arrivée à Innisfallen avant que l'orage n'éclate. Revelin la réconforterait et la convaincrait de rejoindre les Lacey. A cette seule idée, Aidan se crispa. Serrant les mâchoires, il attendit que Browne reprenne la parole.

L'homme se retourna et passa une main dans sa chevelure trempée.

— Je vous prierais de ne plus salir davantage le nom de ma fille en le prononçant tout haut. D'après la lettre que m'a remise cette comtesse vénitienne, vous seriez prêt à accepter mes conditions?

Aidan le gratifia d'un sourire amer.

— Je n'irais pas jusqu'à qualifier vos exigences de conditions.

— Vous méritez d'être écartelé et éviscéré, de mourir à petit feu...

La voix de Browne se brisa, et Aidan éprouva un élan de compassion. Il venait de perdre sa fille unique.

— Si vous acceptez de tenir votre part du marché, j'accepte de vous suivre comme prisonnier.

— Très bien.

Browne alla à la porte et agita le bras. Quatre hommes s'approchèrent, poussèrent Aidan contre le mur trempé et lui passèrent des fers aux poignets et aux chevilles.

Browne fit avancer son cheval sous la pluie et sourit.

— Ce sera pour moi un grand plaisir d'envoyer le Mór O'Donoghue en enfer.

Un parfum subtil flottait dans l'air. Lucy frissonna, intriguée que son rêve soit assez précis pour lui restituer les odeurs.

Ce parfum, elle l'aurait reconnu entre tous : c'était celui de sa mère.

Sa mère.

S'était-elle noyée ? Etait-elle au paradis ? Lucy se força à ouvrir les yeux pour chasser son rêve. Mais ce n'était pas un rêve. Elle était couchée dans un lit inconnu. Comment était-elle arrivée là ?

Elle cligna des yeux et aperçut un somptueux baldaquin qui ne lui évoqua rien. Puis, tournant la tête sur son oreiller, elle aperçut la femme qui se tenait à son chevet.

Maman.

Elle sut alors qu'elle était de retour chez elle.

Saisie d'horreur et de joie, de crainte et de soulagement, Lucy se redressa, ramena ses genoux contre sa poitrine et scruta la femme brune qui la regardait.

La lumière des chandelles sembla vaciller à la limite de son champ de vision. Elle retint sa respiration et ferma les yeux. Alors le souvenir surgit, si net qu'il aurait pu dater de la veille.

Maman la serrait contre son cœur, et Lucile sentait son parfum ensoleillé.

— *Au revoir, ma petite chérie, chuchota maman d'une voix émue. Je veux que tu emportes cela pour te souvenir de ton papa et de moi pendant ton séjour loin de nous.*

Elle épingla la broche sur le devant de la robe de Lucile, enlevant le minuscule couteau qui se logeait à l'intérieur.

— *Je garde cette partie. C'est plus sûr, Lucile...*

— Lucile, murmura la femme.

Elle ouvrit brutalement les yeux.

— Je suis Lucile ! dit-elle d'une voix émerveillée. Je suis votre fille !

— Oui. Oh, oui, ma chérie !

La femme brune referma ses bras autour de Lucy et le parfum ensoleillé l'enveloppa de nouveau, la ramenant vingt ans auparavant. C'était l'odeur du bonheur, de l'amour, de maman.

Cependant, la séparation avait été si longue que les deux femmes ne se connaissaient guère. Lucy en prit conscience, se libérant brutalement, sans que Lark de Lacey proteste : elle comprenait qu'il leur faudrait du temps pour resserrer leurs liens.

Quelques instants plus tard, un homme entra dans la pièce. Lark alla à sa rencontre et, lui prenant la main, l'entraîna au chevet du lit. Lucy le prit d'abord pour Richard, puis elle s'aperçut qu'il était plus vieux, quoiqu'il se révélât le plus bel homme qu'elle ait jamais vu.

Papa.

Elle était assise, parfaitement immobile, et de part et d'autre, elle et les Lacey s'observaient. Lucy se sentit emportée par un flux de sentiments mêlés : confusion, incrédulité, rage, abattement et surtout une terrible impuissance.

A sa grande surprise, elle n'éprouvait pas d'amour pour ces deux étrangers dont les larmes inondaient les joues. Retrouvant sa voix, elle prit enfin la parole :

— Vous êtes Lark et Oliver de Lacey.

— En effet.

Les yeux de lord Oliver étaient bleus. Un bleu très clair qui n'avait rien à voir avec la nuance sombre de ceux d'Aidan. Il prit sa main qu'il serra contre son cœur, puis il lui donna son baiser spécial : joues, lèvres, nez. Lucy se rappela alors la douceur de son père.

— Bienvenue à la maison, Lucile, ma fille chérie.

— Il a été condamné à mort ? demanda Donal Og à la comtesse dans un murmure.

Il arrivait à bride abattue de Ross Castle, et l'odeur du vent et de la pluie imprégnait ses vêtements et ses cheveux.

Elle le regarda en silence d'un air grave. Une boule s'était formée dans sa gorge, et elle était incapable de parler. Elle déglutit avec difficulté et prit sa grosse main dans les siennes.

— J'ai fait de mon mieux. Wimberleigh a essayé aussi d'intervenir. Fortitude Browne refuse de retirer ses accusations contre Aidan.

Donal Og lui arracha sa main et frappa sa paume de son poing. Elle grimaça devant la violence du coup. La lampe suspendue à un clou dans l'écurie le faisait paraître encore plus grand et menaçant qu'à l'accoutumée. Elle était convenue avec lui de ce rendez-vous secret près de la résidence d'Oliver de Lacey à Killarney.

— Tout ce que mon cousin a jamais désiré, déclara lentement Donal Og, c'est la paix. Son père s'est débrouillé pour qu'il ne la trouve pas. Felicity aussi. Et maintenant qu'ils sont morts, ils continuent à resserrer l'étau autour de lui.

La comtesse partageait sa peine.

— Je suis si désolée, mon amour...

Il la prit aux épaules, l'attirant contre lui.

— Il faut que j'aille chercher Aidan, que je le sorte...

— Non ! l'interrompit-elle. Ah, Donal Og, je craignais que vous n'ayez cette idée. C'est le meilleur moyen de vous faire tuer tous les deux. Il ne viendra pas avec vous, et vous serez pris.

— Je le forcerai à m'accompagner. Je suis plus fort que lui. Je l'ai toujours été.

— Vous êtes plus fort que n'importe qui. Mais pensez donc avec votre cerveau, et non avec vos poings. Si vous faites disparaître Aidan, Fortitude Browne va noyer Killarney sous le sang des innocents.

Donal Og serra les dents et jeta un regard furibond vers le ciel.

— Dieu, ô Dieu, tue-moi sur-le-champ que je n'aie pas à connaître ce cauchemar !

Elle posa une main tremblante sur la joue du géant.

— Reprenez-vous ! Vous aurez besoin de toutes vos forces, lui dit-elle, tandis qu'un accès de découragement l'assaillait.

Elle avait déployé toute son adresse, tout son charme,

toute sa science de la diplomatie sans le moindre résultat...

— Tout ce que j'ai pu obtenir de Fortitude Browne, confessa-t-elle, c'est qu'il n'assassinerait personne d'autre.

Donal Og se mit à faire les cent pas.

— Je devrais le tuer et l'envoyer rejoindre en enfer sa démente de fille.

— Résistez à vos impulsions ! Fortitude Browne est malhonnête. C'est ainsi que nous l'arrêterons. Tout ce qu'il nous faut, c'est des preuves. Et il nous les faut très vite, ajouta-t-elle tout bas. Je vais écrire au lord député de Dublin, reprit-elle à voix haute.

Donal Og relâcha brusquement sa respiration, émettant un sifflement sonore. Il ouvrit les bras et lui adressa un sourire las.

— Venez ici, ma bien-aimée.

Elle se pressa contre lui et y puisa du réconfort.

— Qu'allons-nous devenir ? chuchota-t-il contre ses cheveux. Vais-je devoir disparaître comme un loup blessé dans les Connaught, où même les Anglais craignent de s'aventurer ?

— J'ai une meilleure idée. Wimberleigh a équipé un de ses navires pour vous et tous ceux qui désireraient partir. Il a prévu six mois de vivres et un équipage expérimenté qui peut vous mener n'importe où dans le monde.

Il rit tout bas.

— Voilà qui va séduire Iago. Il va nous faire embarquer pour les Antilles avant la fin de la semaine.

— Est-ce un sort si affreux ?

Il la serra contre lui.

— Seulement si cela implique de vous quitter, ma mie.

Elle entrevit un rayon d'espoir.

— Y a-t-il une loi qui m'empêcherait de vous accompagner ?

Il la fixa, sidéré.

— Vous feriez cela ? Vous me suivriez en exil ?

— Je vous suivrais jusqu'au bout du monde si cela était nécessaire.

— Ah, ma douce Rosaria, c'est probablement là que je devrai vous emmener ! soupira Donal Og.

Le lendemain, Lucy se leva. Elle avait dormi profondément, épuisée par l'effort physique et les émotions. En se lavant et en s'habillant, elle méditait les événements extraordinaires de la veille.

D'après le récit d'Oliver, une patrouille anglaise l'avait aperçue tandis qu'elle luttait pour gagner la rive. Un homme avait plongé juste au moment où elle sombrait. Quand on l'avait récupérée, elle avait perdu connaissance. On l'avait alors ramenée au manoir.

Après avoir vu ses parents, elle avait juste eu le temps d'avaler du bouillon et du vin avant de sombrer dans un sommeil réparateur.

Elle arriva dans le hall baigné de soleil. La tempête de la veille avait avivé les couleurs du jardin, dans lequel elle ne fut guère surprise de voir caracoler un grand lévrier — un barzoï — son père en faisait l'élevage. A présent, elle se rappelait que le plus beau de chaque portée portait le nom de Pavlo.

Tous les trois — Oliver, Lark et Richard — se levèrent à son entrée et elle laissa son regard errer lentement de l'un à l'autre.

— Prendras-tu quelque chose avec nous ? demanda Lark.

— Je n'ai pas faim, dit-elle, tempérant aussitôt l'impatience de son ton par un sourire forcé. Merci !

Détachant alors sa broche, elle la poussa sur la table en direction de Lark.

— Je crois qu'elle vous appartenait autrefois.

D'une main tremblante, sa mère glissa dans la gaine formée par la broche une minuscule dague avec un pommeau orné d'une pierre.

— Avant d'être à moi, elle appartenait à lady Juliana, ta grand-mère.

Lucy acquiesça d'un signe de tête.

— Elle chantait pour moi. Je me souviens de bribes d'une chanson russe.

Lark voulut lui rendre la broche, mais Lucile secoua la tête.

— Il fut un temps où cette broche représentait tout pour moi, mais ce temps est révolu.

— Pourquoi est-elle dégarnie ? s'enquit Richard.

— J'ai dû vendre le rubis et les perles pour survivre.

Oliver rougit et baissa les yeux, puis se racla la gorge d'un air troublé.

— Lucile ! Ma pauvre petite fille ! Mon Dieu, quand je pense combien tu as souffert ! Je m'en veux terriblement. J'aurais dû sentir que tu étais encore en vie et remuer ciel et terre pour te retrouver.

Sa gorge se serra, bien qu'elle se sentît toujours aussi loin de ses trois interlocuteurs si policés et si avenants.

— Vous ne savez rien de moi, reprit-elle. Rien de ce que j'ai souffert, rien de ma solitude intolérable pendant tant d'années.

— Nous avons souffert aussi, Lucile, murmura Lark. Plus que tu ne le crois.

Lucile se durcit. Elle avait l'habitude.

— Les circonstances n'ont été clémentes envers aucun de nous, se borna-t-elle à remarquer.

— Tu as été privée de notre affection, observa Oliver. Heureusement, un miracle nous a réunis.

— Pas un miracle, Aidan O'Donoghue ! rectifia Lucile qui dut se faire violence pour prononcer son nom. Mon mari.

Lark pâlit en entendant cette nouvelle, tandis qu'Oliver devenait écarlate.

— Alors tu l'as épousé ? demanda Richard en passant une main dans ses cheveux dorés.

— Un lord irlandais rebelle ! s'exclama Oliver.

— Un catholique ! renchérit Lark.

— Un homme, rectifia Lucile en posant brutalement ses mains à plat sur la table. Vous parlez de l'amour comme d'un sentiment qui nous unit à cause de notre parenté. Ce n'est pas cela, l'amour. Ce qui nous unit ce sont seulement les liens du sang. L'amour se gagne par la constance, l'attention, le dévouement. C'est Aidan qui m'a donné tout cela, pas vous.

— Lucile, commença Lark, nous te l'aurions...

— Vous ne me l'avez pas donné, la coupa-t-elle, sans colère. Ce n'est la faute de personne. Le fait est qu'Aidan m'a aimée quand vous me croyiez morte. Il m'a aimée quand j'étais le moins aimable. Quand j'étais pauvre et fruste, sans foyer et affamée.

Lark pleurait sans bruit.

— Je suis désolée de votre chagrin, dit Lucile. Personne n'est à blâmer. Le fait est que j'aime mon mari, et tout ce que vous direz n'y changera rien.

Richard s'éclaircit la voix.

— Alors pourquoi étais-tu sur le lac, fuyant vers Killarney ?

Sa question lui glaça le sang. Soudain elle trembla à l'idée que son départ précipité sur des mots aussi durs ait pu tuer l'amour qu'Aidan lui portait.

Mais elle se reprit bien vite et parvint à faire face à ses parents et à son frère.

— Il m'a appris que vous me convoquiez.

— C'est notre cœur qui te convoquait, rectifia Oliver. Je voulais tant voir ma fille.

Il sourit, et ce sourire la ramena dans la magie de ses jeunes années. Un moment, il ne fut plus un étranger, mais son papa bien-aimé qui savait la faire rire, créant des ombres chinoises sur le mur de la nursery le soir, lui montrant où cacher son porridge quand elle ne voulait pas le manger.

— Je ne t'ai pas encore dit, ajouta-t-il, combien je te trouvais ravissante.

Même si elle était touchée par son charme et sa gentillesse, le sort d'Aidan l'inquiétait trop pour qu'elle s'attardât à qui que ce fût d'autre tant qu'elle ne l'aurait pas retrouvé.

— Nous aurons tout le loisir de rattraper le temps perdu. Pour l'instant je dois retourner auprès d'Aidan. Je veux être à ses côtés et combattre.

— Ma chérie, fit Oliver en contournant la table et en lui tendant la main, je ne peux pas te laisser le rejoindre.

— Ne me touchez pas ! hurla-t-elle, arrachant la dague de son père de son étui. Il tendit aussitôt les mains d'un air suppliant dans sa direction.

— Lucile, tu te méprends sur mes propos. Je ne formule aucune objection sur ton mariage avec Aidan O'Donoghue, pas plus que je n'en ai contre celui de Richard avec Shannon. J'admire même ta loyauté à l'égard des Irlandais.

— Alors pourquoi cherchez-vous à m'empêcher de rejoindre Aidan ? s'enquit-elle en posant la dague. Je dois retourner sur-le-champ à Ross Castle.

— Lucile, intervint sa mère, il n'y est pas.

Le sang se mit à cogner à ses tempes.

— Que voulez-vous dire ? Que s'est-il passé ? L'avez-vous tué ?

Ce fut Richard qui prit la parole. Il mit un genou à terre devant elle et lui narra les événements.

— Lucile, la famille Browne est persuadée qu'Aidan a assassiné sa femme. Tout le monde sait que Felicity était folle, qu'elle s'est suicidée, mais son père exige un châtiment. Fortitude a envoyé un ultimatum à Aidan. Il lui a ordonné de me livrer Ross Castle et de se rendre à lui.

Elle leva le menton.

— Aidan ne capitulera jamais devant Fortitude Browne.

— Le gouverneur a menacé de brûler une famille irlandaise par jour jusqu'à la reddition du Mór O'Donoghue, déclara Oliver avec un visible dégoût.

— Ne pouvez-vous rien faire ? demanda-t-elle à son père. Vous êtes un lord, un noble. Intervenez, empêchez-le de...

Oliver s'appuya sur la table et prit une profonde inspiration.

— J'ai essayé. J'ai passé toute la nuit à écrire des lettres et à envoyer des messagers à Cork, à Dublin et à

Londres, mais je n'ai aucune autorité ici. Dans le district de Browne, je n'ai pas plus d'influence qu'un simple soldat.

L'air désespéré, Richard se remit debout.

— Le Mór O'Donoghue sait que son armée est inférieure en nombre, qu'il manque de provisions et qu'il ne pourra pas tenir le siège tout l'hiver.

— Que racontez-vous ? interrogea Lucile d'une voix méconnaissable.

Oliver serra ses mains dans les siennes.

— Ma chérie, il n'avait pas le choix. Il a congédié son armée la nuit dernière et s'est rendu à Fortitude Browne.

Elle s'arracha à son étreinte et se précipita vers la banquette devant la fenêtre.

— Il le savait, dit-elle pour elle-même en se mettant à trembler. Il savait que cela devait arriver.

Elle l'avait presque deviné quand ils s'étaient aimés comme si c'était la dernière fois.

Elle sentit la main de Lark sur son épaule.

— Mon Dieu ! jeta Lucile. Mon Dieu, il voulait que je le quitte sur un coup de tête et que je vienne vous retrouver ! Il avait tout préparé ! Pourquoi ne m'en suis-je pas aperçue ?

— Aidan est un brillant tacticien, affirma Lark.

Lucile leva les yeux.

— Que va-t-il se passer maintenant ? s'enquit-elle. Vont-ils l'envoyer à Dublin pour le juger ?

Lark et Oliver échangèrent un regard.

— Ne me mentez pas ! supplia Lucile. Je ne vous le pardonnerais jamais.

Ce fut Oliver qui lui avoua ce qu'elle craignait depuis le début.

— Ils s'apprêtent à le pendre.

Le roulement menaçant des tambours brisa le silence de cette matinée d'automne, accompagnant la lente montée d'Aidan vers le gibet dressé sur une colline voisine. Eu égard à son rang, il avait les mains et les pieds libres, et sa cape bleue recouvrait ses épaules, tandis que ses cheveux flottaient librement sur ses épaules.

Douze soldats l'entouraient : trois devant, trois derrière, et trois de chaque côté. Fortitude Browne le précédait à cheval avec toute la dignité d'un puritain sûr de son bon droit. En fait, toutes ces précautions étaient pur spectacle. Il n'y avait pas de danger qu'Aidan s'échappe : Browne s'était assuré de sa coopération avec une cruauté raffinée.

Le peuple massé le long du chemin ralentissait sa marche, criant son désespoir et son amour dans un mélange de pleurs et de lamentations qui bouleversait Aidan.

Heureusement, il n'aurait pas à voir Lucy. Plus il y réfléchissait, plus il était sûr d'avoir agi pour le mieux en l'éloignant.

— Dieu vous bénisse, milord !

Les exclamations s'élevaient de toutes parts.

— Soyez tous bénis, vous aussi !

Sa voix était claire et forte malgré sa fatigue, après une nuit passée à dicter les termes de la reddition.

Ross Castle devait tomber sous la juridiction de Richard de Lacey. Iago, Donal Og et tous ses partisans seraient envoyés en exil. Browne avait tout accepté avec une relative facilité, la seule chose qui lui importât vraiment étant la mort d'Aidan O'Donoghue.

Eh bien, il l'avait finalement obtenue.

Il restait encore un petit kilomètre à parcourir jusqu'à la colline dominant le Lough Lane, quand il entendit le galop d'un cheval.

Il leva les yeux et aperçut un cavalier solitaire qui arrivait à bride abattue. Il ne connaissait qu'une seule personne pour se tenir aussi maladroitement à cheval.

Lucy !

Ah, Seigneur, pourquoi avait-il fallu qu'elle vienne ?

Elle remonta la file des spectateurs. Fortitude retint son cheval.

— Occupez-vous de...

— Fichez le camp ! lança-t-elle en poussant sa monture en travers de la route pour arrêter les soldats.

Elle sauta à terre dans une envolée de jupes et força le passage. Comme elle était belle, dorée comme une pêche mûre, le teint rosi par la course, les yeux humides et les lèvres entrouvertes. Elle s'arrêta devant Aidan, étouffa une plainte et jeta les bras autour de son cou.

Tout l'amour qu'il éprouvait refit alors surface avec la violence d'un torrent, et il l'embrassa, la serrant contre lui en se traitant d'imbécile de l'aimer autant.

— Votre tour n'a pas marché, chuchota-t-elle contre sa bouche. Vous vouliez tuer mon amour pour que je ne souffre pas de vous perdre. Vous auriez dû me connaître mieux que cela, Aidan. Je vous aimerai jusqu'à la fin des temps.

Une chaleur insidieuse monta dans sa poitrine et ses yeux se mirent à lui picoter. Il attira la tête de Lucy contre son torse.

— Quel égoïste je suis, murmura-t-il, à savourer le plaisir de vous tenir dans mes bras une dernière fois !

Il ne voulait à aucun prix qu'elle assiste à l'exécution.

— Dites-moi au revoir tout de suite. Je vous en supplie.

Elle se recula pour le regarder.

— Comment pouvez-vous agir ainsi ? Pourquoi choisissez-vous la mort plutôt que de vous enfuir ?

Il indiqua la foule de la main.

— Si je m'enfuis, c'est eux qui paieront.

Il lisait sur son visage ce qu'elle n'osait pas dire tout haut : *Alors, laissez-les payer !* Il aurait voulu acquiescer, mais il ne le pouvait pas.

Aidan se sentait singulièrement fortifié par la présence de Lucy. Il parvint même à sourire.

— Ma bien-aimée, murmura-t-il. C'est trop tard pour nous. Quelle ironie ! Quand nous nous sommes rencontrés, c'était trop tôt, maintenant, c'est trop tard !

Elle prit une longue inspiration.

— J'ai supplié mon père et mon frère d'intervenir en votre faveur.

— C'est inutile. Ne tenez pas les Lacey pour responsables. Ils n'ont aucune autorité pour arrêter Browne.

— Alors vous avez renoncé sur tous les fronts : Ross Castle, nous, votre vie ? Ah, non, je ne vous laisserai pas faire !

Il passa les doigts le long de sa joue empourprée et dut se retenir de grimacer à la douceur de ce dernier contact.

— Je n'ai pas tiré un trait sur nous, ma mie. Je crois de tout mon cœur que l'amour ne meurt jamais.

— Mon Dieu !

Elle détourna la tête et pressa désespérément ses lèvres sur la paume d'Aidan.

— Je serai toujours avec vous, reprit celui-ci. Je vous le promets. Je serai dans la brise qui caressera votre visage, dans le chant de l'alouette, dans la renaissance du printemps.

Ses mains enfermèrent son menton et il se pencha pour poser silencieusement ses lèvres sur les siennes pendant que, tout autour, son peuple sanglotait.

— Vous avez confiance en moi, Lucy ?

Elle le fixa, près de défaillir. Dans ses yeux, au-delà de son chagrin, au-delà de son désespoir, Aidan put voir son amour brûler comme une flamme immortelle.

— Merci, chuchota-t-il, sachant qu'elle comprendrait sa gratitude. Merci !

C'était son dernier cadeau. Cet amour saurait le porter aussi longtemps que durerait la séparation.

Fortitude Browne aboya un ordre. Gentiment mais fermement, un soldat tira Lucy hors du chemin. La panique brilla un instant dans ses yeux, mais Aidan la rassura d'un regard.

— Partez, mon amour, ma bien-aimée, chuchota-t-il, s'imprégnant pour la dernière fois de son image.

Elle tendit la main vers lui. Il aurait voulu la prendre,

souhaitant qu'elle puisse l'entraîner dans un monde magique, mais il se força à répéter :

— Partez !

Elle recula, et les soldats refermèrent leurs rangs autour de lui. Au roulement sourd des tambours, le Mór O'Donoghue reprit sa marche vers la mort.

ANNALES D'INNISFALLEN

Comment rendre compte d'une vie qui s'est éteinte avant d'avoir pu connaître sa meilleure part ?

Je suis incapable de trouver les mots dans mon cerveau embrumé par le chagrin. Je suis aussi dans l'incapacité de prier, ce qui est un grave problème pour un homme d'Eglise. Mais de quel soutien est la foi quand l'injustice triomphe dans ce monde misérable ? De quelle utilité sont mes prières quand le Tout-Puissant s'est montré sourd à mes supplications pour sauver le meilleur homme que j'aie jamais connu ?

J'espérais que la lettre de Dublin et mes efforts, joints à ceux de la comtesse, finiraient par porter leurs fruits, mais hélas, il est trop tard.

Il est temps que je parte pour assister le Mór O'Donoghue dans sa dernière heure.

Que le Tout-Puissant — sourd ou non — ait pitié de l'âme de mon seigneur Aidan.

Revelin d'Innisfallen

16

— Comment cela s'appelle-t-il ? demanda Donal Og en regardant le fruit que Iago avait apporté sur le pont du bateau.

— Un ananas, répondit Iago en adressant un regard d'infinie patience à la comtesse. *Señora,* vous devriez dire à votre époux de prêter davantage attention à mes explications. Il va voir tant de choses nouvelles dans les Caraïbes qu'il sera perdu s'il ne m'écoute pas.

La comtesse adressa un adorable sourire à Donal Og.

— Mon mari a eu une longue nuit. Laissez-lui le temps. Nous ne sommes qu'à une journée des côtes de l'Irlande. Il nous reste de nombreuses semaines de navigation.

Iago secoua la tête en feignant la désolation.

— Le malheur va s'abattre sur nous, gémit-il. Ce bateau va couler sous le poids de vos bons sentiments.

— Il est insubmersible, répliqua la comtesse avec un reniflement de supériorité. C'est le joyau de la Muscovy Company, et lord Oliver m'a affirmé qu'il était en parfait état et approvisionné pour six mois.

— Cela nous prendra moins de six semaines pour rejoindre San Juan si les vents continuent à nous être favorables. Ah, San Juan ! *Amigos,* une nouvelle vie nous attend !

Iago leva les bras, englobant l'équipage et tous ceux qui avaient choisi de s'exiler avec lui.

Lorsque des pas lourds résonnèrent sur le pont, tout le monde se tourna vers le gaillard d'arrière ou se profilait la silhouette du Mór O'Donoghue, mains posées sur le parapet, cheveux au vent.

Des hourras saluèrent son apparition et Aidan sourit, malgré le chagrin qui le déchirait : il avait dû laisser sa femme derrière lui.

Alors qu'il croyait sa dernière heure venue, Aidan s'était trouvé entraîné, avec une précipitation déroutante, non vers le gibet sur la colline, mais vers un bateau accosté à Dingle Bay.

Une libération arrangée par Oliver de Lacey.

Aidan ne saurait jamais quelle pression avait employée Wimberleigh, mais le lord Protecteur de Dublin avait découvert le nom de l'homme qui détournait les fonds de la Couronne pour son propre usage. Quelques minutes seulement avant que la sentence ne soit appliquée, des soldats étaient arrivés ventre à terre, porteurs de la condamnation de son ennemi. Fortitude Browne avait été renvoyé en Angleterre.

C'était une victoire douce-amère. Browne avait disparu, certes, mais le domaine d'Aidan aussi. Jamais il ne pourrait revendiquer Ross Castle. Un autre gouverneur qui haïrait lui aussi les Irlandais serait bientôt nommé. Et puis, s'il était vivant, Lucy n'était pas avec lui, et c'était comme si une partie de lui avait été tuée. Il ne la reverrait plus. Son père avait dû juger qu'un chef de clan déchu ne faisait pas un mari convenable.

Savait-elle qu'il avait été épargné, ou sa famille avait-elle trouvé préférable de lui laisser croire qu'il était mort ? Il se demandait combien de temps il survivrait dans son cœur. Un an ? Deux ? Elle était jeune ; elle apprendrait sans doute à en aimer un autre. Mais certainement pas — grâce à Dieu — de l'amour dévorant qu'elle lui avait prodigué.

A la pensée de leur passion brisée, il grimaça de douleur.

— Une voile en vue ! cria le marin de quart du haut du mât. Par bâbord avant !

Toutes les mains s'accrochèrent au bastingage. En effet, tous purent apercevoir deux fanions de couleur flottant sur le château arrière d'un navire qui approchait.

— Ils nous font signe de virer de bord, dit le second. Ils veulent entrer en contact.

Une appréhension irraisonnée noua l'estomac d'Aidan, mais le capitaine était seul maître à bord.

— C'est la loi de la mer, déclara celui-ci avec fatalisme. Nous devons parlementer avec eux. Dieu nous vienne en aide !

Aidan resta sur le pont supérieur, serrant la rambarde de toutes ses forces, tandis que les deux bateaux se rapprochaient, se préparant au pire. Quelqu'un avait sans doute trouvé un moyen de le renvoyer au gibet.

Puis il cligna des yeux, persuadé d'avoir des visions. Sur le pont supérieur de l'autre embarcation, une femme agitait les mains dans sa direction, et le soleil d'automne illuminait ses boucles couleur de blé mûr.

— Lucy !

Son cri roula comme un coup de tonnerre sur la surface de l'eau. Il lui sembla que les vaisseaux n'avançaient plus.

Il se mit à faire les cent pas pour tromper son attente. Quand les bateaux furent enfin bord à bord, il lui fut difficile de supporter les préparatifs.

— Patience, milord, jeta Iago. Il faut du temps pour installer une passerelle.

— Seigneur, je n'ai pas le temps !

S'emparant d'un cordage qui pendait du mât de vergue, sans prêter attention aux protestations de l'équipage, il fixa un grappin et le lança vers l'autre embarcation. Il réussit à la troisième tentative et, sans la moindre hésitation, enroula une poulie sur la corde et se laissa glisser sur l'autre bord.

Il s'écrasa contre le bastingage, rebondit, puis heurta la dunette. Nullement affecté par le choc, il escalada celle-ci et atterrit sur ses pieds devant Lucy dont les yeux brillaient comme un ciel d'été.

— Je ne peux pas le croire, murmura-t-elle.

Il poussa un cri de joie et l'enferma dans ses bras. Ils

mirent tant d'énergie à s'embrasser qu'il fallut un raclement de gorge paternel pour les interrompre.

Aidan se recula et aperçut auprès de lui un couple souriant, dont la femme portait la broche de Lucy.

— Lord et lady Wimberley ! s'exclama-t-il. Je vous dois la vie. Je ne vous remercierai jamais assez.

— Notre fille n'est pas du même avis. Elle n'a eu de cesse que nous ne l'emmenions vous rejoindre !

— C'est vrai, reconnut l'intéressée en se serrant contre Aidan. Comment pouviez-vous imaginer que je me contenterais de broder des mouchoirs pendant que vous faisiez le tour du monde !

Elle se détacha d'Aidan, prit une profonde inspiration et alla faire ses adieux à ses parents, pleurant à chaudes larmes, comme eux.

— Transmettez tout mon amour à Richard et embrassez mes autres frères et ma sœur que je ne connais pas encore, murmura Lucy.

— Avec la flotte de la Muscovy Company à notre disposition, promit Oliver, nous viendrons tous vous voir bientôt.

Il n'eut aucune honte d'essuyer une larme sur son visage. Lark désigna l'horrible broche du doigt :

— Tu es sûre que tu ne la veux pas comme souvenir ?

Lucy sourit à Aidan.

— Je n'en ai pas besoin, maman. Plus maintenant.

— Je pourrais la faire ressertir et te l'apporter.

— Je serais ravie d'avoir votre visite, souffla Lucy. Quant à la broche, gardez-la pour vos petits-enfants.

Aidan bomba le torse.

— Nous ferons le nécessaire pour que vous n'en manquiez pas !

— Alors, il ne nous reste plus qu'à vous assurer de notre affection et de notre amour, trancha Oliver.

— Nous n'avons besoin de rien d'autre, acquiesça Lucy.

Aidan la prit dans ses bras et attrapa la poulie. Elle serra les bras autour de son cou quand ils passèrent le bastingage et ils rirent comme des gamins en sautant dans le vide. Ils restèrent suspendus un instant au-dessus des eaux tourmentées puis une rafale de vent les poussa vers l'autre bateau où, étourdis, ils atterrirent sur le pont.

— Vous m'enlevez ? fit Lucy, essoufflée.

— Oui.

— Je n'arrive pas à le croire !

— Ce n'est pas la première fois pourtant, lui rappela-t-il.

— C'est vrai, reconnut-elle en riant.

ANNALES D'INNISFALLEN

C'est vraiment une grande joie de poser mes pauvres yeux sur ce que lord Richard m'a apporté aujourd'hui, deux ans après qu'il a pris possession de Ross Castle. Il s'agit d'une liasse de lettres et de croquis en provenance d'une île des Caraïbes. Lord et lady Wimberleigh les ont rapportés de leur récente visite. Ils étaient allés admirer leur premier petit-fils.

Imaginez un endroit avec une telle multitude d'îles qu'il suffit à un homme d'en choisir une et de s'y proclamer chez lui pour en devenir maître ! C'est exactement ce qu'ont fait le Mór O'Donoghue et ses compagnons, guidés par Iago. Après une escale à San Juan où Iago a retrouvé sa patiente fiancée, ils ont créé une plantation de cannes gigantesque. Elles produisent vraiment du sucre ! Je ne l'aurais jamais cru si je n'avais vu le bateau de Wimberleigh plein à ras bord de sirop.

Pour couronner toutes ces bénédictions, lady Lucile est de nouveau enceinte. Elle doit accoucher le même mois que la comtesse. Que le Tout-Puissant les protège, avec leurs bébés !

Le Mór O'Donoghue ne veut plus que je l'appelle ainsi et me demande d'arrêter d'écrire le récit de sa vie. Il est persuadé que le bonheur sans nuage qui est son lot ne peut qu'assommer n'importe quel lecteur.

Aussi je referme cet épais volume, plein de rires et de pleurs, sur une vie bien remplie, gouvernée par l'amour.

Je n'écrirai plus rien sur Aidan O'Donoghue, puisqu'il me le demande, mais je penserai souvent à lui. Dans mon esprit, ce sera toujours le Mór O'Donoghue, dernier d'une longue lignée de chefs, seigneur du crépuscule.

Revelin d'Innisfallen

Découvrez les prochaines nouveautés de la collection

Amour et Destin

Des histoires d'amour riches en émotions déclinées en trois genres :

Intrigue ***Romance d'aujourd'hui*** ***Comédie***

Le 4 novembre *Comédie*

Méli-mélo de Jill Mansell (n° 5555)

Bath n'est pas une ville très gaie en hiver. Et quand la vie ne ressemble pas à ce que vous aviez imaginé, il y a de quoi déprimer... C'est la conclusion à laquelle sont arrivées Liza, Prune et Dulcie, qui ruminent régulièrement leurs malheurs devant un plat de spaghettis. À la veille du nouvel an, toutes trois décident de prendre leur destin en main et s'arment de bonnes résolutions...

Le 12 novembre *Romance d'aujourd'hui*

Pour les yeux d'une autre de Patricia Kay (n° 6329)

Étudiants, Adam et Natalie tombent éperdument amoureux l'un de l'autre, en dépit de leurs différences sociales. Lorsque Adam annonce à son père son intention d'épouser Natalie, il apprend à son grand désespoir que celui-ci s'est engagé à ce qu'il épouse la fille de son associé. Adam renonce à Natalie. Il la retrouve par hasard douze ans plus tard, et sait que ses sentiments n'ont pas changé...

Le 19 novembre *Romance d'aujourd'hui*

En souvenir du passé de Sandra Kitt (n° 6418)

À la mort de Stacy, une vieille connaissance, Deanna, jeune femme noire d'environ 35 ans, se retrouve avec un drôle d'héritage sur les bras : une enfant de six ans. Malgré son travail accaparant, elle accepte de s'occuper de la petite Jade jusqu'à ce la justice lui trouve une famille d'accueil. En attendant, il lui faut assumer son nouveau rôle de maman. Patterson, le fils de la nounou de Jade, saura-t-il l'aider ?

Le 26 novembre *Intrigue*

Quand tombent les masques de Susan Wiggs (n° 6419)

Sandra et son mari, le sénateur Victor Wislow, ont eu un accident de voiture au cours duquel Victor est mort. S'agit-il d'un accident ou Sandra a-t-elle tué son mari ? Les soupçons pèsent sur elle. Décidée à commencer une nouvelle vie ailleurs, Sandra rénove sa vieille maison de Paradise afin de la vendre, avec l'aide de Mike Malloy, un entrepreneur du coin. Cela suffira-t-il à effacer le passé ?

Ce mois-ci, retrouvez également les titres de la collection

Aventures et Passions

Le 4 octobre

Une passion en Louisiane de Katherine Sutcliffe (n° 6208)

Louisiane, 1853. Juliette a grandi en France dans un couvent, loin de ses parents. À leur mort, elle hérite de la plantation Belle Jarod. Le meilleur ami de son père, Max, la ramène chez elle avec la ferme intention de lui faire épouser son fils bon à rien, Tyler. Mais Juliette ne l'entend pas de cette oreille, d'autant qu'elle est attirée par le séduisant Chantz Boudreaux qui, comme elle, méprise l'esclavage...

Le 11 octobre

Le seigneur du crépuscule de Susan Wiggs (n° 5020)

Une foule dense se presse sur l'esplanade de St. Paul. Soudain des cris s'élèvent : un pickpocket vient de se faire prendre et la foule comprend que la jongleuse est de mèche avec lui. Adrian, un homme sombre et farouche, passe par là et doit s'interposer pour éviter à cette étrange créature, jolie mais vêtue de haillons, de se faire lyncher. Instantanément, Lucy s'attache à son protecteur...

La maîtresse de l'espion de Jane Feather (n° 6210)

Angleterre, 1550. La jeune veuve lady Pen, servante de la princesse Mary, sœur du roi mourant, ne croit pas que son fils soit mort-né, contrairement à ce que lui a annoncé sa belle-mère. Prête à tout pour découvrir la vérité, elle fait appel à un espion, Owen d'Arcy, qui accepte de l'aider à la seule condition qu'elle le renseigne sur les intentions de Mary par rapport au trône. Leur marché conclu, ils enquêtent dans les bas-fonds de Londres et bravent ensemble tous les dangers. Ce qui tisse inévitablement des liens très forts entre eux...

Le 25 octobre

La belle de l'Ouest de Catherine Hart (n° 6358)

À bord d'une diligence en route pour le Texas où elle doit épouser son fiancé Kirk, Megan se fait arrêter puis enlever par des bandits. Il s'agit d'une sombre histoire de vengeance : Blake compte récupérer le domaine dont son cousin Kirk l'a injustement dépossédé quelques années auparavant... en utilisant Megan comme appât. Mais avec une demoiselle qui n'a pas la langue dans sa poche et n'entend pas se laisser faire, l'affaire ne s'annonce pas de tout repos...

5020

Composition Interligne B-Liège
Achevé d'imprimer en Europe (France)
par Maury-Eurolivres – 45300 Manchecourt
le 4 septembre 2002.
Dépôt légal septembre 2002. ISBN 2-290-32754-9

Éditions J'ai lu
84, rue de Grenelle, 75007 Paris
Diffusion France et étranger : Flammarion